青春三部曲

QINGZHOU XULAI

王晓珞 著

时代出版传媒股份有限公司
安徽文艺出版社

图书在版编目（ＣＩＰ）数据

轻舟徐来/王晓珞著. 一合肥：安徽文艺出版社, 2022.8
ISBN 978-7-5396-7378-3

Ⅰ. ①轻… Ⅱ. ①王… Ⅲ. ①长篇小说－中国－当代
Ⅳ. ①I247.5

中国版本图书馆 CIP 数据核字(2021)第 278199 号

出 版 人：姚 巍
责任编辑：秦 雯   装帧设计：徐 睿

……………………………………………………………………

出版发行：安徽文艺出版社   www.awpub.com
地　　址：合肥市翡翠路 1118 号   邮政编码：230071
营 销 部：(0551)63533889
印　　制：合肥创新印务有限公司   (0551)64456946

……………………………………………………………………

开本：880×1230　1/32　印张：8.375　字数：200 千字
版次：2022 年 8 月第 1 版
印次：2022 年 8 月第 1 次印刷
定价：39.00 元

……………………………………………………………………

（如发现印装质量问题，影响阅读，请与出版社联系调换）

谨以此书献给我的爷爷奶奶。

目录 MULU

第一章

1. 四合院里的闺秀

一切都要从那场婚礼开始讲起。

乙酉鸡年农历八月初六，是个宜嫁娶的日子。那天是我的发小徐舒航的大喜之日。我们自小就说好了，谁先结婚，另一方就做伴娘。

可是我失约了。

洪夏说那天有个订单很重要，我必须参加。我想着，这么大的工作室，又不是只有我一个造型师，况且我刚从学徒转正没多久，能有多重要呢？于是我去找 Tony 老师，想从他那儿找到突破口。可是 Tony 不但没帮我说话，又把我推给了洪夏。

洪夏当着工作室所有人的面把合同摔在我脸上，冲我吼道："想拿 Tony 老师压我？麻烦你搞清楚，这里不是你们学校！合同上白纸黑字签着你的大名，欠着工作室的钱，就得老老实实工作，现在还轮不到你挑肥拣瘦！"

看着洪夏翻脸不认人的嘴脸，血盆大口一张一合，我真想冲上去挠花她的脸！可我还是有理智的，因为即使这么做了，我也还是得完成工作室交给我的任务，而且后面的日子会更不好过。

可是，我也有自己表达反抗的方式——在筹备这场重要婚礼的整个过程中，我都表现出了极其冷漠的态度，凡事都通过其他人转达，实在不行就写在即时贴上，啪的一声拍在她面前。虽然听见她在我身后骂"幼稚"，我却还是很过瘾。

那个重要的订单同样是一场婚礼。

我给舒航打了好几个电话，虽然她最终原谅了我，可我们都知道，这是此生无法弥补的遗憾。在金钱与现实面前，我认怂了。

婚礼那天一早，我们就到了现场。出租车停在了一座古色古香的大宅院前。这座院子并不在城中，看起来很新，应该是仿古的。面对朱红色的光亮的大门，我的心里升起一股兴奋与愧疚交织的复杂情感。曾几何时，每每路过那些四合院的门口，我是多么希望能进去一探神秘，如今有了这样一个难得的机会，我不得不承认藏在心底的一丝丝庆幸。为此，我在心里又默默地向舒航说了一遍"抱歉"。

进门时，我瞄了眼门口的抱鼓石，雕刻得相当精细，和影壁的风格一致，显然出自名匠之手。沿着青石砖铺成的路走了一小段，便看见了传说中的垂花门。因为对《红楼梦》感兴趣，我曾经研究过这种独特的建筑造型。它的檐柱垂吊着，末端又呈花瓣状，因而得名。它是内府和外府的交界处，是古代女眷"大门不出，二门不迈"的象征，也是荣国府里女眷们依依惜别的地方。穿过垂花门，第二进院很宽敞气派，正房两边种了两棵树，一棵芭蕉，一棵海棠，倒和书里描述的贾宝玉住过的怡红院一模一样。穿过回廊，第三进院子稍小一些，却更加别致。院子里有一汪小池，池边亭台楼阁、假山小桥，此刻被鲜花绿植一装点，显得十分娇俏可人。两尾巨大的锦鲤似乎也被喜庆的气氛所熏染，带着成群的儿孙如皇帝出巡一般。

服务人员说："前院和这里都是宴客的地方，化妆室和休息室在后面。今天客人比较多，有什么需要就和院子里的服务人员说，他们会帮你们解决。"

她的意思似乎是，我们不被允许在前院活动。

书上说，后罩房一般是四合院里仅次于倒座房的不被重视的地方，可是这里却不大一样。传统意义上的后罩房被改成了精致的两层小楼，此刻被点缀了两排红色的灯笼，显得俏皮、喜气洋洋。院子虽然不大，却开垦了两块月季花圃，此刻月季花争相斗艳，一派热闹的景象。

服务人员带着我和洪夏走到二楼最里面的一间套房后便离开了。外间有几位身穿制服的工作人员，煮水泡茶的动作轻快利索，更重要的是几乎悄无声息。环视一周，所有的家具摆设都是新中式设计的，木色温润，简约大方，想必价值不菲。墙上有些字画，风格看起来都很熟悉，想是在哪个教学范本里见过。里间坐了两个女孩，正在窃窃私语，听见动静，两人同时望向门口。我不着痕迹地打量着坐在梳妆台前相貌平凡的那位，猜测她就是今天的主角——楚湘亭小姐。

楚小姐问："是化妆师吗？"

洪夏笑容可掬地回答："是的。"

楚小姐又问："你就是隋牧童？"

洪夏明显一愣，有些尴尬。

"我是。"我从洪夏的身后走出来。

她说："我的好朋友找你做过造型，说你技艺不俗，深得她心意。既然连她都对你赞不绝口，那你一定是不错的。可不要让我失望。"

巨大的化妆箱被一层层打开，露出精致华丽的用品。不出我所料，她的眼中闪过惊异，表情也变得庄重起来。

镜中的她或许比我年长几岁，眉目间隐约有种和年龄不相称的不怒自威感。饱满的鹅蛋脸虽然在这个年代因为不那么上相而变得并不十分流行，但在传统观念里，却是大家小姐雍容端庄的标配。端详片刻，我拿起刮眉刀在她脸上轻轻掠过。很快，一字眉变成了秋波眉，不怒自威感消失了，脸上多了些妩媚。如果在唐朝，小巧的唇形可能会很受欢迎，但是在她脸上却衬得脸蛋过于饱满，也不太符合现代的大众审美。于是我在她唇形的终点向外略做延展，又用唇线笔重新划定了范围，用不同颜色的唇膏稍作处理，她的嘴唇立刻变得丰盈又立体，脸庞也生动起来。

始终站在一旁的女孩惊讶道："看着没怎么动，但是气质完全变了！"

楚湘亭也点头微笑。我知道，我已经得到了她的认可。

抛却挣钱这个因素，我其实很享受化妆的过程，不仅因为皮肤的触感比纸和绢更加柔软细腻，单是化平庸为神奇的成就感就让我十分着迷。我想着若她是舒航，我一定会让她的妆容时尚又美丽，可眼前的她只是我的客户，所以她要沉稳端庄，我便满足她。

2. 三观不合

洪夏把每个步骤需要的工具一一摆放在我称手的位置，又把用过的工具清理干净放回原处，俨然一位称职的助手。

楚小姐突然开口："你对我的皮肤有什么建议吗？"

我笑笑，说："皮肤问题很大程度上是天生的，后天如果想要改善，需要长期的护理。这方面您可以咨询美容顾问，我只负责您今天的造型。"

洪夏悄悄扯了扯我的衣袖，对楚湘亭说："楚小姐如果想要这方面的服务，我们工作室也有，可以针对您的皮肤量身定制一套护肤和彩妆产品。我们和很多国际一线品牌都有合作。"

楚小姐从眼缝中瞄她一眼，没有搭腔。

此时外间人声鼎沸，一位妇人的声音响起："化妆师来了吗？"

三四位中年妇人一齐走了进来。中间那位应该就是楚湘亭的母亲。妇人五十岁左右，保养得很好，深蓝色的立领改良旗袍衬得她皮肤白皙、脖颈修长。她的额头饱满，并不见什么皱纹，只有微笑时眼角的鱼尾纹若隐若现。虽然身形略微发福，却依稀可见年轻时的风采。

伴娘眉眼弯弯地迎上去，亮晶晶的粉唇吐出蜜一样的言语："阿姨，您今天真美。"

妇人显然很受用，慈爱地点点头，说："今天辛苦你了。"

女孩的笑容像是清晨迎着阳光绽放的花朵："不辛苦，我和亭亭是好朋友嘛！"

楚小姐转身望向母亲，露出一丝俏皮："好看吗？"

妇人笑着打量楚湘亭，说："不错不错，稳重大气，我女儿真是美！"

楚小姐回头看我一眼："小云姐介绍的人果然不错！"

我此时才想起，工作室的确接待过一位叫作什么"云"的小姐。前台领进门时，暗示我这是位身份尊贵的客人，让我小心招待。之所以我对她印象深刻，不仅因为她确实肤白貌美，无须多费精力便能锦上添花，更因为她从始至终都没和我说过一句话，征求她的意见她也只是点头或摇头。我很少遇到这样的客人，心说即便再傲慢的客人也得和造型师沟通，否则一味让人猜心思，要是结果不满意，还不是浪费大家的时间？可她就这么坐着，从始至终好像任我摆布，抑或是要看看我到底有什么本事。我也乐得清静，完全随性发挥，没想到竟得到了她的青睐。

妇人微笑着打量我，眼中流露出和楚湘亭相似的不怒自威的神色。她转向女儿，说："家里的长辈都到了，一会儿去跟他们打个招呼。你小舅妈让人给你送了几套礼服过来，一会儿你挑挑。"然后她转过头对我微微颔首，"麻烦一会儿帮她挑一下。"

我点头回礼："好。"

楚湘亭随着母亲的步伐向门口走去，伴娘亦步亦趋地跟上去，说："我陪你一起！"

一群人走后，房间里瞬间安静下来。

洪夏碰碰我："你说新娘子是不是犯糊涂？哪有结婚找个伴娘比自己漂亮的？"

"人家关系好，你管得着吗？"我顶看不惯她这种市侩的嘴脸。

"我看八成是被那个伴娘给哄晕了，你没看见刚才打开化妆箱的时候伴娘的表情，眼珠子都快瞪出来了！一副没见过什么世面，还想要攀高枝的样子……"她继续喋喋不休，"教了你多少遍，给客户化妆的时候顺便聊聊皮肤啊、彩妆品牌啊什么的，人家不就买了吗？他们这些人又不缺那点儿钱，随便买几套，你的提成不就上去了？"

"我不喜欢做这种事。"我不耐烦地说。

"哪种事？"她恭顺谦卑的态度荡然无存，调门也高了八度，"又没让你去偷去抢，你到底在别扭什么？"

"我学的是化妆造型技巧，没打算当推销员。"我的口气也生硬起来。

"嘿，"她冷笑一声，"搞了半天还是清高。我知道你从一开始就没打算在这个圈子里待多久。你跟我们不一样，来学化妆不过就是玩玩，顺便挣点儿零花钱。你的伟大理想是当个艺术家，我说得没错吧？"

我没作声，心想你明白就好。

"可我也没觉得所谓的艺术家有多高贵。就算画得再好，没人买你的画，你照样得饿肚子。艺术家难道就不用吃饭不用穿衣？没钱没名气，谁会承认你是艺术家？也不过是自娱自乐罢了！"

我被她拱起火来："饿肚子又怎样？起码不会打着朋友的旗号坑别人的钱！"

"哈！终于说出来了！"她像发现一个被我一直珍藏的破玩意儿，轻蔑地说，"我们是哪门子的朋友？充其量认识而已。你不也是想打着朋友的幌子，从我这捞点儿免费做造型的好处吗？再说我也没坑你，工作室明码标价，我没多收你一分钱！"

就在我被她堵得说不出话来的时候，外间突然响起楚湘亭的声音："咦？表哥，你什么时候来的？"

我心里咯噔一声，和洪夏对视一眼，彼此都不再言语。

楚湘亭进来时，身后跟着一位西装笔挺的年轻人。他的个头很高，皮鞋擦得锃亮，一只手插在裤兜里，看上去像是不喜欢与人搭话的样子，但眼睛亮亮的。

我有些尴尬，不知刚才和洪夏的争执被他听去了多少，只得埋头把整整齐齐的化妆箱又整理一番。

年轻人说："他们一帮人聊家常，我觉得没意思，就四处转转。"

楚湘亭狡黠地一笑："你走了，他们找不到可关心的小辈，得多无聊啊。"

"咳！"年轻人手一挥，像是要挥走讨厌的苍蝇。

"看见小云姐了吗？"楚湘亭冲我努努嘴，"喏，那就是她给我介绍的化妆师，很不赖！"

我抬眼望过去，不料与他的目光撞了个正着，心里又咚咚地擂起鼓来。

"嗯，照了个面，人太多没说话。"他说。

楚湘亭笑盈盈地说："那她没追过来？你跑到我这儿躲她，可不明智。"

年轻人皱了皱眉，似乎在琢磨这句话。

"衣服还没送过来吗？"楚湘亭问伴娘。

言语间，两位身着职业套装的娉婷女子走进来，手里各端着两个巨大的礼盒。

前面的一位笑颜如花："楚小姐，一共四件礼服，麻烦您签收一下。"

洪夏在我耳边轻轻地说："看见那个 Logo（标识）了吗？国际著名设计师品牌，随便一件都得十几万，一下子送四套，买咱们几套化妆品算什么？"

我懒得跟她废话，走到楚湘亭身边，帮着伴娘把礼盒一一打开。

每打开一个，我的心都不由自主地颤抖一下，随即又被一种说不清道不明的感觉抚平。这些礼服论颜色、质地、款式、工艺，无不上乘，也许对任何一个女孩来说，此生能拥有其中任何一件，哪怕只是挂在衣柜里日日抚摩欣赏，也是一种幸福。我一抬头，正看见伴娘如痴如醉地在那些裙裾上摩挲，那模样和潜藏在心底的我一模一样。

"太美了……"伴娘啧啧赞叹，转而对新娘说，"亭亭，你今天穿婚纱，这件白的肯定用不着了，能不能给我穿？"

我不自觉地看向洪夏，她眉毛一挑，那表情分明就是"你看我说什么来着？"。

楚湘亭显然有些为难。

我说："伴娘说得没错，白色这条你今天肯定穿不了了，主要是这条裙子不适合你今天的身份。"我又对那位兴奋又祈盼的姑娘说，"可是对你来说这条裙子太长了，伴娘要做的事很多，大庭广众之下，万一绊倒就难堪了。"

伴娘眼睛里的热情瞬间熄灭了，不甘又不舍地把那条梦一般的白色曳地纱质晚礼服挂回了原处。

楚湘亭显然如释重负。她笑着问我："那其他几条呢？我敬酒的时候总能穿了吧？"

相比剪裁考究的黑色紧身晚礼服和孔雀蓝真丝及地长裙，最适合敬酒的应该是那件深红色的锦缎改良中式礼服。它既不像旗袍对女子的身形要求那么苛刻，也不像欧式礼服那样性感外露，而是把所有的美好都蕴含在浮光掠影的暗纹之下，含蓄又不乏时尚，和今天的场景相得益彰。尤其是领口的那两枚盘扣，做得实在太过精致，点缀在恰到好处的位置，代替了胸针却又不十分抢眼，既像火焰又似泪珠，设计之巧妙着实令人赞叹……

我抚过精致的刺绣，正要举起它说"就选它吧"，走廊里突然传来高跟鞋敲击地板的响声，曼妙的身影与爽朗的笑声几乎同时到达："衣服送到了吧？"

楚湘亭迎上去挎着来人的胳膊，带着撒娇的口吻说："谢谢小舅妈！我太喜欢了！每一件都喜欢！根本挑不出来，怎么办？……"

我悄悄退到一边垂手而立。

楚湘亭的小舅妈似乎并没有比楚湘亭大多少的样子，留着干练却不失妩媚的短发，婀娜的身姿被包裹在修身的黑色半袖小礼服中，明明不该露的地方一分也没多露，却自上而下散发出迷人的性感。

她们走到沙发前，楚湘亭的小舅妈说："这四件都是我精挑细选出来的。在他们工作室的时候，我也是对哪一件都欲罢不能，干脆全买回来了！"她无奈地感叹："唉！这女人的占有欲啊，真是没办法。"

楚湘亭说："小舅妈，您帮我挑一件吧，您最懂穿衣搭配，我听您的。”

时尚又性感的女人捏着小巧的下巴，目光在礼服间逡巡，长长的睫毛像蝴蝶的翅膀一样轻轻颤动。片刻后，她说："这件孔雀蓝的吧，肯定衬得你皮肤特别白，跟二姐今天的衣服也很搭。"

我抿了抿嘴，把到嘴边的话咽了回去。终究是别人的婚礼，说到底不都是穿给家人和朋友看？随他们高兴便好。

可一个声音却在此时响起："还是穿那件红的吧，结婚要和新郎搭，和小姨搭有什么用！况且老人们都在，他们喜欢传统一些的，喜庆。"

小舅妈露出恍然大悟般的璀璨笑容："也对，予舟说得有道理。怪不得你深得老人家的欢心。"

这位名叫予舟的男子冷哼一声，说："你直接说我老古板呗。"

小舅妈哈哈笑着说："我可不敢这么说，总之你代表老爷子们的眼光和想法，你说穿哪件就穿哪件，保准错不了。"

我偷偷瞥了那男子一眼，暗暗松了口气。如果楚小姐真的选了那件蓝色的礼服，仪式过后，我必得手忙脚乱地帮她重新梳妆，否则，即便所有人都能接受她暖秋色的妆容搭配这套孔雀蓝的礼服，我也会为自己的不专业而自责。

听说仪式在前院的宴会厅举行，新娘子艳惊四座。

宴会开始后，服务人员送了两份午餐过来，两荤两素一汤，还有甜品和水果，颜色、味道都很不错。

这个时间，舒航应该也已经脱去洁白的婚纱，换上了喜庆的红裙穿梭于来宾之间了吧？是谁跟在她身后，帮她把红包收进精致的手包里呢？

"我怎么什么动静都没听见？你听见了吗？"洪夏问我。

我摇摇头，懒得搭理她。

她把吃完的餐盘往前一推，说："我还是头一回在婚礼现场吃盒饭，以前好歹也能在工作人员那桌和摄像什么的混一顿正餐！"

"不是你说人家身份不一般吗？闲杂人等不让入内！"我故意将"闲杂人等"几个字加重了语气。我突然想起刚进来时楚小姐问的那句话，于是问："我现在不能独立外出工作吗？"

她跷起二郎腿往沙发上一靠，抚摩着亮晶晶的指甲，说："你才出师不久，经验不够，再等等吧。"

原本工作所得的大部分就要交给工作室，现在让她一掺和，我能拿到手的钱更是所剩无几。

她见我不作声，长吁一口气说："哎呀……都是这么过来的，慢慢就好啦！"

一阵脚步声伴着嘈杂的人语声由远及近，我和洪夏赶紧站起来走到梳妆台旁，就像大户人家等着伺候小姐的梳洗丫头。

楚小姐俏脸绯红，伴娘和其他几个年轻女孩儿手忙脚乱地帮她拾掇散落的裙边，一行人带起一股香甜的风。

红色礼服一上身，果然十分出彩，衬得她面若桃花，脖颈露出的皮肤白得细腻莹润，楚楚动人。一众人皆啧啧赞叹。我在她原本的妆容上做了些修饰，为她从头顶盘下一个美丽的麻花辫，让她瞬间变作了娴静婉约的大家闺秀。

伴娘和几个小姐妹惊呼："这也太美了吧？简直比时尚杂志封面上的明星还好看！"

楚湘亭也很高兴，她说："你看起来挺严肃的，可手艺确实很棒。"

我也笑起来："严肃吗？还好吧，主要看客户和场合。"

她说："我总觉得你和其他化妆师不太一样。"

我说："我只是兼职的，之前在'Feeling'工作室学了个化妆造型的课程，等研究生毕业差不多就要离开了。"

她惊讶地问："你是学生啊？学什么专业的？"

"美术。"我回答。

"怪不得。"她拿起手机，"给我留个联系方式吧。"

洪夏笑得温顺可人，凑上来说："您如果想做造型，直接跟我们的前台预约就可以。"

"怎么，"楚小姐扫她一眼，"我交个朋友还需要通过你的允许吗？"

洪夏笑容一滞，尴尬道："那……那倒不用。"

楚小姐说："晚上有个晚宴，比较随意，你留下来跟妆吧。"

"我要在熄灯前赶回学校，还是让洪夏留下吧。"

她说："留下吧，都是年轻人，还可以认识些朋友。"

那样的晚宴能认识什么朋友？可是既然客户要求，我只能照做。

午宴结束后，楚小姐对着镜子问我："妆好美，非要卸掉吗？"

"你晚上打算穿哪件礼服？"我问。

她想了想："蓝色那件吧。"

"那就得卸掉。反正也累了，把脸洗干净睡一觉。晚上我再给你重新化妆，还是美美的。"

人群散去后很长时间，洪夏都没再主动找我说话。我也懒得理她，没多久就歪在休息室的沙发上睡着了。

3. 傲慢与偏见

我并不知道像这种从里到外，连灯光都搭配得层次分明的酒店究竟属于几星级，当戴着白手套的门童来为我们的出租车开门时，我还真有点儿不好意思。我和洪夏穿过不同品牌的名贵跑车，混在衣香鬓影的人群中向服务人员出示请柬，然后顺着宴会厅的墙边来到了休息室。

我一直觉得中国的欧式家具都是照葫芦画瓢，为显富贵把纹饰做得复杂烦琐，十分做作，然而这里的摆设无论造型还是颜色都透着沉稳内敛，彰显了它们纯正的血统。

　　此刻的我似乎置身于一部欧美电影中，晚宴的主角楚湘亭小姐正穿着那条孔雀蓝的晚礼服，像一只真正的孔雀在花丛中飞舞，博得无数艳羡的目光。

　　她从远处翩翩而来，声音亲切又愉悦："想吃什么、喝什么就自己取，别客气。"

　　我端起橙汁冲她点头，说："需要补妆的话，我们就在这里。"

　　她满意地站起身，再次飞入花丛。

　　如果说每个人都同时扮演着猎手和猎物的角色，那么全场只需扮演猎物的人就是楚湘亭。所有的目光和灯光似乎都在追随着她，她是这场晚会的主角。

　　不多时，酒会的气氛渐渐热络起来。我走到餐台前，拿了杯色彩绚丽的果酒和一盘糕点。几杯下肚，身上有些燥热，我便起身走上露台趴在栏杆上吹风。

　　余光中，我看见洪夏跟了出来。

　　"看不出你还挺能喝。"她说。

　　"还行吧。"我望着远处随风起伏的树，聊天的兴趣阑珊。

　　"你知道我刚来北京的时候做什么工作吗？"她突然问。

　　我摇摇头，并不想知道。

　　"销售。知道我卖什么吗？"

　　总不会是卖身吧？我暗想，这种事对她来说也不是没有可能。

　　"卖酒。就是电影里常见的那种啤酒妹。"见我不作声，她轻笑一声，说，"你别以为这种工作什么人都能做，想要业绩好，首先你得长得不招人烦。其次还得能喝，能跟客人们周旋，哄得他们开心了，就能多卖几打。被揩油那是常有的事，和酒鬼打交道不能太认真。像我这种没学历、没背景的初到大城市的人，最开始只配做这种工作。我那时期望不高，只要能混到卖洋酒，提成就能高很多。后来一次偶然的机会，我通过一个酒吧驻唱的歌手，认识了她的化妆师，一下子就被这一行给迷住了。这个职业真是好，不就是帮人臭美吗？每天只是和漂亮的瓶瓶罐罐打交道，就轻轻松松把钱赚了。于是我央求她带我入行。"

她轻笑一声，继续说："可是入了行才知道，卖什么都一样。化妆师也分三六九等，没名气、没资源，接不到活的时候，每天一睁眼就要琢磨一天的饭食从哪儿找。好不容易混到今天，进了最好的造型工作室，又能怎么样呢？环境变了，可是做的事和以前没什么区别。"她看了我一眼，"对于你这种在温室里长大的花骨朵来说，这种工作是不可想象的吧？所以你做不了。你根本体会不了人世的艰辛……"

我望着极远处星星点点的光，慢慢地点了点头。这点我承认。

她又吞了一大口酒，说："这酒真不赖，比我卖过的任何一瓶酒都好。"那些好酒像是很快在她的身体里起了作用，让她的语速慢了下来。"我需要钱，因为我要尽我所能地让我妈过上好日子。我很小的时候，爸妈就离婚了，法院把我判给了我爸。我妈想要我，可我妈娘家人都劝她别带着拖油瓶，不好再嫁。然而我爸并不想要我，于是就把我送给了一对无法生育的夫妇。那时我虽然还小，可不知是不是意识到了什么，于是不吃不喝，哭着要妈妈。整整哭了三天，哭到眼睛发炎、脓肿。那对夫妇吓坏了，给我妈打电话说我要死了，让她赶紧把我接走。那件事之后，我妈始终觉得有愧于我。"她又喝了一口，问，"有部台湾电影叫……《妈妈再爱我一次》，你知道吧？"

我点点头，嗓子里像被塞了团棉花。

"她看完那部电影，哭了好几天。外婆家的人后来对我也算不错，我知道那是爱屋及乌。他们一直对我说要我孝敬我妈。其实根本不用他们说，我都会孝敬我妈的，她是这世上唯一真正爱我的人。"她斜眼看我，"我最看不上的，就是你这种自命清高的女孩，你们知道什么是生活吗？生活对你们来说不过是读书、学习、谈恋爱，最痛苦的也不过就是失恋或者考试不及格。可对我们来说，生活就是生存，是吃着上顿想下顿。我们压根就不是一类人。"

我一句话也说不出来，远处的灯光模糊一片。

"喂！你不会是哭了吧？"洪夏手足无措，"你这人，可真是……"

"你怎么这么淡定？不会是哄我的吧？"我使劲吸了吸鼻子，把眼泪鼻涕都擦在了袖子上。"我没清高，也没什么好清高的。你觉得我清高，不过是认为有很多事我不屑于去做。其实我也不是不屑，只是难为情，实在做不出来。"

看着我这样，她突然笑着伸手在我肩上抽了一把："你就是生活环境太好了，没被逼到那份儿上！"

此刻月朗星稀，照出我脸上的尴尬："怎么没到？我的生活费全折在你手里了，又没脸向家里人要，逼得我差点儿去当小保姆。"

"哈哈哈……"她的笑声叮叮当当地落入黑暗之中，"看来我应该晚几天再给你打电话。"

"再晚几天，我就不会接你的电话了。"

她挑挑眉毛说："好吧，既然话都说开了，我们握手言和吧。我想明白了，和你做朋友比做敌人简单。"她伸出手，我也伸出手。可是她又说："不过话说回来，对于那件事……我不认为自己有错，朋友是朋友，生意归生意。"

我不知道我们之间的明争暗斗是否会就此落幕，也不知道洪夏是否会因为利益再摆我一道，可我知道，起码在一段时间里，我的日子能好过一些了。

突然，一声轻咳从身后传来，打破了难得的轻松气氛。

洪夏倒是大大方方，对着黑暗中的人说："不好意思，扰了这位先生的清静。"

那人似乎在黑暗中点了点头，嗯了一声。

大厅里此时像是突然有热闹可凑，音乐声戛然而止，裙裾窸窸窣窣地向中央的餐台汇聚。

楚湘亭匆匆地向这边走来，边走边叫："露台上还有人吗？都过来！"

我侧头低声问那黑影："还有人吗？"

他轻笑一声走进灯光里，原来是楚湘亭那个名叫予舟的表哥。

我顿时尴尬再起，怎么今天两段不那么体面的对话都让他听了去？

大厅中央，一位风度翩翩的中年男子被年轻的先生小姐们围绕着，得意地环顾四周，问："没人能猜得出来吗？"

楚湘亭轻轻捏起两支细长的试管，冲我身后问："你要吗？"想是被那人拒绝，她便顺势递给了我，而她自己则将另一支放在鼻子下轻嗅。

周遭细碎的私语声落入我的耳中："楚小姐旁边是什么人啊？""不知道，怎么穿成这样来参加宴会？……"

楚湘亭一饮而尽，嘟起樱唇思索半晌，对我说："味道挺好的，你尝尝。"

手中的试管晶莹剔透、毫无瑕疵，一枚橙黄色的卵状物轻轻地上下浮动。我把酒杯凑近鼻子，闻不出任何特殊的味道，于是我一仰头，一股脑倒进嘴里，不多不少，正好一口的量。舌尖挑破裹着卵状物的那层薄膜，一股甘甜细软的浆汁顺着舌尖涌出，瞬间弥漫了整个口腔。浆汁顺着喉咙流下，微凉的感觉驱散了食道因酒精刺激产生的燥热。香甜的气息萦绕在唇齿之间，顺着鼻腔丝丝缕缕地向外漫延。

舌头在上下腭间轻拍几次，又在心中确认一番后，我问："是不是——南瓜？"

"什么？南瓜？"周围一阵窃窃私语，"不可能是这么廉价的东西吧？"

中年男人目光一闪，拍手笑道："哈哈！你是第一个猜出来的，厉害！"他转向楚湘亭，问，"这是你朋友？"

我赶紧答道："我是楚小姐的化妆师。"

"哦，化妆师……好，好，"他笑着问，"那你知道这是怎么做出来的吗？"

我说："外面的液体没有任何味道，应该是蒸馏水。南瓜的味道之所以很难辨别，应该是做了精细的处理，打碎了原本的纤维结构，并且剔除了杂质。至于裹在南瓜外面阻止与水交融的物质……我觉得……应该是蛋清。至于是如何做到的……我就不知道了。"

"哈哈！"他拊掌大笑，对楚湘亭说，"这丫头挺厉害，竟然连我用的是蒸馏水和蛋清都能品出来，已经很不简单了！"

我不好意思地说："吃货都有条灵敏的舌头。"

他又是一阵大笑："好，好！你们继续，好好玩！"

楚湘亭见他要走，追上去说："舅舅，奖品呢？不能白猜呀！"

中年男人无奈地摇头笑道："行！有奖品！"他挥手叫来侍应，低头耳语了几句，冲大家点点头便离开了。

楚湘亭拉着我说："我舅舅让人去安排了，哪有竞猜没奖品的？"

"我可不要，"我忙说，"说着玩的，要什么奖品？"

"给你就拿着！"她用胳膊肘捅捅我，冲我使了个眼色。

我想找个角落继续待着，不想一回身，正看见楚湘亭的表哥和一位亭亭玉立的女子面对面站着。

那女子扫了我一眼，惊讶地说："哎？是你呀？"我第一次听到她的声音，软糯糯、娇滴滴的。

"你好。"我笑着迎上去，想要感谢她为我促成这桩生意。

她上下打量了我几眼，转头对楚小姐说："怎么样？我介绍的人，用得还顺手吗？"

这个"用"字让我暗暗蹙了下眉头，收回了原本想要伸出的手。

楚湘亭说："她真的很棒！不愧是专业人士，确实技高一筹。"

"今天是你的好日子，为了把她让给你，我只好找了别的造型师凑合。"她用食指轻掩朱唇以配合自己的玩笑，又转头对我说，"你对香水有研究吗？"

我说："不好意思，我平常只和笔墨纸砚打交道，用不上那个。你可以打电话给工作室，找前台预约一位专业的香水师。对了，你……贵姓？"

气氛突然凝滞。洪夏见状，赶忙把她带到了休息区。望着她的背影，我在心里冷哼一声。谁知一转脸，楚湘亭与她表哥正以截然不同的表情盯着我，妹妹一脸惊讶，哥哥好整以暇。

我笑笑，回到角落的沙发上继续窝着，不知不觉竟睡着了。不知过了多久，待洪夏叫醒我时，晚宴上的人已所剩无几。

她朝茶几上努努嘴说："喏，你睡着的时候服务生送过来的，说是奖品。"

是部手机，看包装就知道价格不菲。

"最新款哦，啧啧啧……"她毫不掩饰内心的羡慕。

我招手叫来服务生，拜托她把手机转交给楚湘亭。

洪夏叫道："你傻呀，干吗不要？"

"无功不受禄。我爷爷说过，拿了超出劳动价值的报酬，会让人看轻你的身价。"我说。

"你这人，可真是……"

回到学校时，已经过了锁门的时间。宿管阿姨面色不善地在我身后唠唠叨叨，可是好歹没让我露宿街头。在床上躺下后，我突然发现这张床铺和我是如此契合，刚才一切的浮光流影都只像是一场梦。

我时常困惑，因为洪夏，我究竟是得到的多，还是失去的多？意外的是，这场婚礼，竟是我整个人生的转折点。而之所以有这一天，终究还是因为学校里那笔算不清的糊涂账。

第二章

1. 十八岁，初相识

在我十八岁那年，夏天刚开始的时候，我如愿收到了心仪的大学的录取通知书，成了所谓的"天之骄子"。报到那天，我第一次来到这座城市。这地方大得出奇，从火车站到学校，出租车足足跑了一个小时。

宿舍楼道里人来人往，各种声音交织在一起，各地方言荒腔走板。我背着巨大的登山包，拖着30寸的超大旅行箱推开305室的门时，被眼前的情景唬得一愣。直到我的眼睛适应了眼前的黑暗，才勉强从墙上分辨出一个人影的轮廓。

"不好意思，我得打破你营造的气氛。"我径直走到窗边，拉开了窗帘。夕阳瞬间把整个房间染成了橙红色。这时我才看见那个靠在墙上的人影，她的鼻梁上还架着副墨镜。充什么大尾巴狼！即便这样腹诽，我还是以友好的态度地冲她打招呼："你好，我叫隋牧童！"

"方心。你好。"她的语气寡淡，品不出味道。

我把行李暂时安置在写字台下面，对她说："我去吃饭，一起去吗？"

"不了，我减肥，晚上不吃饭。"她说。

"你？减肥？"我上下打量她，"再减胸就没了！"

方心把墨镜摘下，她的眼睛很大，却被眼皮遮住了一半眼球，此刻没了黑色镜片的阻隔，整个人显得柔和又慵懒。她果然犹豫了，可最后还是说："那也不去。"

"好吧，回见！"反正我也只是客气一下。

铃兰是第三天上午才到的，来的时候她只背了个黑红相间的登山包，像是要参加一场寻常的登山活动。没承想，当天下午却有人送来了五只箱子，颜色质地各不相同，每一只都比我那只超大码行李箱还要大。我很疑惑，宿舍里转个身都要躲着点儿人的地方，这么多的东西能往哪里塞？

五只大箱子自然不可能全部弄进宿舍。三只木箱直接在楼道里就被"拆解"了，满地稀奇古怪的玩意儿彰显其主人有着丰富而有趣的生活经历。铃兰从下午就开始整理这些零碎，来来回回地收拾，直到很晚还在忙碌。为了不碍事，我直接爬上了床，去厕所和食堂时，看见了很多细心包装、大小不一的纸包。

"这都是什么？"我问。

"宝贝。"她神秘地笑。

虽然她不肯告诉我，但我能从大致的形状判断出它们是茶壶、茶杯、碗之类的东西。像是把家都搬过来了，我想。可是相对于一个家来说，这些东西又似乎少得可怜。

第二天早上，当我从床上爬下来时，铃兰原本空荡荡的位置上已经被琳琅满目的各种玩意儿彻底填满了。

我靠着方心的衣柜问对面的铃兰："那个葫芦真漂亮，里面有什么？"

她又是神秘地一笑，说："你猜。"

她似乎并不打算为我揭晓谜底，而是从书架上拿出一本厚厚的精装画册。画册很沉，她的手微微晃动，从书页里飘出一张黄色的卡片。卡片上原本印着一行红字，看起来类似"××图书馆"的字样，只是那行字被涂掉了，只剩下牛皮纸上隐约可见的红色线框。

铃兰一把抽出我手里的卡片塞进手边的抽屉，笑得像山花一样烂漫："猜出葫芦里装着什么了吗？"

她显然想要遮掩什么，我顿觉无趣："谁知道你葫芦里卖的什么药！"

她哈哈笑起来，把画册塞进了身边始终未打开的一只皮箱里。

两只皮箱后来被安置在阳台的一角，都上了锁。箱子上面还铺了张塑料布，用马克笔写着："勿动！怕水！"

我对方心说起这件事，她沉默半晌，说："少管她的闲事。"

有一天晚上，所有人都在安静地摆弄自己手头那点儿东西。阳台上突然传来啪啪的声音。

铃兰的嗓音像是被点着的炮仗："不是说了箱子怕水吗？谁这么缺德？怎么在我的箱子上面晾衣服？"

没人搭话。我瞄了眼仍在滴水的棉麻长裙，确认不是我和方心的。

铃兰把"祸首"挑下来，问："谁的？没人要，我扔出去了！"

白晓鸥不紧不慢地说："阳台本来就是晾衣服的地方。你的箱子既然这么精贵，就放到别处去！反正，谁敢扔我的裙子，我就拆谁的箱子。"

原以为一场轰轰烈烈的骂战即将爆发，谁知铃兰只是狠狠地瞪了白晓鸥一眼，把箱子挪到了自己的写字台边。

我和方心对视一眼，彼此心照不宣。

这场口水仗以铃兰吃瘪告终。

很快，那两只箱子消失了。

白晓鸥睡在我的对面，可我从没在床上与她面对面交流过只言片语，因为每天当我已和周公相见时，她依旧在看报纸；而我着急忙慌赶第一节早课时，她则依然在酣睡。这个和我几乎来自同一纬度的南方女孩儿皮肤白皙细嫩，睡着时，两腮的婴儿肥随着主人的神情放松下来，像极了鲁本斯笔下的圣婴。每天清晨我一边醒困儿，一边痴痴地端详她，想象着等她老了，也该是个面容十分可爱的老奶奶。

可是"老奶奶"的作息却让同住的人有些头疼。

开学半个月后的一个晚上，方心从盥洗室回来，对正在往脸上贴面膜的白晓鸥说："晓鸥，以后别半夜洗衣服，吵得人睡不着。"

"人家牧童不是睡得挺香的吗？你要是睡不着，很有可能是有病，得治。"白晓鸥把面膜里的气泡一个一个推出去，动作不紧不慢。

方心扯下头上的发带，回敬道："是啊，我这不是去医务室开药了嘛！我可不敢熬夜，不然还没毕业就内分泌失调，熬成黄脸婆了，到时候，敷多少面膜都没用。"她转头，对因为意外被卷入战局而一脸懵懂的我说，"快睡觉！多睡觉才能皮肤好。"

啪！报纸不甘示弱，发出金属碎裂般的声响。白晓鸥一把抽出桌子下面的塑料盆，趿着拖鞋摔门而去。

一场暴风雨戛然而止。我手脚麻利地爬上床，不消片刻便人事不省了。

2. 莫名其妙的友谊

算起来，我们四个人在一起吃饭的次数屈指可数。

白晓鸥或许压根不知道食堂的早餐都有些什么，但她始终能享受到新鲜、热乎的午餐。每当我们泄洪一样地冲进食堂时，她已经从容地收了餐具，准备展开与我们不同时区的崭新一天了。

至于铃兰，我始终不知道她几岁。我认为她阅历丰富，是因为她时常对我的话嗤之以鼻。于是没过多久，便只剩下方心和我一起吃饭了。

跟着方心，我总能在拥挤的食堂找到位置。起初我以为这只是巧合，可是很快，我就有了新的发现。

我问："那拨人是专门替咱们占座的吧？"

方心淡淡地说："是替我，你只是顺带的。"她挑出几块牛肉放进我的餐盘，"我不爱吃牛羊肉，你帮我吃吧。"

我说："为什么不吃牛羊肉？"

"吃伤了。"方心淡淡地说。

我很想和她深入地八卦一下占座这件事，无奈周围太吵，于是我盘算着下午人体素描课时，坐得离她近一些。

教室里很安静，只有铅笔划过素描纸发出的沙沙声。教授不时来回走动，我一直没找到和方心说悄悄话的机会。

突然有人在我的肩头轻敲了一下，是个名叫高建峰的男生。

"橡皮借我用一下。"他小声说。

递过去，还回来。

过了一会儿，那支笔再次伸过来。"再用一下。"他很不好意思地说。

"你拿着用吧，不用还了。"我说。

他迟疑片刻，说："谢谢啊。"

那是我第一次画人体，很不顺手，所以心烦意乱。方心在我身后默默地站了一会儿，说："我饿了。"便独自去了食堂。

等到了食堂时，已经没什么可吃的，我便在小炒窗口点了份小火锅。

"羊肉、肥牛、蔬菜拼盘、火锅面,各来一份!"我冲窗户里喊。

"你一个人吃不完!"窗内的胖阿姨看也不看我一眼,靠着冰柜说。

"那也要吃!"我执拗地把脸伸进出饭口。

她斜睨了我一眼,掀开冰柜,把肉乎乎的上半身探进去一通翻找。

我用了三趟才把菜都端完,此时肚子叫得越发欢快,唾液也随着沸腾的热汤急速分泌。我死死盯着第一片将要浮起的羊肉……突然,一道黑影从我的头顶压了下来。

又是高建峰!

他在我面前坐下,说:"你也这么晚啊?"

我瞄了一眼他碗里纯净如雪的面条和寡淡无味的免费汤。很明显,这个时候的免费汤,即使用"溜边,沉底,轻捞,慢起"的口诀也早已经捞不到半点好处。

"是。以前没画过人体,对我来说有点儿难。"我招呼他,"一起吃!"

他突然从口袋里掏出一张簇新的对折的两块钱递给我。

"什么意思?"我没接。

"那块橡皮……算我买你的吧。"他说。

"不用!"我摇摇头,白菜叶上的麻酱溅到了桌上,"一块橡皮而已,何况还是用过的。"

他执拗地伸着手:"哪能白要你东西?"

我叫道:"你这不是骂我吗?就一块橡皮,还是用过的!快收起来,别寒碜我了!"

听我这么说,他只得把钱揣了回去。

我把菜和火锅往前推了推,再次邀请道:"一起吃,我点得多。"

我一通胡吃海塞,见他并不夹火锅里的菜,便捞出一堆煮熟的肉放进他碗里,招呼道:"吃啊,还非要我给你夹吗?"

他低头看着碗里的肉，有些发愣。

我意识到自己的举动有些唐突，忙举着筷子解释道："高温消毒过了！你还是自己夹吧！别客气，务必帮我把这些菜吃完，不然浪费了。"

火锅真是个热络气氛的好东西，很快便将拘谨蒸发了。不得不说，高建峰在专业方面很有自己独到的见解，有些连老童也从未对我说过。

"你怎么懂这么多？"我问。

"你是应届生吧？"他笑着说，"我考了好几年呢，没上过系统的考前班，只能到处蹭课，自己瞎琢磨，所以学得很杂，也不知道说得对不对。"

"杂有杂的好处，不像我，除了要考的那点儿东西以外，什么都不懂。"

"以后有什么不懂的咱们可以交流，只要我知道，一定知无不言！"他豪爽地拍着胸脯说道。

当我回到宿舍时，方心不在。

我趴在床上翻了会儿书，一时被王熙凤两口子与平儿之间的三角纠纷闹得头疼。等了许久，也没见方心回来，我渐渐地有些迷糊。再醒来时，已经离早上第一节课开始仅剩二十分钟了。我慌忙从床上翻下来，差点和方心撞上。

"你怎么不叫我一声？早上第一节课系主任要来做示范！"我一只脚踩在帆布板鞋上，另一只脚四处探寻它的同伴。

方心看起来有些疲惫，穿的还是昨天那身衣服。

我说："衣服蹭上灰了，换一件吧。"

她抬起胳膊看了看，说："算了不换了，来不及了。"然后她走到自己的床位前，从背包里掏出一包东西塞进柜子里并上了锁，转头对我说，"我先走了，你动作快点儿。"

我愣愣地站在衣柜前。难道方心昨晚没回来吗？看她衣服上蹭的像是涂料，难道去刷墙了？望着她离去的背影，我心里的疑惑很快被不满取代，她一贯是这种你是你、我是我的态度。

"捂不热的！"我嘀咕道。

教室里静得出奇，只听得见铅笔在纸上摩擦发出的沙沙声。所有人在画室中心围成了半圆状。

尽管我把脚步放得极轻，但还是有人转过头朝门口看了一眼，是高建峰。我把食指竖在唇上，对他做了个嘘声的手势。他微微侧身，为我让出一个狭小的空间。

四十分钟后，示范结束。我回到座位上，发现竟有一袋小笼包挂在椅背上！塑料袋上有层薄雾，显然还是热的。算你有良心！我冲方心挤眉弄眼，她却丝毫没有反应。装腔作势！真是让人又爱又恨啊……

课间休息时，我趴在她背上说："谢谢你啊，这么体贴，还知道给我买早点。"

"不是我买的！"她说。

啊？那是谁做的好事？我环视一周，教室里仅剩的几个人都在忙手头的事情。管他的！吃都吃了。

想起早上的事，我问："你是不是昨晚没回来？"

"嗯。"

"干吗去了？那你在哪儿睡的？"我又问。

"朋友帮我接了个活，干了一夜。"

"什么朋友啊？"我追问。

"说了你也不认识。困死了，中午你自己吃吧，我要回去补觉。"

中午，我一个人端着餐盘四处张望。没了方心，我只能自己找座位。

"隋牧童！"浑厚的声音从远处传来。高建峰挺直了背，高举着手臂左右挥舞。等我走近，他说："早上听方心说你起晚了，帮你买了袋包子。味道还行吗？"

"包子是你买的呀？"我惊讶道，"你今天可真是我的贵人！"我在他对面坐下，突然感到有些尴尬——对面的餐盘里只有青菜和白饭，占据着不锈钢餐盘的三块区域；而我的餐盘里则座无虚席，红肉绿菜你推我搡，汤汁浸染了雪白的米饭。

"老规矩，一起吃！别客气！"我豪爽地邀请，并把那只嚣张的鸡腿夹进高建峰的盘子里。

"哎！别别别……"他慌乱地推让。

"别客气，吃吧吃吧，反正我也吃不了。"

"吃不了，下次就少买一点吧。"他说。

我有点儿难为情："下次注意。"

正聊着，突然有个人在我身旁坐下，竟是铃兰。我很诧异，平时她绝不会主动来找我吃饭。我故意夸张地环视周围，明明这时已空出许多座位。铃兰笑嘻嘻地用胳膊肘捅我："干吗呀——"

她的眼睛若有似无地扫过桌面，调侃道："大小姐又品菜呢？"

我知道她在损我。

没想到这顿饭，我们三人竟然相谈甚欢。原来，铃兰在上大学之前，已经独自一人在这座城市漂泊了好几年。我想起她那几个箱子里的零七八碎，忽然隐隐有点儿心酸。高建峰也聊了很多他的事——他的家人和他的家乡。相比之下，我能说的少之又少，如果他们是画，那我就只是张白纸。

从那以后，我和高建锋便时常在食堂"偶遇"。有高建锋在的时候，铃兰也会和我们一起。

知道他经济拮据，我便时常分一些菜给他，有时甚至会故意多买一些。这样做不仅是出于善意，我也能多尝几个菜。而高建峰也投桃报李，经常在我需要的时候伸出援手。然而每当这时，方心的表情总是怪怪的，似乎欲言又止。

终于有一天，她按捺不住，问："你对高建峰有好感？"

我满不在乎地说："只是一起吃吃饭谈谈心，你不要这么保守。"

可她说："你要是对他没意思，最好别让他误会。要知道，如果一个人总能在你需要的时候帮到你，说明他的眼睛一直在盯着你。"

我虽然被她这话吓了一跳，但还是有些不以为然。

可是很快我就发现了问题。只要有高建峰在，很少有同学会主动和我打招呼，更别提和我一起吃饭闲聊。他们似乎在远远地窥视什么，偶尔还会露出一种莫名的、促狭的笑容。在教室里也是如此。明明上一秒我还在和某个男生说笑，下一秒，那个男生的笑容就像被按了遥控器的暂停键一样，僵在脸上然后讪讪地走开。

我忽然觉得自己像是一棵树，或是一片草地，又或是一个什么物件，被某种动物以一种神不知鬼不觉的方式划定了归属权。我开始假装看不到他的热情，可无论是在食堂还是会堂，或是任何一个人声鼎沸的场所，他都如同一棵粗壮的大树从地底钻出来，以山呼海啸般的气势和音量呼唤我，令我无处遁形。

我再也忍受不了了！一下课，我就拉着方心往外走。

"又下馆子？"方心脚步迟疑地问。

我不作声，继续拉着她大步流星地向前走，就像屁股后面有妖怪在追我。

"你这样逃避不是办法！"她甩开我，"我早就跟你说过……"

"好好好，我知道了！"我打断她，"可是就算说清楚，也得等他先摊牌吧？"

"唉!"她叹了口气,"这都什么事儿啊!"

即使方心不说,我也在绞尽脑汁地想办法,毕竟一直下馆子,账户上的钱很快就吃紧了。开学前,老妈把整个学期的生活费连同学费一起打进我的账户时说:"就这么多钱,从今往后你得学会精打细算地过日子,别到时候挥霍完了又来找我要,我可不管!"彼时我拍着胸脯向她保证,况且还有老童悄悄给我的补贴,足够我吃香喝辣到学期末。可是现在呢?一学期才过去不到一半,眼看着就离当时的承诺越发遥远了。

3. 表白

北方的深秋似乎是一夜之间到来的。

我问铃兰:"现在是看红叶最好的时候吗?"

铃兰说:"嗯,现在的枫叶就像最醇厚的红酒,但是转瞬即逝。"

漫山遍野与夕阳连成一片的红,想必是最高级的颜料都难以调配的迷人色彩吧?我暗暗打定主意,周末约上方心一起去爬山赏红叶。看窗外天已黑透,我把翻了好几遍的小说往椅子上一扔,捂着咕咕叫的肚子准备去喝碗热汤面。最近为了躲避高建峰,我彻底打乱了作息时间,而这样的行为则被方心说成是杀敌一千、自损八百。

教学楼的后门有条被竹林掩藏的小路,晚间树影交叠、形状难辨,胆小的女生便不敢涉足。我向来不信邪,此时又饥肠辘辘,便想也不想地踏进了那片黑暗。

"周末一起去看红叶吧?"竹林里突然传来一个男人低沉的嗓音。

我停下脚步,竖起耳朵,可是好一会儿也没有听到有人搭话。

那声音又追问了一遍:"怎么样?能不能认真考虑一下?你知道我的意思。"

然而回复他的，只有我腹中一声悠长的喟叹。我心下一慌，捂着肚子仓皇而逃。

回到宿舍时，其他三个人都安闲地坐在自己的位置上。

细长的女士香烟在白晓鸥白皙的手指指缝中轻颤，她显得冷静而自持。铃兰依旧戴着耳机，丝毫没有踏足现实世界的打算。

我径直走到方心桌前，趴在她耳边轻声说："周末一起去看红叶吧？"

方心明显一愣，很快改用一贯淡然的口吻说："还有两天，容我想想。"

"好！快点儿想！"我兴致盎然。

可是还没等方心想好，一场大雨彻底打乱了我的计划。呼啸的大风夹杂着凛冽的秋雨呼啸了一夜之后，便只有仅剩的几片叶子还在树梢上朝不保夕地随风摇摆了。

我望着窗外满地落叶，沮丧地说："红叶是看不成了，赶紧把羽绒服翻出来吧。"

晚上，我扭来扭去地想把被子裹得更紧些："外面是风声吗？怎么那么吓人？"

方心漫不经心地回答："是啊。这么点儿风声就吓着了？在我们老家，风能把牛羊都卷上天。"

我缩了缩脖子，上下牙齿咯咯地打架："好冷啊……什么时候来暖气啊？"我望着天花板发呆，想念家里热乎乎的被窝。

呼地飞来一片乌云，我的身上一沉，顿时暖和许多。原来是一张羊毛毯。

"再坚持几天就来暖气了。"方心边说边爬回自己的床上。

"羊毛毯给了我，你怎么办？"

"我有羊绒大衣。"

我看着她躺进被窝，把那件驼色的羊绒大衣小心地铺平、整理好。

即使我不懂面料，也看得出这件大衣质地很好。每隔一段时间，方心就会把它从衣柜里取出来，用粘毛的滚轮仔细清理上面的浮尘，再重新挂回衣柜里。趁她打理的时候，我学着我妈的样子用手摸过，指尖仿佛触到一只活生生的绵羊。方心打开我的手，怕我给摸脏了。

那件衣服一定很珍贵！我望着天花板向方心保证："等过了现在财政困难时期，我就赶紧去买床棉被，把羊毛毯还给你！"

铃兰突然讥诮地说："你听过腊八粥的故事吗？"

我不明白她什么意思，便静静地等待下文。

她说："古时候有个有钱人家的少爷，平日挥霍无度，把父母留给他的财产全都败光了，最后连房子都卖了，只能住在漏雨的破屋里。到了年关，他又冷又饿，翻遍家里所有的地方才凑出半碗杂粮，煮了一碗腊八粥……"

真希望方心和白晓鸥都已经睡着了。我又羞又恼，这个铃兰，居然拿这个故事来讽刺我！想反驳，一时又找不到强有力的话去回应她，我只能翻来覆去，把床板砸得砰砰响。

梦里，我来到一个陌生的乡村。雾气弥漫的晨光中，一位母亲把简单的午饭盛进印着双喜的搪瓷大茶缸里，兄弟俩每人一份。哥俩凭借茶缸口上那块磕掉瓷的标记判断哪个是弟弟的，哪个是哥哥的。很显然，哥哥的搪瓷茶缸日日被田里的粗石沙砾打磨，和它的主人一样显得比弟弟的沧桑许多。我跟着兄弟俩一起走到田里，看他们锄草、施肥，黝黑的皮肤在阳光下泛起油亮的光泽。我在他们身边走来走去，慌不择路的蚂蚱跳到我的脚面上，又连飞带蹦地逃走。

太阳升到头顶的时候，他们在不远处的大槐树下坐下，开始吃母亲早上给他们准备的午餐。这时，有个编着麻花辫的女孩远远走过来，在兄弟俩身后停下。我听不见他们说了什么，只看见女孩把红烧肉、酱牛肉又或是其他什么菜夹到哥哥的缸子里，哥哥推辞不过，又夹给弟弟……

第二天早晨一睁眼，我对方心说："我梦见自己去了高建峰家。"

方心惊讶地问："他家什么样？"

"不知道。我只看见他妈、他哥，还有一个女孩子。"

"那女孩是你吗？"

"不是，是村里的姑娘，给他们兄弟俩送吃的。我就在旁边看他们吃饭。"

方心叹了口气："这孩子，快魔怔了。"

就在那天，离下课还有二十分钟的时候，我朝高建峰的位置瞄了一眼，人没在。

我对方心说："早点儿去食堂吧。"

"怎么？不请我下馆子了？"她揶揄我说。

"没钱了。"我可怜巴巴地说。

"今天我请你吧！"她说。

刚走出教学楼，"隋牧童！"一个粗重的声音叫住了我。

我心中大呼不妙，拼命向方心使眼色。

可方心只是犹豫了一下，说："我先去食堂了，给你占座。你快点儿过来！"说完便飞快地走了。

我慢慢转身，看见高建峰猛吸几口剩下的香烟，把烟蒂扔在地上。他一脚踏灭残存的火星，朝我走来，每一步都像踩中我的胸口。

"最近怎么没在食堂吃饭？我每天都给你留位子。"他问。

"食堂的饭菜这么寡淡，当然要经常换口味。"我故意摆出一个轻浮的态度。

果然，他的脸上露出一丝无奈："我觉得……你还是应该在食堂吃饭，一个是卫生，另一个……我们还是应该节俭一些。这样吧，以后每天我还帮你占座，你不用着急往食堂跑。你喜欢吃什么就告诉我，咱俩商量着来，尽量别浪费。"

我突然想起梦里的那个姑娘，意识到事情不能再这么继续发展下去了。我笑了。高建峰也笑了，笑容像正午灿烂的阳光，充满了温和的宠溺。他望着我，想了想，说："那这样吧，每顿饭一荤两素，其中一荤一素都选你喜欢的。"

我摇摇头，说："不行，每天吃什么，吃多少，我得自己说了算。"

他皱了皱眉，说："行吧，我吃什么都行。"

"嗯。"我说，"你不用等我，也不用刻意给我留座位，我愿意和谁一起吃，就和谁一起吃。"

他的眉头皱得更紧了："那……我们什么时候还能待在一起？"

"上课呀，上课的时候大家不都待在一起吗？"我不以为然地说。

"那我们和普通同学有什么区别？"他急了。

"我们本来就是普通同学呀！"

他愣住了。突然他上前一步，似乎想要抓住我。我赶紧后退。他又上前一步，我又后退一步……

"你的建议我会认真考虑。我确实骄奢淫逸……"为了了结这段荒唐的关系，我也顾不得自己的形象了，"但我打小就是这样，委屈什么也不能委屈自己的嘴……还有脸……还有头发……总之哪方面也不能受委屈。不过你不用担心，我的家里人会替我操心，就不用你费心了……"

他眨了眨眼睛，好像没听懂我的意思："我以为……我以为你对我……和我对你的想法……是一样的……"

"不好意思，"我打断他，"如果我做了什么让你误会，我向你道歉。"

"不是，你怎么突然变成这样了？我们不是一直很好吗？"他再次向我靠近，试图挽回我的心意。

越来越多的老师和学生从教学楼里走出来，纷纷投来玩味的目光，更有好事的男生嬉皮笑脸地起哄："哟，这是干吗呢？"

三十六计走为上！我转身想溜："方心还在等我……"

"等等！话还没说完呢！"他大吼一声。

我的胳膊像是被铁钳牢牢箍住，心中开始默念，完了完了，秀才遇到兵了……

"把话说清楚再走！"显然他不想就这么放弃。

"你干吗呀，放手！疼——"我是真的有点怕了。

不少人停下来向这边观望，却没人有进一步的动作。

正在我又着急又难堪，拼命想要挣脱他的禁锢的时候，人群中忽然有个声音响起："哥们儿！干吗呢？欺负小姑娘玩儿呢？"

我和高建峰一齐望向声音的源头。一个男生踱着步子朝这边走来，步伐一摇三晃，摇乱了照在我身上暖暖的夕阳。

待走到高建峰身边，他一把揽住对方的脖子，笑眯眯地说："欺负小姑娘有什么好玩儿的，找兄弟们喝酒多有意思。走，我请你喝酒去！"那口气就像在路上偶遇相识已久的老友。

"你谁啊？"高建峰想用胳膊肘将他顶开，可是动作刚做到一半就顿住了。那男生似乎对他耳语了什么，钳制我的力道立刻消失了。更神奇的是，高建峰竟然乖乖地跟他走了。

我神思恍惚地回到寝室，连午饭也忘了吃。

方心问："事情解决了？"

我说："应该解决了吧，还有意外的惊喜。"

于是我把事情原原本本地说了一遍。

她也很惊讶："还有这样的事？你认识那个男生吗？"

"不认识。"我乖乖地说。

"那就是他对你一见倾心，所以英雄救美！"她打趣道。

那晚，我梦见一个修长的身影穿过迷雾向我走来，他的身体被温暖的阳光包裹着，朝我伸出修长而有力的大手，将我从荆棘丛生的悬崖边解救出来。

4. 萍水相逢

几天后，方心问我："城东新建了个创意文化区，这周末要搞些活动提高人气，给人现场画素描肖像，你有兴趣吗？"

"给钱吗？"我再也顾不得什么矜持。

"一天500。"她说。

"行！我去！"

那个时候，我完全没有想到，正是这样一个偶然的机会，我认识了洪夏，又在后来的一次偶遇中跟她产生了难分难解的纠葛。也正是因为这些纠葛，我认识了吴予舟。或许，这就是所谓命运的安排吧。

那天的天很蓝，在阳光的照射下，身上泛起一层朦胧的金光。我和方心背靠背坐在广场上，被一群人围绕着。赞叹声此起彼伏，让我很是受用。我的手像被施了魔法，在纸上欢快地舞蹈。整整一天，我为一个小男孩、一位大爷、三位年轻的姑娘和两个时尚的小伙子画了素描肖像。那是我生平第一次意识到在金钱的驱使下，艺术会焕发出如此神奇的生命力。

园区工作人员来送餐时，散落在各个角落的"艺术工作者"像是接受投喂的小动物般向广场聚拢过来。

方心在广场边找了块树荫凉儿招呼我坐下。

我端着餐盒迟疑道："就坐这儿吃？太难看了吧，跟农民工似的。"

"农民工怎么了？"她白我一眼，"都是打工挣钱，谁也没比谁更高贵，爱坐不坐！"

这时有个女孩走过来，热情地招呼道："我刚才看你们画画了，画得真好！结束的时候能给我画一张吗？"

她的短发很时尚，就像时尚杂志里模特的发型。栗色的发丝蓬松而顺滑，在阳光下泛着油亮的光泽。她的皮肤看起来很好，脸上的妆容虽然淡却很精致。

方心问："你也是艺术家吗？"

"对啊，"她说，"我在那边负责人体彩绘。我叫洪夏。"

"如果一会儿结束得早，你就过来吧。"方心说。

等我们傍晚收拾画具时，洪夏已经走了。天气开始冷了，估计模特们也坚持不了太久。园区工作人员给了方心一个信封。她如约从里面抽出五张百元钞票给我。接钱时，我的手略微迟疑，因为就在他们交接的瞬间，我看见信封上分明写着"1200元"。第一次挣到钱的兴奋感被冲淡了，取而代之的是种难以形容的……不快。

我不断宽慰自己，即使没钱挣我也多半会来，更何况这单生意本就是方心找来的，说实际些我也不过是替她打工而已。可即使这样，我心里还是不自觉地隐隐生出了芥蒂。

第二天，我原本打算叫上方心一起去书店看画册，只看不买的那种，可是因为心里的小别扭，最终我还是独自去了。

整个下午我坐在书店的台阶上，满脑子都是方心冷漠神秘的态度和对我点点滴滴的好，一个字都没看进去。傍晚经过书店一楼的咖啡厅时，现磨咖啡的香味逗引得肠胃一阵叽里咕噜，可我最终还是决定坚持一下，回学校食堂赶一顿廉价的晚餐。为了不动用那珍贵的 500 块钱，我只买了一份醋熘白菜和土豆丝，盘算着如果省吃俭用的话，剩下的钱还能维持多久。

忽然，我在窗边发现了一个熟悉的身影，于是毫不犹豫地朝他走去。

"这儿有人吗？"我问。

男生抬头看见我，愣了一下，向我身后望了望，说："没人，但是周围这么多空位……"

"你不记得我啦？前几天在教学楼门口……你替我解围来着……谢谢你啊。"说着，我毫不客气地坐下。

"咳，小事，不值一提。"他终于想起来，摆摆手说，"你是绘画系的吧？"他的笑容带着一种痞痞的豪气，和我梦里的英雄一模一样。

"是。你怎么知道？"我想起方心说的关于"一见倾心"的话，不禁一阵窃喜。

"哦，我有个老乡是你们系的。"他淡淡地说。

"叫什么名字？哪个年级的？"我追问。

"方心。"他说。

"方心是你老乡啊？这世界真小！我们俩是一个宿舍的！"我高兴极了，这真是一个拉近关系的好机会。

"是啊。"他说。

"我们宿舍的四个人就数我们俩关系最好，其他两个人吧……不太合群。"

"方心合群吗？"他像听到了一句笑话，反问道。

"你要这么说……她确实也不怎么合群，但是不知为什么，她唯独和我特别好。"

他点点头："可能是因为你很单纯、开朗。"

我不好意思地岔开话题："你不是我们这届的吧？"

"我比你们高一年级，动画系的陆奕然。请多指教。"他向我友好地伸出手。

"隋牧童。"我也伸手和他握了一下，"对了，那天你对高建峰说了什么？他怎么那么听你的话？"

"你猜。"他神秘地一笑，"我说……'系主任来了'。"

我惊喜地望着他，我梦中的盖世英雄不仅善良勇敢，而且足智多谋。

陆奕然三两口把餐盘里剩下的食物"打扫"完，说："我吃完了，先走一步。再见！"说完他冲我一笑，端起餐盘长腿一撩，头也不回地走了。

与之交握的手此时一片冰凉，似乎脸上的热量完全无法传导到那里。我望着他离去的背影，懊悔忘了和他解释，那天我和那个男生之间的事，只是个误会……

5. 隔阂

"你一早跑哪儿去了？本想叫你一起去书店的。"我问方心。

方心似乎心情也不错，说："我出门的时候你还在打呼噜，所以就没叫你。"

"胡说！我怎么可能打呼噜？"我叫道。

"真的，隔壁宿舍的一大早就跟我说，'你们宿舍谁呼噜声这么大，吵得我们一夜都没睡好'。"

正在这时，铃兰推门进来，我抓住她问："我昨天夜里打呼噜了？"

铃兰看看我，又看看方心，说："啊！打了！还磨牙，说英语来着。"

"说英语？说什么了？"我惊讶道。

铃兰大笑：“你说，一壶油，冻得辣舞密，爱唯有，酱扑吐这戏！（If you don't love me, I will jump to the sea!）”

方心笑得眼泪都流出来了，“你这表白方式可真高级，也不看看人家能不能听得懂！”

我们三个人追打成一团，那是我们唯一一次如此融洽，也是我头一回看见方心笑得那样无拘无束。

热闹平息后，我悄悄问方心：“你猜我今天在食堂遇见谁了？”如愿看到她好奇的表情后，我说：“你老乡陆奕然，就是那天替我解围的人！”

她果然很惊讶，笑容凝固在了脸上。

“你们很熟吗？”我仔细观察她的表情。

“不熟。”她又恢复了一如既往的冷淡。

“哦……那你们是在同乡会上认识的吗？”我问。

方心思索片刻，说：“我们是一个大院的，曾经做过邻居。不过……很少来往。”

“那你们岂不是认识很多年了？”我不肯放过任何一个和他有关的线索。

“算是吧，不过没怎么说过话，后来他们家搬走了，就没再见过。”

“那……”我还想再打听，却一时想不出该问些什么。

方心轻轻叹了口气，说：“你俩不合适。”

“你凭什么这么说？你们不是不熟吗？”我狐疑地盯着她。

我们的目光在空中碰撞，发出当的一声，清脆而坚硬。这碰撞激怒了我。既然不熟，为什么要劝我放弃？她以什么立场劝我？

“如果你非要试试，我也不拦你，只是到时候吃了亏，别在我面前哭。”她转身从包里抽出一本崭新的《艺用人体解剖》递给我，说，“高建峰让我把这个给你。”

"什么意思？我没找他借过书。"我口气生硬，并不伸手去接。

"他说你需要，新买的，先给你用。他塞给我就走了，我只好带回来。要还你自己还，我最讨厌掺和这种事！"她冷冷地说。

"那你带回来干什么？你不是很酷吗？直接丢在他的座位上不就行了！"

"一本书对你来说不算什么！"方心提高了声音，"别人辛苦攒钱买的，要是丢了，是让我赔，还是让他自认倒霉？"

我一时语塞，愤愤地拿着书回到自己的书桌前，啪的一声摔在桌上。

宿舍里的气氛立刻降至冰点。铃兰慢悠悠地走到我桌前，拿起那本书翻了翻，又扔回了原处，脸上带着明显的不屑与讥讽，也不知道是对谁。一屋子都是神经病！我暗暗骂道。

白晓鸥今天倒是难得的好心情，一进门就嚷嚷："哎，过阵子咱们去郊区写生，整整一周不用在学校里待着，太爽了！过年都没那么高兴！我得提前列个表看看都要带些什么……"

"你听谁说的？"我问。

"老鲁。"白晓鸥说。

"他怎么会跟你说这个？系里都没通知呢。"我不解道。

"他让我给她当模特儿。"说着，她翻了个精致的白眼，既像是不屑，又像在炫耀。

新生开学第一天见到老鲁时，我对他印象极好。他热情地在前方引导风度翩翩的老童，把我那个超大号行李箱推得哗哗作响。签到、缴费、买生活用品……弄得老童倒像是领导视察一样。开学后，他对我也是相当客气，甚至可以说关爱有加。

可是这种好印象并没有维持太久。某天下课后，我折回教室取书，还没进门就听见老鲁的声音带着极不耐烦的情绪："能给你安排勤工俭学的机会就不错了，还挑肥拣瘦！有什么问题自己克服，别什么事都来找我！"

我躲在楼梯拐角处一直等到老鲁离开，才看见高建峰从教室里走出来。从那之后我便明白，老鲁和煦的笑容并不是对所有学生绽放的。

"那你同意了吗？"我问。

"他说可以帮我把之前旷课的记录删除，我就同意啦！"白晓鸥得意地说。

这未免太过儿戏了吧！我很惊讶。

"可是，他何必拿这个做交换呢？学生给老师做模特还不就是一句话的事？"我问。

"就她那出勤率，没这个机会，恐怕要被开除了。"方心突然插话道。

"哼！"白晓鸥朝方心的方向飞了个白眼，"听说还有人提了更过分的条件呢！我这算什么？"

方心弯腰从写字台下面抽出脸盆，脚步带风地穿过我和白晓鸥中间。

我和白晓鸥默契地目送她出门，我小声问："你说她？什么更过分的条件？"

白晓鸥冷笑道："申请助学贷款呗。"

助学贷款？这个消息很让我惊讶，要说铃兰去申请倒是不稀奇。怎么从来没听方心提过？她家里很困难吗？看不出来啊……

"那……老鲁同意了吗？"我问。

"我哪知道？"

"老鲁没跟你说？"

"他什么也没说，是我看见了他桌上的申请表。"白晓鸥说，"你也想想有什么条件可以提吧，老鲁迟早会找你的，咱系的漂亮姑娘他肯定得一网打尽。"

其实做模特这事本来没什么，**被老鲁这样一弄却变得很龌龊**。我暗暗打定主意不给老鲁发出邀请的机会。可是一周过去了，老鲁提都没提这事，碰面时态度依旧彬彬有礼，反倒让我隐隐有些失落。

自从我不再和高建峰吃饭，铃兰也不再主动凑过来了。说实话，除了方心，我实在找不到其他合适一起用餐的对象。于是几天后，我认了个怂，借着一壶开水和方心恢复了一起上课、吃饭、讨论下乡写生该准备些什么的"友好邦交"。那本《艺用人体解剖》在桌上静静待了一个星期后，我瞅着一个神不知鬼不觉的机会，悄悄地把它放回了高建峰的背包里。

6. 一举两得的计划

我望梅止渴一般努力地制造一次又一次和陆奕然"偶遇"的机会，当然，是背着方心的。不知为什么，我隐隐觉得方心和陆奕然之间没那么简单，虽然她似乎真的与陆奕然不相熟，可我总觉得她的生疏显得刻意。

幸运的是，这次下乡是一年级和二年级一起的。

原以为山里容不下这么多人，可是到了地方才知道，几百号人撒进山里，瞬间便没了踪影。村里没有路灯，到了晚上，谁家屋里亮着灯，蚊虫就一窝蜂地往谁的屋里扎，轰都轰不走。

我们和陆奕然他们班被安排在了同一个大院里。这户人家可能很早就发现写生基地是个赚钱的买卖，白墙大瓦房前后盖了三排，足以容纳五六十人居住。第一天晚上，我们四个在被蚊叮虫咬和脏兮兮的被子之间做了个艰难的决定——蒙头睡。我听见白晓鸥在被子里咕哝了几句什么，很快就没了动静。第二天一大早，我们赶着村里的小卖店一开门，一人买了一大盒蚊香和一套花开富贵的床单被罩。

我说："咱们就算把蚊香全点上，把自己都熏死了，也不见得能把这么多虫子都熏走吧？"

方心说："虫子只有等到晚上开灯才飞进来。咱们白天出去把蚊香点上，门窗都关严，傍晚回来散散味儿再开灯。记得进出随手关门就行。"

果然，接下来的几天睡得很踏实，其他房间的同学也开始纷纷效仿。

每天清晨，天刚蒙蒙亮就有人向山里进发。有人早起，也有人晚归。

老鲁说："山路崎岖，为防止发生意外，两人一组结伴进山。只有一个人的，和我组队。"

我和方心一组，保持在对方目光所及的范围内。可是很快，我便察觉到了另一道目光，它远远地追随着我，我停，它停；我走，它也走。我想甩掉它，于是拉着方心在山里兜了一天，结果什么也没画出来不说，脚力也完全不是人家的对手。我的心里开始隐隐不安，凭对方的体力，假如真要和我较起劲来，这荒山野岭的……

第二天醒来时，方心已经不见了。

我问白晓鸥："方心什么时候出门的？"

白晓鸥说："我比你起得还晚，我哪知道？"

此时铃兰端着盆进来说："她五点半天刚亮就起来了，说是要补昨天的作业。真够拼的。"

是怕我再拖她的后腿吧？我怏怏地望着无边无际、雾霭重重的山峦，突然有了个绝妙的想法。为此我甚至有些激动，因为这绝对是个一举两得的好主意！

上午我在村子附近转了几圈，早早就回来了。不久，高建峰也进了院子，坐在离我不远的地方。方心今天回来得也很早，满脸疲惫地在我身边坐下。

"作业补完了？"我问。

"嗯。"她望着远处的群山，说，"我和你不一样，我不能落作业，也不能犯错误。"

"我也不想落作业，也不想犯错误，你这话什么意思？"

她见我不高兴，摆摆手说："我不是那个意思，你别误会。"

我懒得再和她打嘴仗，起身排队打饭去了。我们相对无言地吃完饭，方心又进山了。我反复琢磨她那几句话，心里越发不舒服。

老鲁走过来笑眯眯地问我："累了？"

我笑嘻嘻地看着他："累啊……"

"你们这些城里长大的孩子就是吃不了苦。"他转向高建峰，声音里带着责问，"你怎么也在这儿坐着？画画去！"

高建峰看了我一眼，只得背起画夹走了。

我借机趴在桌上，这样谁也看不出我是不是真的睡了。老鲁的登山鞋在桌子下面静默了几秒钟后，随即掉转方向离去。

直等到日影西斜，投在身上的阳光渐渐失去温度，陆奕然终于在冷暖交织的余晖中踏着并不平坦的石阶一级一级地向我走来。

我挥手示意他过来："你中午没回来吃饭？"

他眯着眼睛看我，似笑非笑，一双桃花眼又细又长。

"早上带了点儿吃的，中午懒得回来了。"他说。

我点点头，犹豫着该怎么开口。

"怎么，找我有事？"见我欲言又止，他把画具搁在地上，坐到我对面。

我尽量让自己看起来坦率："嗯，想请你帮个忙。"

"说。"

"我，我想请你假扮我的男朋友。"

"假扮?"他又眯起眼睛看我,似笑非笑,桃花眼又细又长。

我的脸颊滚烫:"要不,算了……"

"可以!"

他居然同意了!我抑制不住地想要惊叫起来,但理智提醒我,不要表现得那么明显。

"怎么假扮?"他问。

"这个……我也没想好。"

"嘿,"他轻笑一声,"那就……一起吃饭吧。"说完,他一手一个地拿起我俩的饭盆,打饭去了。

嗬,这么快就进入角色了,还是说他早就在心里演练过?我美滋滋地想,看着他把每一个再普通不过的动作做得洒脱无比。突然,我看见他向后惊跳一步,飞溅起的酱油汤在空中划出几道抛物线,追随他而去。

可惜房东大妈没有这么敏捷的身手。这位看起来憨态可掬的中年妇人此刻一脸惊愕,几滴酱油汤还挂在脸上,样子十分滑稽。

"饭做得难吃我都没抱怨,现在还不管饱了?你这土豆炖肉里的肉呢?喂狗啦?"一个长发披肩的女生嚷嚷着,很明显,这一切都是她的杰作。

房东家肥得像猪一样的中华田园犬适时地站了起来,拖着身子挪了两步,嗅了嗅地上的汤汁,发现没什么油水,又换了个舒服的姿势躺下。一旁的学生哄然大笑。房东大妈用袖子胡乱地在脸上胡噜,黝黑的脸越发难看。

"算了算了,"陆奕然上前隔开女生和房东大妈,"有话好好说,何必呢。"他小声对那女生说了句什么,那女生哼了一声,回了自己房间。

小小的风波就这么平息下来。陆奕然端着碗回到我对面坐下。

我问:"怎么回事?"

"嘿，"他轻笑一声，"房东嘴碎，说什么'城里来的姑娘怎么比我们村下地干活的男人吃得还多，再这么下去那点伙食费怎么够啊'，那女生就一个馒头砸进了菜汤里。"

我乐了："那她是活该！"

正在这时，方心走进院子，我招手示意她过来。陆奕然顺着我的视线看过去，原本以为他会热情地附和我的邀请，谁知他却毫无反应，默默地转回身来。方心看了我们一眼，把饭菜端到了一个很远的角落里。

这样的反应，反倒有种欲盖弥彰的意思。即使不熟的人，四目相对时也会点头示意，更何况他俩不仅是老乡，还曾经做过邻居。他俩一定有过什么！我暗暗猜测。可是不管曾经怎样，都已经过去了。虽说陆奕然和我暂时只是假扮，可谁说假戏不能真做？既然他答应了我的要求，就说明他对我并不是完全没有感觉。我抱着这样的想法暗自得意，远远地看着方心三两口吃完饭，回了房间。

我说："这几天跋山涉水，肚子里早没油水了，真想念城里的羊肉串啊！"

陆奕然想了想，突然转身对房东说："大妈，钱要是不够，您可以和老师商量，合理的话我们可以增加，但是伙食可不能偷工减料。这几天吃得太素了，明天正好周末，干脆我们自己做烧烤吧！"

周围的同学一听，气氛立刻火热起来，七嘴八舌地要点自己喜欢吃的菜，除了各种肉类，腰子、鸡胗和各种蔬菜一个也没落下。

房东大妈重新眉开眼笑："行！你们把单子列出来，我明天去采购。"

"我们一会儿让各班统计一下意见，要是大家都同意的话，明天找两个人跟您一起去。"陆奕然说。

我暗暗赞叹他的成熟老练，似乎各方面都想得很周到，这一点倒是和方心有点儿像。

7. 一石二鸟

第二天傍晚，河边早早地点起了篝火。果木噼啪的炸裂声和裹着炭灰的热气升腾起来，惊起了林中飞舞的各种虫禽。

我在干涸的河道里找到一块十分平滑的大石头坐下，想象它曾被湍急的溪水和成群的鱼儿抚摸的情景。忽然有个人悄无声息地在我身边坐下，周身散发着与这山林浑然天成的气息。

班里有些动手能力很强的同学，手脚麻利地把各种肉分别穿在木棍和竹签上，刷油、撒盐、撒辣椒粉、撒孜然粉，不多时，香气便扑鼻而来。

两根吱吱冒油的羊肉串从我身旁递过来，我没接。

就在班长佟克抱着吉他，带着全班同学扯着嗓子唱到第三遍"蚂蚁蚂蚁蚂蚁蚂蚁蝗虫的大腿"时，我伸手扯下一只鸡大腿，穿过欢腾的人群，送到了陆奕然的手里。陆奕然也很配合地温柔一笑，回报给我两根肉串，紧挨着我坐进了阴影里。

我很得意于无声无息地解决了麻烦，简单、有效。

此时，方心也很识趣地提出分头用餐，理由是讨厌当电灯泡。这样也好，省得别扭。陆奕然兑现了自己的承诺，回城后每到下课就会在教室门口等我一起去食堂。他只是那么慵懒地往墙上一靠，便引来大家各异的目光。当然，更多的是来自女生的钦慕。其实他这个人并没有表面上看起来那么不羁，骨子里应该是个很认真负责的人。我很庆幸我们来自不同的城市，可聊的话题天南海北无穷无尽。他向往南方的精致婉约，而我则欣赏北方的豪迈奔放。有时我们也会吐槽各自的室友，他们确实每个人都有独特的个性，但真的不适合群居……偶尔我会有意无意地提起方心，暗暗观察他的反应，他总是一笑，却并不多说什么。

高建峰已经不再对我表示出明显的追求。有时我能感觉到他在我的周围逡巡，却再没有过进一步的举动。陆奕然对于我迟迟不提出解除情侣关系似乎并不在意，就这么任由周围的人把我们看作一对真正热恋中的情侣。

我以为一切都在向更加美好的方向发展……

新学期开学后，我没再见到方心。我以为有什么事绊住了她，又或许她生了场小病。但是老鲁说，她退学了。

我花了很长时间才消化了这个消息。这时我才后知后觉地发现，似乎我对方心的感情并没有我自己认为的那么可有可无。我原以为我们之间的矛盾不过就是暗暗比较谁更能获得一个男生的青睐，如今我胜利了，却一点儿也高兴不起来，甚至还有些愧疚。随着方心消失的时间越久，那种愧疚感越发明显。我愧疚什么呢？真奇怪。我并没有抢走她的男朋友，是她自己说和陆奕然毫无瓜葛的。况且她还不让我和陆奕然交往，这不是狗拿耗子——多管闲事吗？事实证明，她差点坏了我的好事。

我的"恋情"开始出现大面积的空白。陆奕然显得心事重重，时常心不在焉。我隐约觉得和方心有关，心里越发不安。直到有一天，到了往常该见面的时间，我们谁都没和对方联系。就这样，这段荒唐的关系在彼此心照不宣的默契中悄悄地解除了。

一年多以后，陆奕然毕业离校时给我发了一条短信。

我去送他。

长长的树荫从宿舍楼前一直延伸到校门口。

我问陆奕然："你有一点点喜欢过我吗？"

他说："有的，只是……"

"比不了方心在你心里的位置，对吗？"

他看着我，说："如果我先认识的是你，也许……"

我笑了，心里却有种很挫败的感觉。爱情是不分先来后到的。陆奕然很善良，给我留了面子，可是他的做法我并不赞同，因为他利用了我，尽管我也利用了他。

所以我们扯平了，谁也不欠谁。

陆奕然说："我和方心从小就认识，只是没机会好好相处。"

陆奕然说："我很早以前就喜欢她了，她能和我考进同一所学校，你不知道我有多高兴。"

陆奕然说："她始终对我没有任何回应，我只是想刺激她，并不想伤害她。"

陆奕然说："我错了……我得把这一切纠正过来。"

我说："其实你一点儿也不懂女生。如果真的喜欢，就应该死心眼地追，要心无旁骛，对路边的野花不能表现出一丝一毫的心动。哪怕你只是好奇地瞄一眼，也会让身边的女生没有安全感，因为你是那么充满魅力，也因为方心是那么敏感。"

他轻轻地拥抱了我，像朋友那样。他说："真心话，如果没有方心，我一定死心塌地地追你。"

我假装很嫌弃地推开他："请收回这句话，这是对女人最大的侮辱。你的潜台词是：我不如方心！只有她离场了，我这个替补队员才有可能上场。对不起，我不稀罕！"

他惶然无措地挠头，不知该怎么解释。

"走吧走吧，见到方心的时候请她原谅我。"我大步向学校走去，两只手在空中高高地挥舞，心里却空落落的。

那天，我一个人坐在学校的湖边看了很久的夕阳。余光中有个人在我身边坐下，陪着我很长时间。临走时，我喃喃自语道："喜欢一个人并不卑微，可是我不屑于当别人的备胎，因此也不打算给自己找备胎。如果不是真的喜欢，我会连敷衍都做得很敷衍。"

8. 冲突

我原以为学校会安排一位新同学进来填补方心留下的空白，可是并没有。铃兰像是一株生命力极其旺盛的榕树，一点一点地把触角延伸到了方心的领地，把那里发展成了自己的后花园。我的心里有些不快，却又暗自庆幸——方心的气息在慢慢地消失，似乎这个人从没出现过，这样我的心里就可以好过一些。

就在大学生活即将平淡结束的时候，一种可怕的病毒像流言一样一传十、十传百，转眼就扑到了大家的眼前。所有人都有些蒙，原以为不过是普通流感，忍忍就过去了。可是新闻里说有人死了，连医生也被传染而最终不治。学校停课了，班主任一脸严肃地告诫大家，在学校里好好待着不要出去，早睡早起不要熬夜，坚持锻炼身体，这个时候生命比学业更重要。

我本来作息就很规律，老童让喝板蓝根我就喝，让吃维生素我就吃，表现得十分惜命。白晓鸥的作息也很规律，但她过的依旧是"美国时间"，与旁人不在同一轨道。唯独铃兰总有自己的打算，特立独行，想到了就马上去做，似乎任何规矩都要在她这里网开一面。

其实那天我和白晓鸥一早就发现铃兰不见了，想着不知她又在哪个角落里猫着，可等晚上见到她时，才知道她偷偷溜出了学校。

白晓鸥怒不可遏："你是不是有病！外面有传染病，你自己不怕死为什么还要连累我们？你要是想死就死在外面，还回来干什么？"

"我为什么不能回来？"铃兰淡淡地说，"我住在这里，谁也没权利不让我回来。"

"可是学校有权利不让你出去，你为什么还要出去？"

"我有事，很重要。你管不着！"

"很重要很重要！就你的事重要！你就是自私自利！"白晓鸥快气疯了，"我要去举报你，我要搬到别的宿舍去！"说完，她跑去开门。

一个人影追上她，哐的一声巨响，门又关上了。

"不许去！"铃兰一只手臂撑在门上，把白晓鸥框在她和门的中间。

我从未见过女生之间发生如此剧烈的冲突，一时不知该如何是好。我下意识去拉铃兰："算了算了……"谁知铃兰胳膊肘一捅，把我捅了个趔趄。

白晓鸥急了，两只手想要掰开铃兰撑在门上的手臂，试了几次却是徒劳。突然间，意想不到的事发生了，她猛一低头，狠狠地咬在了铃兰的手臂上。

啊的一声尖叫，紧接着啪的一声，白晓鸥狠狠地摔在地上。

几秒钟后，当她抬起头，我不由得倒抽了一口凉气——白晓鸥那张白皙的娃娃脸上赫然出现了一个红色的掌印，五指分明。

白晓鸥大叫一声跳起来，疯了一样撕扯铃兰的衣服……

没多久，我们被身强力壮的宿管阿姨分开，带进了系办公室。

老鲁瞪大眼睛，不敢相信我竟然参与了这场斗殴。好在很快我便被放了回去。铃兰和白晓鸥虽然各执己见，但唯一意见一致的是，我只是被殃及的池鱼。

那天晚些时候，白晓鸥回来了，她一侧的腮帮子仍然鼓鼓的，眼睛又红又肿。铃兰没有回来，听说她被安排在了另一个没人住的房间。

第二天晚上，宿舍来了两个全副武装得像宇航员一样的人，让我们收拾些简单的生活用品跟他们走。我和白晓鸥面面相觑，不安和恐惧从脚底直升到头顶。他们说，前一天溜出学校的那个同学出现了高烧症状，我和白晓鸥自然也成了密切接触的高危分子。

"啊——我就说这个贱女人，害自己不够还要害别人……"白晓鸥抱着换洗衣物一边哭一边念叨，跟着我上了空荡荡的"依维克"。

我们俩靠在一起瑟瑟发抖，经过教学楼时，她小声问我："你害怕吗？"

我点点头，喉咙早已发不出声音。

学校的西北角有一座20世纪50年代建的家属楼，在学校新的规划蓝图里已经没有了它的位置，在没被定向爆破之前，它可以暂时接纳我们。

我们被带进一套两居室，房间还算宽敞，最主要的是干净，窗户大开着也没散尽消毒水的气味。

我俩挤在一张单人床上，彼此都觉得，此刻有个人陪着一起不那么容易崩溃。

"我要是就这么死了，做鬼也不会放过那个贱女人！"白晓鸥说。

"只是隔离，说不定没被传染呢，而且铃兰发烧也不见得就是那个病。"我安慰她，更像是安慰自己。

"可是，如果就是呢？"她抽泣起来，"我还咬了她一口……"

我的心又往下沉了沉，摸到她的手握住，过了一会儿才说："那我们就祈祷铃兰不是那个病，祝愿她早日康复。"

好半天，白晓鸥才极不情愿地说："祝她早日康复！"

因为走得匆忙没带太多东西，我们在隔离的大部分时间里只能静静地待着。睡不着觉时，恐惧和焦虑像蟑螂一样无孔不入。就在我们对接下来如何打发这难挨的半个多月观察期一筹莫展时，老鲁来了。

两头大、中间细的石头几经上下翻飞，终于落进了我们的临时居所，还给我们带来了第一批物资——一部手机和一张纸条，它们被安置在一个用作静物素描的篮子里。纸条上写着："手机是我的，有任何需要随时打系办公室的电话，24 小时都有人在。记得给家人报平安。"落款是"鲁振平"。

接下来，我俩陆陆续续地要了书、衣物、笔记本电脑、游戏光盘甚至卫生巾，老鲁全都按照清单备好，无一遗漏。每当他仰着脑袋笑着冲我挥手，再从医护人员手中接过被仔细消过毒的篮子，我都在心里默默地感谢他一次。这种时候，没几个人能做到这样，不管是不是迫不得已。

几天后，我们得到铃兰的消息——她得的只是普通肺炎。

我望着白晓鸥，问："你高兴吗？"

白晓鸥皱着眉头，一副笑了一半又突然发狠的表情，从鼻子里挤出几个字："高兴，可还是恨恨的！"

即便解除了危险警报，我和白晓鸥还是在这栋楼里住够了两周的时间才离开。没有了思想负担，这里突然成了最安全的地方。我俩平时除了看书打游戏，偶尔聊聊天，剩下的就是折腾老鲁给我们弄这弄那。老鲁明知道我们在整他，却也忙得不亦乐乎。

9. 初见二哥

我和白晓鸥从隔离点出来后，老鲁带着百感交集的我一路往校门口走。

我问他："你带我去哪儿？"

他笑着说："把你卖了。"

我明知他在逗我，便老老实实不再多问。

他说："一会儿有个人接你去他家，他是你爸爸的学生，不用担心。至于什么时候回学校，我会通知你的。"

就这样，我被他托付给了一个陌生的男人。一辆黑色的吉普车一路向东，把我带回了城郊的别墅。在此之前，我的脑海里不断浮现出各种可怕的场景，可是就在昏黄的路灯一遍遍扫过那个男人的侧脸时，一种记忆深处的似曾相识感仿佛被唤醒了，我的心也渐渐安定下来。

这个人就是常恺。

"我好像见过你。"我没头没脑地说。

"哈哈，"他爽朗地笑了，"我们第一次见面时，你还是个小娃娃。"

"在哪里见的？"我问。

"在淮海市第十中学。"他看我一眼，面色温柔。

我稍稍放下心来，那所不知名的中学确实留有我童年的记忆片段。那时老童大学毕业没几年，在这所中学里当美术老师兼毕业班的班主任，经常忙得不着家。

"老童的学生从没来过我家。"我说。

"不在你家，在我们教室。那天家里没人带你，童老师就把你带到了班里。他在前面上课，就把你安排在我们中间。"

脑海中依稀浮现出一个场景——一片金灿灿的阳光中，小小的我坐在墨绿色的窗棂边，被一群花季少年围绕着。他们悄悄递给我各式各样的小零食，反复问我"你几岁了""你妈妈呢""你最喜欢吃什么呀"。

我笑了："你也给我塞零食了？"

"塞了呀，课间我去买了一兜小橘子。你爸说你最喜欢吃橘子。"

我想起老鲁提起他时的表情，问："你和老鲁是不是认识？"

"你们叫他老鲁？哈哈，是啊，我们是大学同班同学。"

"怪不得。"我自言自语道。

"怪不得什么？"他问。

"怪不得他对我另眼相看。"

他一只胳膊撑在车窗边，一只手握着方向盘，那样子很成熟洒脱，和陆奕然有点像，却又不太一样。

他说："我没刻意让他关照你，只是以前给他讲过我跟童老师学习时的事情。"

"有什么特别的事吗？"我问。

他看着前方，抿了抿嘴说："改天再给你讲吧。"

我们似乎穿过了整座城市，最后驶进一片欧式园林。吉普车穿梭在婆娑的树影之间，把一座座被树木掩映的小楼甩在身后，最终停在一座三层小楼前。车库门徐徐升起，黑暗中我看不清这栋房子的全貌，但当我站在考究的雕花木门前时，我确信这是个美丽的家。

"欢迎回家！我叫常恺，在家排行老二，你可以叫我二哥。以后这也是你的家，随时欢迎你的到来。"

我仰头看见客厅中央垂下一盏巨大的复古水晶灯，每一颗水晶里都有一道彩虹，随着我们的呼吸轻轻颤动。

他提议去顶层看看，我便跟在他身后，踏着灰色大理石铺就的台阶，一级一级地走进了那个月光如水的地方。

我想象中的画室得有一个深邃、遥远的屋顶，它的一半是透明的，疲倦时能躺在地上数飘荡在银河里的星辰，那时月亮便成了我的吊灯；大雨时它让我置身于水底；秋风起，落叶轻抚窗棂又离开；雪花纷飞时，我将被白雪覆盖。我被眼前的美景蛊惑了，想象自己成了这里的主人。

"喜欢吗？"常恺问。

"超级喜欢。"我由衷地说。

我被安置在二楼尽头的一个房间里，房间简洁干净。常恺说我可以按照自己的喜好重新布置。

夜深了，我却无法入睡，最近发生的事令我的神思翻江倒海。我给方心的电子邮箱发了一封信。我不想再默念免责的咒语入睡，如今我自认为是经历过一次生死的人，因此拥有了倾诉的勇气。其实我不太知道自己到底想说什么，只是把这些日子以来发生的事都写了下来，信中包含了我的内疚、想念、恐惧，还有释然。

床垫软硬适中，与我的每一寸肌肤都贴合得很好，可我睡得并不踏实。过去的一切像幻灯片一样在我脑中不断回放，直到窗帘缝里透出隐隐的微光，我才渐渐失去意识。

几近中午我才醒来，开门时，发现自己下意识地反锁了房门。

一楼没人，餐桌上有面包和煎鸡蛋，早已凉透。我正琢磨要不要吃一点儿时，门开了。

"睡得好吗？家里有菜，咱们自己做吧。你想吃什么，去冰箱看看，你会做的你做，我会做的我做。"常恺笑着说。

这应该是我第二次在阳光中遇见他。他和学校里的艺术系男生不同，浑身上下都打理得井井有条，没有蓄起长长的头发，周身也没有一丝松松垮垮的颓废，看起来更像个风度翩翩的建筑设计师，就像《火玫瑰》里的温兆伦。

厨房很大，设施一应俱全，看得出装修时花了一番心思。我瞄了眼忙着处理食材的男人，好奇这样的男人会有什么样的另一半。

我在大衣柜一样的冰箱里发现了整整一抽屉来自家乡的香肠，还有满满两罐神仙豆，不禁莞尔。

神仙豆是我们家乡的一种特产。经过发酵的黄豆会长出长长的白毛，散发出阵阵臭气，所以也俗称"臭豆"。将这种臭豆连同青红相间的辣椒、肉末在热油里一炒，臭气熏天，却又香辣味扑鼻，配上刚出锅的贴饼子，只要有勇气尝试过一次，就会令人难以忘怀。

见我发愣，常恺说："你会包饺子吗？"

我点头。

"那行，咱们晚上包饺子吃！"

很快我便松弛下来，因为大部分时间，这所房子的下面两层都只有我一个人。

常恺偶尔出去，更多时候则在顶层画室待着。他并没有邀请我分享那间美丽的画室，我便不好意思主动进入。这个我可以理解，有人创作就像生孩子，并不喜欢被大众围观。

某天傍晚，我终于找了一个借口迈上三楼的台阶。

一幅静谧如诗的画面展现在我眼前——西斜的橘红色阳光透过窗户照进来，给他整个人镶了道金边。他并没有动笔，只是静静地盯着眼前的一幅人物肖像一动不动。那是个年轻的女人，五官并不十分出色，但是组合得恰到好处，因而显得耐看，在此刻曼妙的光景中更是有种诗意的美丽。

我思索片刻，故意加重了脚步，一边走一边问："咱们晚上吃神仙豆吧，我和面了，一会儿做贴饼子？"

他像是突然被惊醒，用泡沫纸把那幅画整齐地包好，拿进储藏室里。

我有些不自在，又问了一遍："晚上吃神仙豆行吗？"

他笑着说："你还会做贴饼子呢？"

"见我妈弄过，试试吧。"

作为一个单身男人，常恺显然有很强的自理能力。至于为什么判断他是单身，完全是我出于女性的直觉——这幢三层的豪华别墅里除了我以外，完全没有女性生活过的痕迹。

我们像打仗一样手忙脚乱地完成了晚餐，不算很成功，但也不算失败。

"真奇怪，这玩意儿这么臭，怎么就让人欲罢不能呢？"我说。

常恺想了想，说："这应该和地域特点有关。我们的家乡地处中原，气候湿润，东西很容易腐坏。以前生活艰苦，食物坏了又不舍得扔，就加工一下看能不能继续吃，没想到发现了特有的风味。对这种气味和口味的习惯像是一种基因被遗传下来，让我们找到了'臭味相投'的人。"

　　确实如此。来到北方以后，遇见的人来自天南海北，饮食习惯相差很多，似乎能吃到一起的人也更能谈得来。

　　"你知道动物是靠气味来辨别同类的吧？"他问。

　　我点头。

　　"其实人也一样。人虽然有更高的智慧，可以直立行走且有独立的语言文字，但根本的动物性并没有改变。所以你会发现，如果某个人身上有种你不能接受的气味，那你们就不太可能长久并和谐地生活在一起。"

　　我头一回听到这样神奇的理论，但它的确击中了我心底某个柔软的位置。小时候每当入睡前，我总会贪婪地闻一遍枕头上的味道，像是一种戒不掉的独特嗜好。我能从洗衣粉的清香和阳光烘烤的温热气息中辨别出爸妈的味道，原来这就是我作为小动物的本能。

　　我满脸崇拜地望着常恺，他哈哈笑着摸摸我的头，说："真是个小姑娘！"

　　"我已经不是五岁的小女孩了……"我抱怨道。

　　"在我眼里，你一直就这么大。"说完，他哈哈笑着洗碗去了。

　　我突然很泄气，是不是在所有人眼里，我都只是个不懂事的孩子？也许高建峰、方心和陆奕然都是这么想的。

　　晚上入睡前，我仔细闻遍了枕头、床单和被子上的味道。它们应该是为了欢迎我的到来被重新购置的，除了薰衣草味洗衣液的味道外，我一无所获。

10. 善因与善果

第二天早饭后，常恺说："看这个情况，疫情一时半会儿过不去，你在我这儿也不能荒废了。从今天起，你也上楼画画吧。写生、创作都行，需要什么材料你就说，我去给你买。"

我想起储藏室里的那幅画，问："能给我画幅油画肖像吗?"

他愣了愣，半晌，他回答我说："我很多年没画过油画人像了，等找个机会试试。"

找个机会……这是个很委婉的托词。

为了避免尴尬，我转移了话题："你们那时候能考到北京来的很少吧? 况且是那么好的学校。"

"其实我也没想到能考上。我从小就喜欢画画，可是那个年代很难找到好老师。"沉默片刻，他说，"遇见童老师是我一生的幸运。"

"你都已经功成名就了，没必要这么拍启蒙老师的马屁吧?"我笑道。

"不是拍马屁，"他很认真地说，"那时候我单纯又狂妄，童老师说我绘画感觉很好，我就自以为是天才。我想考最好的美术学院，成为最伟大的艺术家! 可是家里太穷了，几个孩子能勉强吃饱已经不易，哪有多余的钱让我干这么奢侈的事? 是童老师帮我圆了这个梦，没有他，就没有我的今天。"

我很好奇，不知老童究竟对他做了什么。

"我以为童老师也会和其他人一样笑我痴人说梦，可是没有。他自始至终都听得很认真，仔细帮我谋划。他说他会抽空和我父母谈一谈。"他长长地呼出一口气，"我不知道他们是怎么谈的，反正我爸原本死活反对，后来竟然不管了。他只是说：'你小子有野心，那你就使使劲，实在不行就回来跟我下井挖煤!'进京考试的时候，童老师塞给我一个信封，说是给我写了几条考试注意事项，让我装好别弄丢了。上了火车我才知道，里面装着的是两张崭新的百元大钞！"

"拿着那笔巨款，我整个人都傻了。出发前童老师什么要求都没提，可我的压力反而更大了。要是考不上，最对不起的人不是我爸妈，而是童老师。"他呼出一口气，"回来以后，我自觉考得不错，想要好好去你家感谢，可童老师说什么也不让去。他说这事没有提前和师母商量，让我不要泄露秘密，以免影响他们的夫妻关系。他这么一说，我更是不知该怎么办，只得把沉甸甸的感激藏在心里。"他笑起来，"后来我才明白，师母哪里是那样小气的人，这完全是童老师拿来宽慰我的借口。"

他的笑容带着温柔的气息，在空气中弥漫开来。此时我才明白，我能在这样危难的时刻得到一个安全舒适的栖身之所，皆是因为若干年前老童无意中播下的善因，如今已长出了丰硕的果实。

11. 短暂的爱恋

"二哥吃饭!"我唤他，把鸡蛋、火腿、面包、牛奶、白粥和小菜一一端到桌上，摆成了一幅缤纷的图画。

"我先冲个澡!"他说。

露珠和泥土的芬芳被沐浴液的清香取代，穿过早餐纷乱的香气钻进我的鼻腔，惑乱了我的心神。

"发什么愣呢?明早跟我跑步去!"他伸出手在我眼前晃了晃。

"有没有人说过你长得像温兆伦?"我的心脏突然跳得很快，像是被抓了现行的小偷。

他摸了摸鼻子："好像是有人那么说过。太帅了，没办法……"说完，他哈哈大笑起来。

我一面觉得好笑，一面庆幸自己机敏。

早饭后，二哥在厨房洗碗，门口传来门铃声。

谁会这个时候拜访？我正在迟疑要不要开门，二哥从厨房探出头来，说："快开门，有客人！"

门开的一瞬间，门外的人明显一愣，笑容凝固在仅露出的一双眼睛里。仅凭这双眼睛，我就能看出这是位美丽的姑娘，年纪比我大不了太多。不仅如此，我还从她盈盈如春水的眼波中捕捉到一丝诧异和戒备。

"常老师……在家吗？"她的声音和我想象中的完全一样，很软糯，但我不喜欢。

我正想问"你找他有什么事吗"，二哥甩着手从厨房走出来，边走边解下腰上的围裙。

"来来来，快进来坐！牧童，去泡茶！"他说。

我很不情愿地假装在橱柜里一通翻找，柜门被我弄得噼啪乱响。此时，外间的女人已经摘下口罩，露出红润饱满的嘴唇。

真不懂事！现在是什么时候，戴着口罩还往人家里乱窜！既然戴着口罩，还抹什么红嘴唇呀？真是多此一举！

二哥见我半天没上茶，走过来从我刚才已经翻过两遍的抽屉里拿出一罐特级六安瓜片递给我："这是我的学妹，想请我帮她看看画。"

"画呢？"我问。

"这次没带，先来认认门。"

我偷偷撇嘴。

碧绿的茶叶在杯中浮浮沉沉。我在二哥身边坐下，肆无忌惮地打量年轻的女人。她在我的目光中显然有些不自然，像是被人窥探到心里的小算盘。我知道她想干什么。

"这是我妹妹。"常恺对那女人说，又转过头来向我介绍，"这是许添欣。"

许添欣的表情立刻轻松愉悦起来。可我却不太喜欢常恺这么介绍我，哪怕不介绍都行。

"严格意义上讲，我应该算是你的师妹吧？"我笑嘻嘻地说。

"啊！"常恺笑道，"没错，是小师妹。"

我得意地瞟了眼许添欣，她眼里的戒备更甚，还多了些其他的意味。

"冯教授还记得吗？"她说。

"喔，哪里敢忘，那可是我的恩师……"

他们开始聊那所顶级艺术殿堂里独有的话题。那些艺术大腕的名字我只有在画册里才能见到，而他们却开始聊那些人的八卦——谁的孩子去了国外知名的艺术学院，谁又娶了一个年轻的老婆……二哥拊掌大笑的瞬间，许添欣一手托着杯底，一手跷起美丽的兰花指，让晶莹翠绿的液体优雅地流进嘴里。那真是幅极美的画面，我却透过玻璃杯看到了一抹蔑视的目光。

还没等她放下杯子，我便站起身。二哥疑惑地看着我。

"你们聊，我上去等你。"按照原计划，二哥今天是我的模特。

二哥看了看表："呃……要不你先上去看书……"

许添欣倒是还算有眼力见儿，她果然彬彬有礼地拿起皮包，说："学长先忙，我改天再来拜访，也诚邀您去我那里看看。"

我站在半截楼梯上居高临下地对她说："慢走，最近病毒流行，您注意安全，别到处乱跑了。"

她嫣然一笑，再次把表情掩藏在口罩之下。

穿过平坦宽阔的主路，我们踩着绿油油的人工草坪朝湖边走，偶尔有价值不菲的豪车远远驶过。

"画画可以挣这么多钱吗？"我问。

二哥一笑，望着远处的波光说："画画的人大多清贫，想要做职业艺术家，既要有艺术天分，又要懂得与人沟通，学会包装和营销自己，还要和艺术机构保持良好的合作关系。所以，想做个成功的艺术家极不容易。"

"嗯。"我点头赞同。

"所以如果没有雨婷，我不可能有今天，她是除童老师以外对我帮助最大的一个人。"他说。

雨婷，多好听的名字，我想起那幅油画中的女人。

他侧头看向我："要说你俩也算旧相识。那时你坐在我们中间，抱着你的人就是她。"见我惊讶，他笑着说："高中毕业后她跟着我来到这里，那时我已经如愿考上了美院。街坊四邻谁都不知道我考上的是个什么学校，只知道要到北京见大世面。我也仿佛已经看到了光明的未来，名字被各大媒体争相报道，甚至有朝一日被载入史册。"他轻笑一声，说："谁知到了学校才知道，我自以为的天赋在美院老师们的眼里简直不值一提。他们猛烈地批判我的画法，让我忘记一切，从零开始。我不服气，于是更加勤奋，没日没夜地画，拿着那些画一家家画廊地跑。我想，只要画廊给我办了展览，作品大卖，就可以用事实证明他们的看法大错特错！"

他低下头，笑声和叹息都落在草地上。

"后来呢？"我问。

"我的勤奋变得毫无意义。老师们的批评越来越犀利，他们认为我冥顽不灵。画廊就更别提了，几乎都是随便翻翻就委婉地拒绝，有的甚至连看都懒得看。那时候，我的自信彻底崩塌了……"

我问："那雨婷姐呢？"

"其实当年她也考上了苏州的一所大学，但是为了跟我在一起就放弃了。她父母很生气，可又拗不过她，便妥协一步劝她复读。可她还是不同意，结果她家里人干脆断了她的经济来源。他们以为这样就能把她逼回去，可雨婷干脆在北京的一家商场做起了售货员，从此再没提过高考的事。"

我暗暗赞叹，什么样的爱能让人产生放弃一切的勇气？

"那个时候确实太苦了，她一个人工作要负担两个人的生活，白天上班，晚上回来还要照顾我……"

"你不住在学校吗？"我望着他，想象着一个和眼前完全不同的人，落魄颓废，生活不能自理。

"那时我和教授彼此看对方不顺眼，加上我经常熬夜画画，就从学校搬了出来，在她住的半地下室的隔壁租了一个房间。"

"那段时间真是人生最黑暗的时刻。学校不想去，也不想再画画，觉得即使画了也是浪费材料，作品根本卖不出去……前途一片渺茫，租房还得花女朋友打工挣的钱……"他叹道，"我们租的那种半地下室，说是半地下，其实根本见不到光。因为不通风，常年弥漫着一股霉味，每天都梦见自己睡在坟墓里。来之前对她许诺的美好前景全都化成了泡影，又没脸回老家，想想还不如死了算了。"

他捡起草丛里的小石子在水面上打了个四连击的水漂："在那间半地下室不死不活地躺了半个月后，我终于听雨婷的话回了学校。我不想死，可是不回学校又能去哪儿呢？这是我当时唯一的出路，因为我实在不想改行，而且除了画画，我什么都不会。

"原本我还很担心回到学校会面临处分，光是教授的冷嘲热讽那一关我都过不去。我在校门口转悠了一个多小时，最后还是被门卫大爷给叫进去的。可是很奇怪，我担心的事全都没有发生，第一天很平静地就度过了。我想着可能学校对于我旷课的处理结果没这么快下来，就战战兢兢地等，可是等了一个多月也没等到任何消息。教授的态度也很奇怪，每次看了我的作业，都很客观地指出优点和缺点，其他的话多一句也没有。那时我想，可能他是懒得跟我废话吧！

"就这样坚持到三年级下学期，突然有画廊的人找到我，说要给我办个小型的个展，我简直乐疯了！"他的眼睛如亮晶晶的星辰般照耀着我，"你知道那种明明已经死心了，却又突然遇到惊喜是什么感觉吗？后来我办过大大小小那么多个展，卖过那么多画，只有那一次的惊喜让我终生难忘。

"后来我才发现，所有我原以为的不寻常全都源于雨婷悄无声息地奔忙。她悄悄地在我身后做了很多事，连我的老师也是被她说动，改变了对我的态度。她还把我在家里完成的作品拿去给画廊的人看，帮我推销、联系展览……"他越说越兴奋，声音里夹杂着如水的温柔。

这样的女人，是会让人难以忘却的。不得不承认，雨婷姐身上的韧劲、果敢和吃苦耐劳都是我所不具备的。和她相比，我就是个乳臭未干的毛丫头。

这些心事像是被他尘封在一个老木匣子里，一旦打开，便不愿再塞回去。他依然在滔滔不绝地倾诉："第一次展览之后，我发现雨婷很擅长做这方面的事，就和她商量干脆由她做我的经纪人，反正以后就是一家人，没有人比她更值得信任。她欣然同意，我也理所当然地把除画画以外的琐事全部推给她去打理。一开始，我在圈子里没什么名气，她就去找那些有名的策展人，一遍一遍地给人家介绍我的画，给他们讲我的想法和创意，请他们吃饭，陪他们喝酒。"他的面色渐渐灰暗下来，声音也逐渐低沉。

"我的展览越来越多，她的应酬也越来越多。她那时整天陪着各种策展人和画廊老板吃饭，有时候下午出去，半夜才回来。我讨厌这些应酬，更讨厌她总是醉醺醺地进家门。我几乎很难见到她正常的样子，她已经不再是原来的那个她了。我们经常吵架，为工作的事吵，也为一些鸡毛蒜皮的事吵。我想我们是不是已经到了看见彼此都烦的地步？唯一能联结我们的就只有把作品转化为人民币的过程。"

"后来呢？"我问。

"我们的分歧越来越多，每每想起过去，我总会问自己，到底是我变了，还是她变了？或者我们都变了？"

"你们分手了？"

"我不知道，她说想冷静冷静，就走了。"

他捡了块石子儿使劲扔出去，小黑点在空中划出一个大大的抛物线，一头扎进远处的湖面，咚的一声消失了。

那晚，我梦见自己走进一间教室，坐在靠窗的一个座位上。不知什么时候，我的身边围满了人。他们在专注地听讲，而我完全看不清讲台上是谁，也听不到他在讲些什么。我钻到桌子下面，想悄悄地从学生和桌椅的腿缝中溜出去，可是没爬多远，就被一双温暖的手托起来，放在腿上。那双手细嫩而修长，仔细地剥开金灿灿的橘皮，撕去橘瓣上的白丝，把柔软的橘肉放进我的手心里。我抬起头，想看清手的主人是谁，梦却断了。

12. 二哥的安排

两个月后，我重新回到了学校。

二哥把车停在上次接我离开的地方。他伸出手，手心里躺着一小串钥匙。

"这是我家的钥匙，你可以随时过来。画室你也可以随便用，那是你哥哥嫂子的家，也就是你的家。"

我迟疑着不肯接。

他把钥匙硬塞到我手里，说："我不在的时候，你得定期过去给我看看房子，打扫打扫，别等我回来了，到处都是蜘蛛、蟑螂，院子里荒草丛生。"

我假装狐疑地瞪着他："你让我用你的画室是假，让我给你打扫房子才是真吧？"

他笑嘻嘻地摸摸我的头。

"你要去哪里？"我问。

"我想去找你雨婷姐。"他把两只手插进口袋里，一只脚尖抵着地面，钻啊钻，"如果就这样分开了，我可能会遗憾一辈子，不管结果如何，我得再试试。"

手心里冰凉生硬的触感告诉我，那间梦寐以求的画室暂时属于我了。我望着黑色吉普如离弦的箭一般钻入车流，突然生出一股羡慕的感伤——似乎每个人都有奋力追逐的目标，无论那目标是远是近、已知或未知，他们起码对自己是有所交代的。如果说陆奕然的离开让我的心空落落的，那么常恺的离开则让我的心彻底失去了倚傍。

我像是从一场华丽的梦中醒来，回到了嘈杂的现实生活中。

每到周末，我便盯着那串钥匙踟蹰。那分明是我很喜欢的房子和最中意的画室，此刻却失去了据为己有的冲动。我终于明白，拥有一件物什要么得名正言顺，要么得和喜欢的人分享才有意思。

六月底，在距离二哥离开两个月后，我接到了他的电话。

他一开口便责备道："物业说自从我走后就再没人进过我家，你怎么也不去帮我看看？"

"我忙呢，"我抵赖道，"快放假了要考试，还有各科论文和创作，等放假再过去吧。"

"也行。"他说，"我想着你明年就大四了，毕业创作得好好弄弄。刚才给童老师打了电话，请他和师母暑假过来玩。你们就住在我家里，我不在，你就替我招待他们吧。毕业创作你就在我画室里搞，随你折腾，别不好意思。"

"你找到雨婷姐了吗?"我问。

"嗯。我们在加拿大呢，一时半会儿不回去。"他说。

我听出他的情绪不高，也不好再问，寒暄几句便挂断了。

爸妈的到来让我对二哥的房子终于有了一丝"家"的感觉。其实房子里的卫生根本不用我费心。物业说二哥离开前已经预约了定期的保洁，而且在如此高档的别墅区，安全也完全不是问题。二哥是在为我规划大四这一年如何平稳过渡，无论是工作，还是考研，抑或是无业北漂，好歹我能有个容身之所。

夕阳依旧时常在二哥坐过的地方光顾，每每想起那个镶着金边的男人，我的心里便有一股暖流涌过。

13. 对垒

铃兰和白晓鸥各自占据宿舍一角，像是生活在两个完全不同的时空。我隐约听到有人说，白晓鸥放出话来，毕业时一定要给铃兰一个教训，以报那一掌之仇。我私下问过白晓鸥，她冷哼一声，既没承认也没否认。奇怪的是，从那晚之后，铃兰或许是默认了我和白晓鸥属于同一阵营，对我也日渐冷漠起来。

开学后，我把一些重要的家当转移到别墅。

搬家时，已经有段时间不和我说话的铃兰突然问："怎么这么早就在外面租了房子？研究生不打算考了？"

我说："不是，搬些东西去亲戚家。"

"亲戚？怎么从来没听你提过在北京还有亲戚？"

她那种玩味的口吻让我不太高兴，我说："什么都得向你汇报吗？你不是也有很多不为人知的小秘密？"

她愣了愣，脸色有些不自然。

过了一会儿，她又说："听说咱们这届只有两个保研名额，艺术设计学一个，美术学一个。你猜咱们系会保谁？"

我突然明白，这才是她今天放下姿态和我搭讪的目的。可是我怎么打算与你何干？虽然这么想，我依旧耐着性子说："能保研当然好，可如果实在不行也没办法，有本事就自己考，没本事考上了也毕不了业。"

"说得也对！"她捏起一颗水灵灵的葡萄，跷着兰花指小心翼翼地剥去葡萄皮，放进嘴里，再用纸巾把手擦干净，接着说，"绘画专业就咱俩总分差不多，你综合分数高，我专业成绩好，不知道最后会花落谁家？"

我实在不愿在这件事上跟她扯皮，于是说："我要是你，就抓紧时间背几个单词，万一没保上，还能有条后路。"

她没再说话，笑了笑，转回身去。

一个月后，学院公布了保研名单，一个是设计系的薛梦，另一个是我。老鲁念完名单，我下意识地偷偷朝铃兰那边看了一眼，没想到正和她的眼神碰个正着。她的嘴角露出一抹不易觉察的笑容，像是不屑，也像是嘲讽。

临近毕业时，大家都开始收拾东西。很多零七八碎的物件散落在教室各处，有时候会被误以为是没人要的。我因为要直升研一，便没有着急整理，绘画材料一应摆在原处。有天早上，我发现有一支勾线笔不见了。那支笔制作精良，软硬适中，十分称手，若是在市场上能卖到好几百元，是我专门从老童那里要来的。我想着或许是别人拿错了，便去其他人的桌上找。果不其然，我很快就在铃兰的砚台边发现了它。

我拿起笔对铃兰说："我的笔，我拿走了！"

"哎！"她叫住我，说，"怎么从我桌上拿了东西就跑？"

我心下有些好笑："你确定这是你的笔？"

"当然确定！"她回答得斩钉截铁。

我突然想起那本被她遮遮掩掩藏起来的图书，心下不快，便又问了一遍："你买的？你确定？"

"我买的！我确定！"她还是不知悔改。

我冷笑一声，说："那么请问你买的笔，上面为什么刻着我爸爸的名字？"

铃兰一愣。

我把那行小小的刻字"童未央先生专用"亮给她看。她的脸在同学们的窃窃私语和嗤笑声中一阵红，一阵白。

笑得最大声的是白晓鸥："噢！偷鸡不成蚀把米咯！"

"不就是拿错了吗？有什么了不起的！"铃兰愤然起身，离开了教室。

我突然有些后悔，不该当众打她的脸。梁子怕是彻底结下了。为了避免尴尬，我干脆搬到了二哥那里住，偶尔有事才回学校。

过完年，大家都忙着准备论文和创作，有的同学工作已经找妥，开始实习，大家很难在学校里碰面。

白晓鸥给我打电话说："铃兰好像去系里闹过几次，说是保研的名单有问题。老鲁跟她谈了几次以后更夸张，她从大一的成绩开始查，但凡哪门课的分数不满意，她就去找那门课的代课老师，要求人家给她改分数。"

"啊？"她能做到这一步，我是真没想到，"那老师们给她改了吗？"

"谁给她改呀，要是谁都跟她一样，以后还不乱套了？现在所有的老师看见她都躲着走，就跟耗子见了猫一样！"白晓鸥笑得肆无忌惮。

"你的工作找好了吗？"我问。

"找好了，我联系了上海的一家民营美术馆，他们的格调我很喜欢。"说完，她叹了口气，"其实我也挺舍不得的。在这儿生活了四年，都习惯了。还有你……"她又笑起来，"我知道我的性格不招人喜欢，大学四年，也就和你还能相处融洽。等我走了，你要好好照顾自己。你呀，就是在温室里待久了，什么都不懂，傻乎乎的还特别愣，早晚要吃亏的……"

"我有那么差劲吗？你可别咒我！"我叫起来。

六月，拍完毕业照，大家从高高低低的长条椅上跳下来，便跳进了不一样的人生。白晓鸥没说错，果然没过多久，我就为我的单纯无知付出了代价。

14. 卖身契

这个暑假无比惬意，唯一不那么美好的，是听说铃兰经过各种努力，也考上了本校的研究生。一想到又要和她同窗三年，我的心情就有些低沉。

午饭后，我准备去东边那个曾经和方心一起画过肖像的艺术区看看。经过几年的发展，那里已经成了国际知名的创意聚集地，有很多不错的书店。

我在书店里泡了好几个小时，被一本国外引进版的大部头画册吸引得挪不动步子。让我犹豫不决的，是画册背后那个小小的白色价签——

650 元。太贵了！这几乎是我一个月的伙食费！如今的我，早已变成了每餐坚定地吃食堂、打饭打菜有计划、荤素搭配不浪费、精打细算过日子的好青年。于是，我准备去刚才路过的小店吃一碗米粉好好考虑一下。

刚吃到一半，突然有个人在我对面坐下。

"我就说看着眼熟，果然是你！"她说。

她在我的记忆里有着一头时尚的栗色短发。如今她变了一副样子，头发长了，烫成了波浪一般，温婉地倚在胸前。她比我上次见到的时候美得更加不着痕迹，衣服和妆容搭配得更加自然。

"是你啊！"我认出了她。

"真是好久不见了！那次看见你们画得那么好，真想讨一张，可惜没来得及。"她惋惜地说。

"没关系，这不是又见到了吗？改天我给你画。"

她很高兴，说："那说好了，一言为定！你毕业了吗？现在住在哪儿呢？"

或许是虚荣心作祟，我报出了别墅的地址。

她很惊讶，艳羡的眼神难以掩饰。她说："再见到你真高兴，一会儿去我们工作室坐坐吧。"

吃完饭，我跟着她来到园区里一幢漂亮的小白楼前。此刻天已尽黑，小楼里的灯光从落地大窗透出来，显得整座小楼晶莹剔透。一串英文字母——Feeling——点缀在楼边，很时尚。

"就这儿！"她说。

她带着我穿过电动玻璃门，冲前台的漂亮姑娘点点头，径直上了二楼。

这是一个以我的财力和阅历完全接触不到的世界。目光所及之处，全是光彩四射、散发着香气的瓶瓶罐罐，镜框里都是精致的美女，相较起来，我不禁有点儿自惭形秽。有个和我差不多大的女孩正在跟身后的服务人员交谈，爵士乐声掩盖了他们的声音，但是能看得出来，他们的话题应该是关于女孩额前的那一绺刘海儿。这时我才明白，洪夏所谓的工作室，看上去更像是个高级的发廊。

"你不是……彩绘师吗？"

"哦，那只是我接的一个小活。我们是国内最专业的造型设计工作室，专门帮助有身份、有需要的人设计打造个人形象，包括发型、妆容、服装搭配……很多明星、名媛都是我们的客人。"说完，她拉开一把椅子，示意我坐下，"给你换个好看点的发型！"

接下来的三个小时，我们聊了很多关于结构、造型、色彩搭配方面的话题，洪夏也从美妆搭配的角度说了些自己的见解。我们讨论了脸型与发型、肤色与发色，以及服装颜色的搭配关系，这很有意思。

她说："和专业的人聊天就是爽快！"随后，她端详了一会儿镜中的我，说，"头发换个颜色就更完美了，是不是？"

经过一番精心的制作，弄完时已经是晚上九点多了。

"天哪！"我看了眼手表，说，"我得赶紧回去，不然一会儿没车了！"

"好了，真美！"她伸手将一绺头发掖在我的耳后，"女孩子要学会打扮自己，不然这么漂亮的脸蛋不就浪费了？和你一起的那个女孩呢？什么时候把她带过来，我也帮她设计一下。"

我点点头，望着镜中的自己，满意地笑起来。

"来吧！你是我的朋友，给你打个八五折！"

我的心突然一沉，这难道……不是免费的吗？前台的出票机似乎在嘲笑我这不切实际的想法，吱吱地吐出一长串票据。我不得不安慰自己，天下哪有免费的午餐，既然人家付出了技术和时间，付钱也是应该的。白色的票据越来越长，我的心也越来越凉。果然，即使打了八五折，我也要支付两千六百块钱！

"我……我今天出来得匆忙，没带那么多钱。"我的脸因为难堪而发烫。

"啊?"洪夏不仅露出了怀疑的表情，还带了一丝不易被觉察的轻蔑，"要不这样吧，你给我留个手机号和通讯地址，等你拿了钱再给我。我相信你!"她又换上了那副真诚的面容，笑得像是和我相识多年的老友。可是她那张精心修饰的脸此刻在我眼里，和《天书奇谭》里那只骗人的狐狸精毫无二致。

有一瞬间，我想过写给她假的手机号和地址，可是幸亏没那么做，因为她立刻按照我写下的号码拨过来，说："这是我的号码，以后想找我做造型，可以提前预约。"

预约你大爷! 我在心里骂道。我权当是花钱买个教训，以后见到她一定躲得远远的! 可那时的我并不知道，我和洪夏的纠缠，还远远没有结束。

躺在别墅的沙发上，我望着头顶的水晶灯，觉得无比荒唐。我不敢用"臭美"这样的理由向父母伸手要钱，我妈一定会狠狠地修理我，连老童也救不了我。编瞎话? 我不会。而且后续要用无数谎话去圆，我没那么高的智商。找二哥? 不行不行! 我住在人家的房子里，还要伸手向人家要钱，没那个脸。想了一圈，难道去找老鲁求助? 怎么张得开口呢? ……我不禁想起方心，如果她在，一定不会让我沦落到这个地步，哪怕被她狠狠臭骂一顿，我也心甘情愿。白晓鸥说得一点儿没错，我就是个虚荣、鲁莽又愚蠢的傻子!

经过一夜的苦思冥想，我决定去找一份兼职。吃完早饭，正当我准备出门求职的时候，洪夏的电话来了。

催得真紧啊! 我接起电话，没好气地从鼻子里挤出一个"喂"。

"亲爱的，取到钱了吗？你要是不方便，我正好一会儿路过你们学校，可以去取，省得你跑一趟。"

到了这个时候，我也不想再遮掩了。我说："我没钱，正准备去找兼职，等攒够了再给你吧！"

电话那头静了一会儿，传来一阵轻笑声："你逗我玩呢吧？你不是住在富人区吗？怎么可能没钱？"

"你爱信不信！那是我亲戚家，不是我家！我一个穷学生，比不上你们服务的那些有钱人！"

她听出我没在开玩笑，顿了顿，说："这样啊……要不你来我们工作室一趟吧，我们聊聊。"

事到如今，还能怎么样呢？总不能让人家追到学校来要钱。横竖他们不能要了我的命！我把心一横，又去了"Feeling"。没想到，等待我的却是一份合同。看见它时，我想到了卖身契。

洪夏像是看穿了我的想法，笑着说："别担心，我们是正经商户，不做那些不入流的生意。"

见我不作声，她继续说："我想了想，觉得咱俩聊得挺好，而且你的专业素养非常适合做我们这一行。你考虑一下，我们正好近期有个培训班，培训完了直接上岗，收入很可观的。"

"那学费呢？很贵吧？我说了我没钱！"我没好气地说。

"没关系，反正都是欠，学费和我的设计费算在一起，等你上岗以后用工资还就行了。"她看出我的犹豫，说，"其实你没什么损失。你想，学校里很多学生都在外面兼职，干的不过就是些洗盘子洗碗的工作。你来我们这儿，既能学本事，又能赚钱，何乐而不为呢？"

我的心有一丝松动。可如果签了合同，我等于从一个小坑掉进了一个大坑，不知道后面还会遇到什么样的问题。我很担心。

"这样吧，这份合同你拿回去好好研究一下，想好了再跟我联系。"

三天后，我签下了那份合同。学费加设计费，共计三万两千六百元。这是我有生以来欠下的第一笔债务。无情的现实像一个雪球，包裹着我的虚荣和无知，越滚越大，无情地向我碾压过来。好在正如洪夏所说，总体来讲"Feeling"算是正经商户，除了那些让我不屑的推销手段以外，并没有太过分的行为。他们的课程对我来说并不难，很快我便开始利用课余时间工作，再后来，就出现了开头的那一幕。

第三章

1. 老房子，凤仙花

研一开始没多久，我已经可以独立接待一些普通客户，刨去工作室的分成，我留在工作室账面上的欠款逐渐减少，可即便如此，想要还清欠款还需要很长一段时间。可我发现自己慢慢地喜欢上了这项工作，不仅因为以前学过的东西能在实践中发挥奇效，而且通过工作认识了很多有趣的人，渐渐连一些小有名气的演员也会点名来找我。

楚湘亭的婚礼，就是在这个时候举行的。

婚礼之后，我特地请了两个星期的假回老家，一是因为爷爷家的老房子要拆迁了，二是我要为我的失约向舒航当面道歉。

红砖墙的老式安置房盖得很整齐，每排房后都有排水沟，潺潺地滋养着天然生长的绿色植被。前些年老头子因地制宜，指挥儿子在房前的窗户下围了个小花圃。花圃是用水泥砌成的，比红砖房"年轻"许多。其实只有这几年，这花圃才真正像个花圃的样子，早几年一到花开的季节，这些凤仙花连花骨朵都剩不下。花虽没了，小姐妹们的指甲却都如晚霞一般绚烂。此刻唯一不美好的，就是绚烂的花朵上方那个用白圈圈起来的大大的"拆"字，那么刺眼，仿佛在宣告这里所有的一切都已经再无价值。

花圃前的藤椅上坐着位老人，容貌和玻璃板下相片中的人极其相似，只是脸部线条纵横交错，切断了皮肤原有的脉络。他用厚实的掌心撑住身前的拐棍，身形微探，严肃地与凤仙花对峙。

微风轻拂，凤仙花随风摇曳，老人却岿然不动。

"爷爷！您干吗呢？把我的指甲花都吓死了！"

老人如梦方醒，唔的一声回过头，说："都开了。"

午饭时，我问对面认真吃红烧肉的老人："好吃吗？"

"好吃，萩妍做的红烧肉最好吃。"棕红色的酱汁顺着嘴角流下来，他却丝毫没有察觉。老伴儿从口袋里掏出手绢，替他轻轻擦掉，又把手绢叠好，放在两人都伸手可及的地方。

"萩妍是谁呀？"我故意问。

咀嚼停止了。老人抬头环顾四周，把在座的人都打量了一遍，目光最后停在我身上，认真地说："萩妍……是你嫂子。"

不知是谁发出短促的笑声，随即四周陷入一片沉寂。

"嫂子？爷爷还有妹妹？"我问。

奶奶微笑着说："老糊涂了。你小的时候，你爷爷也是天天这么问你，你也总是答错。"

是啊，我长大了，爷爷却回到了小时候。

我帮着奶奶把能带走的东西尽可能地打进包裹，最后爬上桌子取下墙上那幅已经泛黄的《双鹤图》。画中两只鹤，一只曲颈回望，一只引颈向天，右上方题跋为："人各有所好，物固无常宜。谁谓尔能舞，不如闲立时。若一飞冲天，非闲卧云泥。唯愿各自安好。非写于戊戌年中秋。"晚上，我躺在空荡荡的房间里，看着屋顶最高处木梁上的那个年轮，那是我带不走的一段记忆。它像极了一个指纹，冥冥之中似乎昭示着什么东西的归属。

爷爷对新环境充满了戒备和困惑。他跟在奶奶身后，像一个怕生的小孩子。老童给他换了个更大的彩色电视机，他一会儿摸摸屏幕，一会儿又把头探到电视机后面，纳闷电视机那个巨大的"屁股"怎么不见了。

一天，我正在滴滴答答地给舒航发信息，突然一个故意压低的声音在我耳边响起："你是什么人？在给谁发报？"

我憋着笑说："我是共产党的地下交通员，正在给我的同志传递重要的消息。"

他的表情是我从未见过的认真和严肃。他看看四周，说："我们的4号交通站已经被敌人发现了，必须转移。你们一定要小心。"

我郑重地握住他的手，说："保重！胜利终将属于我们！"

搬完家，我请舒航吃饭，又带她去首饰店，买了副耳环来赔罪。

直到回学校那天，我也没见到传说中的新郎。

舒航来送我，笑得有些无奈："他挺忙的，整天东奔西跑不着家，不是不给你面子。"

我说："我的面子不重要，重要的是他是不是看重你。"

她的表情明显一滞。我的心里突然有种不好的预感。

但我还是说："好啦好啦，祝你幸福。"

一路上我都在暗自揣测，这到底是个什么日子，两对新人，两个新郎我都没见到。一位是因为人家身份尊贵，那另一位又是因为什么呢？

2. 偶遇

一个月后，老鲁通知我的作品入选了前阵子送投的展览，我便趁着周末去看看。

展览开幕那天，领导和艺术"大咖"们在台上讲话，我试图从人墙的缝隙中挤进去一睹他们的真容。谁知刚挤到一半，我发现铃兰也在人群中，凑热闹的心情立刻冷却下来。我转到展厅入口问西装笔挺戴着白手套的服务人员，能不能让我先进去看看，服务人员只是冷淡地摇头。于是我装出一副可怜巴巴的样子说，我坐了很久的火车专门来看这个展览，一会儿还得赶火车回去，请他通融一下。估计是我身上脏兮兮、沾着颜料的双肩包起了作用，他皱眉犹豫了一会儿说："你悄悄进去，记得要保持安静。"就这样，我的伪装成功了。

展厅里很安静，偶尔能看到几个人聚在一起窃窃私语，似乎有人观展，有人陪同讲解，被围在中间的人显然身份不凡。我终于在靠里的区域找到了我的画，暗自庆幸此刻没人，正好可以拍照。我四下寻找可以帮忙拍照的人，再三犹豫，最终没敢贸然向那些看起来身份尊贵的客人提出这个小小的要求。

正在这时，有个高个子的年轻男人向这边走来，我快步迎上去问道："能不能麻烦您……"

他几乎也同时认出了我，说："是你？"

"是是是，"我急忙点头，"我是楚小姐的化妆师。"

他点点头，见我手里握着相机便问："想找人帮你拍照？"

"呃……"我有些不好意思。

他伸手把相机接过去："喜欢哪幅画？这个？行，就站那儿吧！"他指挥我，"往左两步……往右一步……""向左侧身15度……"

我笑着说："你这是在指挥开炮吗？"

咔嚓咔嚓，他按下了快门，时机恰到好处。

"为什么喜欢这张？"他走到画前仔细看了一会儿，又俯身看看一旁的标签，问，"这不会是你画的吧？你叫隋牧童？"

我点头称是。

他耸耸眉毛，似乎有些惊讶，但是既没说好，也没说不好，转身继续向前走去。

我不知所措，不知应该跟上去还是留在原地。

他突然回头对我说："我不大懂，你给我讲讲吧。"

于是我像个小跟班一样追了上去。

他问："一进门的那些是获奖作品吗？"

我说："是啊，画得真好。"

他却说："我没看出哪里好，还没你画得好呢。"

我哭笑不得，只好说："谢谢啊！"

他点点头，继续像领导视察工作一样背着手慢慢向前溜达。走到一幅画前，他俯身仔细看了眼标签，从口袋里掏出个小本子在上面写写画画，又转过头问我："你是本地人吗？"

"不是，"我说，"我是安徽人。"说完，我扫了眼那个标签，作者是我的同乡。

"哦？"他似乎很意外。

"怎么了？"我问。

"没什么，你说话没有口音。"接着他又说，"我爷爷是江苏人。"

"是吗？"我本想说离得这么近，几乎是半个老乡，可又觉得有套近乎的嫌疑，便把后半句话咽了回去。

我其实并不完全相信他说的"不懂"，对于很多有名气或者名气不是很大的画家的作品，他都点评得很到位。

"其实你挺懂的，根本不用我讲解。"我说。

"照本宣科罢了。"他不以为然地说，"以前跟家里长辈见过一些，听他们总说，我就记住了。他们说好就好，我也不知道好在哪里。"

我想了想问："那……有没有哪张画让你记忆犹新？或者有没有什么画让你产生一些感悟和遐想？"

"唔……"他思索片刻说，"有些山水画看着倒是让人如临其境，可是总觉得那山爬上去挺累人的。"

我被他逗乐了："那人物呢？"

"哦，罗中立那幅很有名的画叫什么来着？对了，《父亲》！那幅画得跟真人一样，估计费了不少功夫。"

"有没有哪幅画让你想据为己有？"我继续循循善诱。

"那太多了，那些世界名画我都想据为己有。"

他分明是在逗我，我便也不那么认真。这个人看着冷冷的，异性的好感却能轻而易举地被他俘获，就如同那天那位云小姐，以及我。

又转了一会儿，大厅方向嗡嗡的讲话声停止了，随即从入口处传来鼎沸的人声与脚步声。

"人多了，咱们走吧。"他说。

我随他从出口向外走，他问："隋小姐要是没事的话，可以一起吃顿便饭吗？"

"学校里还有事，我得回去了。"我说。

"好吧，那改天再约。"他点点头，目送我离开。

我一边往公交车站走，一边回味他的那句"改天再约"，一时觉得因为一句客套话却如此认真的自己有点可笑。

3. "改天"之约

周六一早，一通陌生的来电打破了宿舍的清静。

"您好。"我的声音带着浓浓的睡意。

"你好，我是吴予舟。"磁性的嗓音从听筒中传出，带着一丝笑意，"怎么，还在睡？"

我瞬间清醒了："您、您有什么事吗？"

"没什么。"他说，"那天你在美术馆给我讲了不少，我受益匪浅，一直想着有机会能请你吃顿便饭，再学习学习。"

这话听起来多少有些调侃的意味，我自然不会相信。我说："您太客气了，纯属瞎聊天而已，什么学习不学习的。"

"这样，今天中午在王府井，我订了个餐厅，咱们就在那儿见吧。"

"这……好吧。"心里有个声音劝我拒绝，可我的嘴却完全不听使唤地应承下来。

按照他发的信息，我很快找到了那个位于商业街后身的小院。

院门向内洞开，门口吊着两个红灯笼，牌匾上刻着"何处"两个字，像是一家私房菜馆。我的视线在绕过影壁后豁然开朗，眼睛一下子被院里那棵缀满红果子的树给吸引了，心里莫名一阵欢喜。树下有一张随形雕刻的石质茶台，想是时常有人往来触摸，那块神似顽猴的凸起已然包浆，黑黢黢、亮晶晶的，衬得茶台中间的青瓷小杯晶莹可爱。

穿着碎花裙子的小姑娘引我进到北屋，伸手示意靠窗的桌边已经有人在等。

我走过去说："不好意思，我迟到了。"

"没有，是我早到了。"他说，"这是亭亭推荐的地方，别说，还挺雅致。"

我说："只是小事而已，何必这么破费？"

他一边给我斟茶，一边说："咳，亭亭的朋友也就是我的朋友，请朋友吃个饭有什么破费的？喜宴之后她一直夸你，我听她说你是学美术的，化妆师只是兼职？"

"是的，算是勤工俭学吧。"我说。

"别人勤工俭学都是洗盘子洗碗，你倒挺有创意。"

"我也是被逼无奈。那天……你不是都听到了吗？"我很不好意思重提那天的糗事。

"也是好事，不然我们也不可能认识。"

这时服务员端菜上来，菜色赤橙黄绿，搭配得很是好看。

他笑着说："来，别客气。都是亭亭推荐的菜，也不知合不合你的口味。"

不光好看，味道也确实不错，肉香而不腻，菜清脆爽口。

"好吃。"我由衷地说。

他点点头说："我舅舅和小姨都是很讲究生活细节的人，所以亭亭推荐的地方也不会差。"

"这么说，您母亲的娘家应该是书香世家？"楚湘亭的母亲一派大家闺秀的气质，想必吴予舟的母亲也差不了多少。

"没错，"他长叹一声，"我母亲年轻时也很注重生活品质，只可惜嫁给我父亲，真是秀才遇到兵。"

我笑道："这样很好，大家族里每个人性格各异才有故事。"

"那你呢？"他问，"你家里人都是做什么的？"

"我家从爷爷那辈开始，做的都是差不多的工作，无非写字画画而已。"

"哦？你们才是书香世家。"他饶有兴致地问，"那你祖父在当地是不是很有名气？"

"没有。"我摇头道，"小地方的人，写写画画只是爱好，偶尔赚点闲钱，到我父亲那辈才发展成了事业。"

"嗯，"他示意我夹菜，"别客气，多吃点儿，学校食堂没什么油水吧？我上学那会儿，学校食堂可没什么好吃的。"

我边吃边想，没想到生活中的他竟这样平易近人，和第一次见面时看似孤傲的感觉完全不同。一想到那晚的两段对话都被他听了去，我就有些难为情。

吴予舟吃饭很快，我本就拘谨，看他吃完也不好意思再吃。

他说："不好意思，我吃饭快，也不太会张罗。你不用管我，你多吃些。"

我嘴里说好，却搁下了筷子。

他说："你说你爷爷喜欢写写画画，那是有老师教，还是自学成才？"

"这个……我就不太清楚了。"我想了想说，"他们那个年代时局动荡，想拜师估计也不那么容易，恐怕家里有些传承，也靠自己东抄西学吧。"

"嗯……"他若有所思地点点头，说，"我祖父喜欢这些，年轻时有不少艺术家朋友，只是如今上了年纪，多年不往来的朋友反倒时常想起，有的多年未见断了联系，我就帮着打听打听。"

这才是他一再邀约我的真正目的吧？

他说："祖父年轻时在安徽结识了一位朋友，两人十分投契。后来战乱，祖父北上，其间两人也断断续续联系过，后来不知什么原因，对方便没了音讯。"

"那人叫什么名字？"我问。

"吴非，不知你有没有听过？"他用手指沾水，在桌子上写下两个字。

这个名字在我的印象中十分陌生。我答应帮他向家里人打听，他笑笑说不用了，似乎没对我这个小丫头抱什么希望。想想也是，人家有权有势，想找个人还不容易？如果连他们都找不到，我就更不可能了。然而我依旧没死心，打电话给老童仔细询问了一下。老童想了半天，也说没什么印象。

我把这个结果发信息告诉吴予舟，他回了一条：知道了，谢谢。

果然，在那之后我再也没收到他的任何消息。我的价值已经被利用完了。

4. 狭路相逢

为了避免尴尬，也避免再次冲突，研一刚开学，老鲁就"以权谋私"地为我和铃兰调开了宿舍。入住那天，经过铃兰宿舍，我看见她又蹲在门口整理她的那些零七八碎。她抬起头看我一眼，只牵扯一边的嘴角。

我俩虽然宿舍分开了，上课却不得不在一起。好在研究生阶段大部分时间都是独立创作，我俩在画室的两个角落里分庭抗礼，井水不犯河水。

然而矛盾还是不可避免地发生了。

一天，有客户指定找我，我在"Feeling"忙到下午才回到学校。因为第二天是系主任的课，我必须当天把作业完成。可是到了画室，却发现门被锁了。平时为了学生创作方便，画室是 24 小时不上锁的，这是在我本科入学前就已经成文的规定。门敲不开，我只好去找老鲁。

老鲁一脸蒙："画室锁了？不可能呀，这几间画室从我来就没锁过，连放假了宿舍上锁，画室也不会锁，以前有的学生暑假没地方住，还在画室里睡过呢……"

我懒得听他唠叨，拉着他去了画室。果然，无论怎么拧、怎么敲，那道门依旧无动于衷。

"真是见鬼了！"他说。

我们找到楼里的保安，可是因为画室常年不上锁，钥匙早就被保安主任锁在了他的办公桌抽屉里，而保安主任，此时正揣着抽屉钥匙在家休假看孩子呢。

等保安主任气喘吁吁地赶回来，打开门，一群人都傻眼了。画室里有人！铃兰正戴着耳机，摇头晃脑地在画板前涂涂抹抹，对门外发生的一切似乎毫不知情。

老鲁气冲冲地走到铃兰身边，冲她大喊："你怎么回事？画画锁什么门啊？"

此时铃兰像是刚从梦中醒来，从一只耳朵里扯出耳机，一脸懵懂地看看他，又回头看看我们，说："老有人进来推销，不是卖化妆品就是办健身卡。烦死了！我只好把门反锁了。"她又冲保安主任说，"你们怎么管理的？好好一个教学楼，怎么比菜市场还混乱？"

保安主任急了："我们也没办法呀，现在这帮搞推销的，打扮得跟学生一个样，都背着个大书包，我们哪里分得出？以前进出教学楼还要查学生证，可是经常有学生赶着上课忘了带，又不能不让他们进去上课，时间一长，还查什么查？"

这话倒也在理。

老鲁说："铃兰，就算你有理，可你把门反锁了，就没想过其他同学和老师进不来怎么办？"

我分明看见铃兰的眼角有一道狡黠的光转瞬即逝。

她说："不就那么几个人吗？要是进不来，难道不会给我打电话？"

我和老鲁都被她的话噎住了。确实，谁进不来都有可能会给她打电话，除了我。自从我们闹掰了以后，从未主动和对方联系过。而我也不得不承认，今天这件事，我早有预感是她故意为难我，可我就是要让大家都知道她的小手段。所以，我是不会给她打电话的。

老鲁看看她，又看看我，气哼哼地说："你赶紧准备明天的作业吧，我先走了！"

不出意外，第二天，在系主任面前，我和铃兰一个被褒，一个被贬。

我试图解释，可系主任摆摆手说："我不想看到赶出来的作业，遇到一点困难就完不成作业，想想你们平时都在干什么！"

铃兰很得意。我羞愤难当，却一个字也说不出来。

从那以后，画室的门没再锁过，可我慢慢地把我留在画室的东西搬去了二哥那里。惹不起，我还躲不起吗？

转眼到了年底。周五下课我便回了宿舍，因为和室友约好了周六一起去逛街。和我同一个宿舍的，是设计系被保研的薛梦。前两天，二哥来电话说，月底他要回来办理续签手续，顺便办些别的事，所以我打算在他回来之前帮他准备些东西。

刚进门，薛梦就说："楼管阿姨找你了吗？"

"刚才进门的时候没看见她。怎么了？"我问。

"今天楼管阿姨来统计有多少人住在校外，说让住在校外的学生把居住地址登记一下。学校必须掌握每个人的情况，要对学生的人身安全负责。"

"行！那我一会儿下去找她登记。"我说。

楼管阿姨看着我把地址一个字一个字地写完，问道："我记得你不是本地学生，你住的这个地方我好像听说过，是个别墅区吧？不会是你租的吧？还是你家买的呀？……"

我敷衍道："亲戚家的房子。"说完，我转身就走了。对于这种热衷八卦的人的话，千万不要轻易接。

而她则在我背后喃喃道："这亲戚可够有钱的……"

5．化妆师的特殊功能

元旦前一天晚上，我准备和回国的二哥一起跨年。为了把雨婷姐追回来，二哥干脆在加拿大申请了一所艺术学校，开始了一边追妻，一边进修的漫长道路。

我俩商量着把春节包的饺子提前到元旦来包。二哥一边找食材，一边念叨："哎呀，国外的饭实在是没法吃，虽然有华人餐馆吧，那菜也是改良过的，前几顿还能凑合，到后面逼得我只能跟厨师说要这么做那么做。有一回，一个大厨听我说了半天还是不会，干脆把大勺一扔，围裙一解，说：'要不你自己做！'做就做！谁怕谁？那天吃完，我对服务员说：'你们的服务不错，以后我来吃饭自己下厨做，不麻烦你们。'你猜怎么着？服务员眼睛瞪得老大……"

我把肉放在砧板上，说："你干脆自己开个饭店不就行了？"

他的动作突然停下了，转头看着我，说："我怎么没想到？回去我就和你姐商量一下。这是个好主意！"

久未联络的吴予舟的声音在电话那头响起时，我的心一阵雀跃。可是……按理说他再没什么理由来找我。他问我明天是否有空，可不可以一起吃饭。我看了眼正在忙碌的二哥，本想先问问他的意见，嘴一张却再次不受控制地应承下来。

挂了电话，二哥问："明天有人约啦？"

我问："如果一个男人，想约你的时候会不由分说地安排好时间和地点，可有时候又会消失很久没有音讯，是什么情况？"

"他是干什么工作的？"二哥问。

"这个……我还真不知道。"

他摇摇头说："这个你得搞清楚，如果不是工作原因的话，那你就得小心他是不是有其他目的，是不是有意吊你的胃口，又或者……他只是游走在花丛之中。"

二哥的想法与我的不谋而合。

见面的地点依旧是王府井。

"这不是过节了吗，我想给家里人买些礼物，你眼光好，帮我参谋参谋。"他说。

"楚小姐呢？她不能给你些建议吗？"

"她呀，新婚宴尔，成天跑得没影。我那些同事都是理工男，没什么创意！"

"行吧！"我欣然接受了这个任务，"你给我讲讲都有哪些人，各自有什么喜好。"

他居然早有准备，从口袋里掏出一张纸，上面乌泱泱地写满了七大姑八大姨的名字。

我想起楚湘亭那几套价值不菲的礼服，想来他们那样的家庭，亲戚之间的馈赠恐怕既花心思，也不便宜。

我说："普通商品就可以吗？"

他点点头，说："过年的小礼物而已，不需要太铺张，有点儿新意就行。"

我点点头。

"多谢你上次费心帮我打听。那段时间我正忙着一个项目，昏天黑地的，也没法跟你多联系。"他说。

他这是在向我解释吗？我问："你是做什么工作的？"

"我在部队的一个科研单位。工作很枯燥，天天跟数字打交道，计算、建模、试验……没有你们的工作有意思。"

"术业有专攻嘛。不是说在科学家的眼里，数字就是艺术吗？"

"我可到不了科学家的境界。不过听说，艺术家对数字都很不敏感，有这回事吗？"

"有，我就是个例子。"我大大方方地承认，"但也有例外，达·芬奇除了擅长画画，不也是个杰出的数学家吗？"

"嗯，"他点头，"相比较来说，西方绘画更接近科学，而中国绘画追求的是形而上，从某种意义上讲，中国绘画更接近艺术的本质。"

"你很懂嘛！"我笑着说，"中国绘画自古都以传神为主。引入了西方的素描元素之后，中国画也分成'写实'和'写意'两个方向。而西方绘画后来也出现了印象派和抽象派，说明人类对艺术的认知是有共通之处的。"

"幸亏我提前做了功课，还不至于太丢人。"他拍着胸口说。

"哪有丢人？说说你吧，你平时工作很忙吗？"我笑着问。

"平时还好，偶尔有集中攻坚的任务就会比较忙，需要加班加点，有时候还要出差，其实和普通单位一样。"

原来是这样……

下午三点，我们又来到"何处"，此时，腿脚和肠胃早已因屡次抗议却得不到回应而麻木了。

"实在抱歉，没想到你这么认真，我原本计划着随便买买就行了……不过说真的，你的眼光确实好，每一件礼物都无可挑剔。"他把手里的纸袋小心翼翼地堆在角落里。

"你们家是每年这个时候集中采购吗？"我使劲吸了一口橙汁。

"啊？是啊。"他把菜单递给我，"随便点，别客气。"

"往年你都买些什么东西送给他们？"

"呃……往年都是亭亭去买，我只负责掏钱。"

楚湘亭去年新婚，想必今年有了其他的安排。

"新年第一天，实在太辛苦你了。"他把手边一个小小的精致纸袋推到我面前，说，"为了表达感谢，这个送给你。"

我赶忙推回去："别别别，举手之劳，不必这么客气！况且你已经请我吃饭了。"

那个小巧的纸袋里有一个精美的丝绒盒子，里面躺着一对小巧的钻石耳钉，那是我精心挑选的，价格我自然清楚。他说送给年轻的女孩时，我的脑海里便浮现出了那位云小姐，这样夺目又价值不菲的东西再适合她不过。谁知他转手就要送给我，我哪里敢要？

他又推回来，说："那就算是新年礼物，见者有份。"

我赶忙再推回去："不要不要，请我吃顿饭就行。这礼物太贵重，不能收！"

他看了眼丝绒小盒子，说："听说，亭亭结婚那晚你赢了台手机，为什么没拿走？"

"咳，闹着玩的，哪能真要奖品？再说那手机太贵了，又不是我的劳动所得，拿了心里不踏实。"

吴予舟沉默片刻，收回了丝绒盒子。

我说："你要真想谢我……刚才路过一家饰品店，一会儿帮我挑顶帽子吧。"

"行啊！"他又快活起来。

没想到一顶帽子也要三百多，可吴予舟似乎还意犹未尽，让我再看看别的。

我对着镜子整理帽檐："不用了，这顶就很好，这个季节正好可以戴。"

他皱眉盯着镜中的我，问："你确定吗？这颜色……不太好吧？"

"天缥，不好看吗？"

他疑惑地问："这不就是粉绿吗？"

"通俗地说，是叫粉绿，可在中国传统色彩里，它就叫'天缥'。雨后，天空清朗通透，就是'缥'的意思。"

"那……那个呢？"他指着一条围巾问我。

"苏梅。"我说。

"怎么解释？"

"苏轼在《定风波·红梅》里写的'偶作小红桃杏色'，'小红'就是这种类似梅花盛开时淡淡的红色。"

"这个？"

他分明是在考我。

我说："这个……是螺子黛。"

"这不是黑的吗？"他惊讶道。

我走到另一个货架前，拿了一条纯黑色的围巾放在旁边，说："现在看呢？"

"哟！还真是，这么一对比就看出来颜色偏蓝了。"他赞许地说，"看来你各方面的感觉都很敏锐，这么细微的色彩变化，一般人哪里看得出来？"

我很得意："画画的人色彩感觉不敏锐怎么行？其实纯正的螺子黛不光偏蓝，应该还加入了一点点紫。据《史记》记载，螺子黛汉朝时传入中国，盛行于隋唐时期。那时中国已有石墨和青黛，却并没有螺子黛价格那么昂贵。而同时，一种叫螺紫的染料很久以前就在地中海地区流行。

因为仅仅提取一克的螺紫就需要上万个海螺，所以用螺紫染色的羊毛可与同等重量的黄金等价。因此，有一部分专家猜测，螺子黛极有可能含有螺紫的成分。"

他的眼中闪过一抹惊喜："真有意思，我从没听别的艺术家说过这些。"

"艺术家也不一定要研究所有的颜料，都是寻找适合自己的材料而已。我也是学了化妆，机缘巧合向父亲请教关于螺子黛的问题，他又从爷爷那里寻了几本书给我，我才知道的。"

他像是有所感悟，掏出钱包向柜台走去，口中念念有词："行吧行吧！可是一个姑娘家，大过年的头上顶个绿帽子，不知道的还以为你对谁不满呢！"

我愣愣地看着他满脸不赞同的表情，突然明白过来，店员小姐也不禁掩面而笑。

店员小姐帮我装袋的时候说："你男朋友真逗，对你真好。"

我不好意思地笑了笑，见吴予舟埋头找钱似乎没听见，也就懒得解释了。

从那以后，我和吴予舟似乎真的成了朋友，偶尔有不错的展览便相约去看。他仍旧以请教专家为名，再以感谢为由请我吃饭。我不知该如何定义这样的相处方式，只觉得十分融洽自然。或许像我这样能解闷，又能提供专业知识，必要时还有些特殊功能的朋友对他来说，还是有些价值的。

6. 楚湘亭的暗示

元旦后不久，楚湘亭来找我，说是要和新婚丈夫去婆家英国某城住一段时间。她的耳垂上似乎有什么东西穿过发丝闪闪发光，吸引了我的目光。我撩起她的头发，露出一对精致而又夺目的耳钉，正是我帮吴予舟挑的那对。

她问我："表哥前阵子向我要你的联系方式，他找你有什么事吗？"

"之前他跟我打听一个人，我也不认识。前几天他说要给家里亲戚准备些礼物，让我帮他出出主意。"我说。

楚湘亭侧脸欣赏镜子里的自己，说："往年也不见他热衷这些事情，还嫌家里的女人们来回送礼麻烦，这会儿是怎么了？"

"他似乎对艺术挺感兴趣。"

"嗯，家里老人喜欢，可能他也耳濡目染地受了些影响。对了，他向你打听谁啊？"

"说是他祖父的一个老朋友，安徽的一位老艺术家，年纪很大了。我问过家里人，都说不知道。"

"唔……"她若有所思地点点头。

我问："是要参加什么活动吗？"

她说："有个慈善晚宴，不过也不用特别隆重，差不多就行。"

我应了一声，从库房里把她专用的化妆品取来。

就在用发带归置她额前的碎发时，我听见她说："你不用太认真。"

"什么？"我没太明白她的意思。

"我的意思是……我表哥做什么事都太过认真，总是小题大做，你别理他！"

她似乎话里有话。我没言语。

临出门时，她说："我这次不知什么时候回来，如果我表哥总麻烦你，你就拒绝。他这人性子直，太委婉的话听不明白，你要是不好意思说就告诉我，我帮你转达。"

我笑着说："看在你的面子上，能帮忙的我一定尽力，实在帮不上，也没办法。"

她用那双不怒自威的眼睛凝视着我，似乎欲言又止，但最终只是笑笑便离开了。我目送她将银灰色的奥迪车开出去很远，始终觉得她那一笑意味深长，令我想起很久以前，方心也曾告诫我不要对陆奕然心存奢望，可我没听。

晚上十点多，吴予舟发来短信，问我周末有没有空和他一起去国家博物馆看展。我想起白天时楚湘亭的态度，再加上二哥快要回加拿大了，便犹豫着对他说有事不能赴约。他很爽快地回了一个"好"，我却仿佛一脚踏空般失落起来。

周末，二哥来学校接我和老鲁。他这次离开的时间会很长，临行前执意要再郑重地把我托付给老鲁。

老鲁在车里打趣他："你怎么这么屎？追老婆追到国外都多久了，还没追回来！"

二哥扬扬自得地握着方向盘说："我乐意！我起码有个目标，你呢？都毕业这么多年了，混上个老婆没有？"

"喊……"老鲁不屑道，"我是宁缺毋滥，大丈夫先立业后成家，等我成名了，有的是美女排着队要嫁给我。"

"那是摆明了冲着你的名利来的，那种女人你敢要吗？"坐在后排的我横插一杠子。

老鲁回头白我一眼："小丫头片子懂什么！"

"我怎么不懂？"我反驳道，"奉劝你还是趁自己没出名的时候赶紧找一个，糟糠之妻才最珍贵。"

二哥大声说："我妹说得没错！小丫头片子都比你懂得多！"

晚饭时气氛热络，二哥和老鲁酒过三巡，便开始互相揭露对方大学里的糗事，气不过时，都拉我壮声势。我只是笑，心里想的却是吴予舟在大学里是什么样子，是不是也这样天真荒诞、幼稚得可爱？

二哥回加拿大去了。临走前一晚，他问我有没有考虑过出国留学的事。

"想过。"我说，"本科毕业时我和老童商量过这事。老童的意见是，虽然他并不反对我出去多长长见识，可是既然学校给了我这么好的继续深造的机会，还是不要浪费。另外，我的英语已经扔得七七八八，想捡起来也需要一定的时间，干脆边读研边学语言。更何况……我在'Feeling'能挣些钱，以后真要出去也能给父母减轻些负担。"

"考虑得很周全嘛！"二哥摸摸我的头。

我现在并不排斥他这样对我，欣然接受了他把我当成妹妹一样爱护。

国博之约以后，很长一段时间我都没再收到吴予舟的消息。寒假伊始，我花了两天时间仔仔细细地整理行装，又大老远跑到别墅，里里外外地检查了一遍，直到再也找不出耽搁的理由，才不得不踏上了归乡的列车。

7. 舒航家的闹剧

回到家的第二天，我原本打算先去看望爷爷奶奶，却被清晨的一个电话打乱了计划。

坐在这对新婚还不满一年的年轻夫妇中间，我着实有些尴尬。我有很多问题想问，可是面前的这位半躺在沙发上，除了猛摁游戏机外，没有半点想要搭理我的意思，甚至连个好脸色也没给我。

半晌，他抬头扫了我一眼，不耐烦地说："怎么着？找了个帮手？"

徐舒航像是被戳中的气球，瞬间爆发："洪晓伟你太过分了！事到如今，你有没有一点羞耻心？"

"我怎么没有羞耻心了？"游戏机像离弦的箭一般飞向沙发，又啪的一声弹到地上，"当初是谁哭着喊着要嫁给我，你早该想到的，好吧？"

舒航哇地大哭起来，和电视剧里那些无知无助的傻女人一模一样。洪晓伟嫌恶地瞄她一眼，捡起地上的游戏机摔门而去。

我捧着纸巾一张一张地递给她，不知该从何劝起。如果我没猜错，她那场匆匆忙忙的婚礼恐怕正是为了挽救这段荒唐的爱情而做出的无望之举吧？

歇斯底里的哭声渐渐平息下来，断断续续的抽泣声在装饰考究的豪华客厅里回荡。

我叹了口气："说说吧，当时着急结婚，就是为了这样的货色？"

舒航停止啜泣，眼泪却像涓涓不绝的河流。她迷蒙着一双肿得像水蜜桃似的眼睛问："你是不是想骂我傻？"

回答"是"已经不足以表达我对她恨铁不成钢的怨气。有个声音在我脑海里叫嚣："离婚吧，遇到这样的人得受一辈子罪！"另一个声音却在说："宁拆十座庙，不破一桩婚！"……

"他结婚前是不是就这样？"我问。

她泪眼婆娑地点点头。

"那你到底怎么想的?!"我用胳膊肘狠狠地捅了她一下，"你不知道狗改不了吃屎吗？"

她被我捅这一下，眼泪流得更快了。

"那时候有好几个女孩子都在追他，他家庭条件好，人长得又帅……你知道我，我好胜心一起……"

"好胜也分个时候！"我的音调越发高起来，"吃屎你也要跟别人抢？你不是博古通今吗？好赖人你分不出来？"

舒航呜呜地哭："我是真的很喜欢他……"

"那你把我叫来干什么？参观新家？帮你打架？还是看着你哭哭啼啼？"我知道不该在这个时候往她的伤口上撒盐，可我就是看不惯她这般拎不清。

"他家里人知道吗？"我冷冷地问。

舒航点头，哽咽道："他妈知道，塞给我一张卡。"

"什么意思？拿钱堵你的嘴？"

"他妈说，男人在外面逢场作戏都是正常的，只要知道回家就行……她还说，我要是不放心，就把钱都攥在自己手里。"

我被这番言论惊得目瞪口呆。男孩子能长成这样，大抵是因为有这样的父母言传身教吧？

我问："那你是怎么想的？你还能跟这样的人继续过下去吗？"

舒航突然抓住我的手，说："牧童，我不想离婚……"

我从她被泪水冲刷得清澈透亮的瞳仁里看到了一个人。这个人就像一个冷漠的法官，旁观着眼前的闹剧。

我的心软下来。我叹了口气，说："无论你怎么决定，我都站在你这边。"

她如蒙大赦般地欢喜起来："我婆婆说得也有道理……有几个男人不这样呢？况且，她主动提议让我管钱……"

"于是你便把自己卖了……"我盯着她，在心里狠狠地说出这句话。

一个女人目睹另一个女人重复自己的苦难，究竟是心存怜悯，还是庆幸多了一个盟友？或许她想拉着这个年轻的女人陪自己一起妥协，这样就不用独自一人忍受煎熬了吧？正因为明知儿子已然成了这样，那就培养出另一个自己继续无原则地爱他。多么两全其美的"阴谋"，我不信聪明如徐舒航会想不明白。

我知道自己多劝无益，反倒成了破坏别人婚姻的恶人，只得说："无论怎样我都支持你。"

真虚伪啊，我在心里痛骂自己。

舒航如释重负地抱着我，再次恸哭起来。

夕阳发出丁零当啷的悦耳声响，我们手拉手踩在层层叠叠的叶片上，踩碎了一地的金黄。突然一声惊叫，舒航脚下的树叶随她一起陷落。我急忙伸手，却只拉住她一只白皙纤长的手臂。周围不断有落叶飘洒而下，飘向未知的深处。深处似乎很美，我却无比恐慌。我死死抓住她的手，而她却紧紧盯着我的眼睛，那双美丽的大眼睛似乎在说："求求你，放手吧。"

我从梦中惊醒，四周一片黑暗。天还没亮。我瞪着屋顶，回想白天的种种，又气又叹，直到清晨才昏昏睡去。

8. 母亲的告诫

早饭时，妈盯着我的眼睛问："舒航和她老公出事了？"

我惊讶道："你怎么知道？"

妈盛了碗粥放在我面前，说："你那么急匆匆地跑过去，现在又顶着两个黑眼圈，不用猜也知道不是什么好事。"

我把来龙去脉大概说了一遍。

妈说："他们结婚的时候，我就觉得那男的不地道，眼神飘忽得很。整个婚礼就数他最轻省，倒像是被邀请来的贵宾。吃饭的时候，舒航妈妈拉我过去聊天，跟我炫耀男方家如何有钱有排场，乐得跟什么似的，像是女儿被卖了个好价钱。我听着不舒服，把红包塞给她就借故先走了。果不其然，这还不到一年就出了这样的事，以后还不知道怎么样呢。"

我叹了口气，心说，姜还是老的辣。

妈说："门不当户不对的婚姻注定不会幸福。这不是老封建老思想，不同环境下长大的孩子对人对事的态度肯定不一样。你看舒航的婆婆，儿子做出这样的丑事，不想着惩戒，首先想的是拿钱封住儿媳妇的嘴，真不是个东西！"她转而告诫我说，"你也要引以为戒，别一谈恋爱就昏了头！"

我反驳道："那你和老童不是挺幸福的吗？你俩也算不上门当户对吧？"

妈瞪着我，筷子在碗沿上敲得当当响："我们那个年代能跟现在比吗？那时候刚改革开放，谁家都不富裕，谁嫌弃谁呀？"

我没敢再说话，心想这哪里是钱的问题？忽而又想起奶奶曾告诫我们，吃饭时绝不能拿筷子敲碗沿。

吃完饭，我跟着老童去爷爷家，一路上脑袋点得像是吊在秤杆上的秤砣。

口袋里的手机突然震动起来，竟是消失了许久的吴予舟。他发信息说前段时间因为工作原因无法和我联系，问我是不是已经放假，还在不在学校，如果还没走，想约我一起吃饭。我和他滴滴答答地你来我往，心中十分欢悦，之前的混沌一扫而空。

老童见我喜笑颜开，完全不似刚才那样萎靡，便问我手机另一头是谁。我说是一个挺有意思的朋友，许久没联系，突然冒了出来。

吃完晚饭，老童回去了，妈让我在奶奶家待几天，帮着置办年货，我明白她是怕我掺和在舒航家的事里得罪人。

我和吴予舟的短信交流持续到很晚，直到等他回复了"晚安"，我才满意地把手机塞到枕头下面。

奶奶家过年相当讲究，但凡当地习俗里过年要置办的东西都得置办齐整。我自小便跟在老人后面炸丸子、炸焦叶，连饺子皮都要擀出好几摞，更别提其他煎炒蒸炖的菜品。这些习惯估计全都传承自奶奶的母亲。

老太太来的那年已经九十岁，耳不聋眼不花，缠过的小脚走起路来颤颤巍巍，总让人觉得应该扶一把，可她总是把袖子一拽，说："我还没老到要人扶的地步！"

逢年过节的时候，她就歪在床沿上看女儿忙前忙后，口中还喃喃道："什么命呀，当了这些年小姐，到头来还是给人当老妈子。"

奶奶则跺着脚说："娘！你总说那些干啥？"

老太太也不理她，继续絮叨："瞎了眼啦，瞎了眼啦……"

这也是我不喜欢太奶奶的原因。我总觉得，老一辈的人对儿女十分不亲切，哪有这么刻薄自己女儿的？她女儿都嫁给我爷爷几十年了，如今儿孙满堂，日子过得也算富足，她却到现在还数落姑爷不好，真是老糊涂！

我曾悄悄问奶奶："老太太是不是不喜欢我爷爷啊？"

奶奶说："没有，她对你爷爷没意见。早些年日子不好过，我也不在她身边，她一个人过惯了，所以看谁都不顺眼。人上了年纪糊涂了，就爱絮叨，你别理她！"

几年后，爷爷奶奶给老太太送了终。据说老人走得十分爽快，吃完午饭说想睡觉，躺在床上吐了几口大气后就安静了。

爷爷把后事操持得完备妥当，倒像是老太太的儿子。

我隐约觉得老太太带走了许多精彩的秘密，那些时常冒出的端倪也随着她的离去再也不被人提起。

过完年后，舒航家里的闹剧似乎平息了。我以陪老人为由婉拒了几次她的邀约。老头自从搬到新家后一直不太适应，常常有些奇怪的举动，有一次甚至偷偷溜到小区门外说要回家，幸亏被机智的门卫给送了回来。

于是我每天要花很多时间陪他演地下党抓特务的戏，忙得不亦乐乎。

我有些怕见舒航。或许此刻，我们都不想看见彼此眼中的自己吧？

9. 戛然而止的甜蜜

开学那天，是西方的情人节。

过去，每当火车带着我离开家乡，随着窗外的景致越发陌生，周身会蹿起丝丝凉意。拖着行李箱走出车厢，北方干燥凛冽的风划过皮肤时，那股凉意似乎又被带走了，取而代之的是一种难以名状的焦灼感，伴随着无数疾行的脚步在心底不安地躁动。

然而那一次，我的心中开始有了渴望……

手机刚打开便有电话进来，不是老童，是吴予舟。

他说："快出来，冻死我了。"

"你在哪儿呢？"我问。

"北出口旗杆下面！"他说。

红旗呼啦作响，虽然已经立春时节，但清晨的风还是有冰镇过的感觉。我一眼便看到了旗杆下青松一般挺拔的他，也不知在那儿站了多久。

他接过我手中的行李箱，指尖交错时，我惊呼道："手这么凉！你等了多久了？"

他努力不让上下牙齿碰撞得更剧烈："这儿不让停车，我又怕你找不到我。你怎么不开手机呀？"

"你又没说要来接我！"我一巴掌拍上他的后背，推着他往前跑。

坐进驾驶座的一瞬间，他任由自己疯狂地哆嗦了一阵，以往悠然洒脱的劲头荡然无存，逗得我哈哈大笑。

他佯怒道："你倒是穿得暖和！"他揪着我身上的羽绒服说，"哟，看来挣了不少钱，这件衣服可不便宜。"

"是吗？我也不懂，亲戚送的，确实很暖和。"这是上次二哥从加拿大带回来的，穿在身上就像裹了床被子。

他笑着看了我一眼，伸手发动了汽车。

车里渐渐暖和起来，直到他苍白的皮肤重新泛出红色，我才终于放下心来。

"你今天不上班吗？"我问。

"最近事不多，我请了一会儿假，陪你吃完早饭再去。"

如此寻常的一句话，却让我的心骤然狂跳起来。我不好意思问他知不知道今天是个特殊的日子，他这么说话，很容易让人误会。

他看我一眼："是不是有点儿热？"

我点点头。

他伸手把风量调小，问："亭亭和你联系了吗？她又跑到比利时去了。"

"哦，没有。"像我们这种口头上的朋友，哪能指望人家什么都跟我说呢？

"婚礼那天，你看见新郎了吗？"他问。

"没有。"我说。

"新郎挺帅的，是个中英混血儿。他母亲的家族里出了好几位大人物，父亲的家族在英国也很有名望。"

是啊，这样的婚姻正是强强联合，再般配不过。

见我不作声，他问："怎么了？没睡好？"

我故作慵懒地伸了个懒腰："是啊，车厢里全是臭脚丫子味儿，声音又太吵。"

"一看你就没吃过什么苦，"他斜睨我一眼，"要是累极了，站着坐着都能睡，哪还管环境好不好。"

我也斜着眼睛看他，心里说，就跟你体验过似的。

"你还别不信！我以前下部队的时候，跟着战士们去抢过险。那次雨下得特别急，持续了好长时间，我们夜里接到电话，说是溃坝了。我所在的部队接到命令，要连夜帮着老乡转移。你在电视里见过溃坝的时候，一群壮汉挎着胳膊地站在水里吗？知道那是在干吗？"

我疑惑地问："挡水吗？能挡得住吗？"

"是挡水，但肯定坚持不了太久。那是为了给筑新大坝争取时间。要筑新大坝，就得先下木桩。木桩起什么作用呢？拦住沙袋。溃坝的时候，水都是从高处一下子倾泻下来，水势太猛，木桩和人一下水就被卷走了，所以就得派一些身强力壮的人先下去筑成人墙，让水势减弱一些，好让其他人争分夺秒地打桩。"他顿了顿，声音低沉下来，"那次……很多战士都累了一天一夜，又没吃东西，站着站着就倒下了……"

那个时候，我可能正窝在温暖舒舒适适的被窝里看电视。记得有一年，家乡发生了严重的洪涝灾害，大雨下了好些天，学校里也停课了。我们住在城市还好，乡下却有几十万人被迫离开自己的家园。电视新闻报道解放军战士抗洪救灾，困了躺在泥地里睡，饿了就干嚼几口饼干和方便面，有的人跑着跑着就倒下了，还有的被大水冲走，下落不明……当时，我不禁唏嘘，也跟着掉了一会儿眼泪。然而没多久，我便用遥控器转到其他频道，用欢声笑语带走了心中的悲伤。如今，电视新闻里看似和我并不相干的人就坐在我身边，用平静的语气讲述和战友的生离死别。有一瞬间，我很想摸摸他扶在方向盘上的手，可是终究没有勇气。

学生们还没有全部返校，食堂也没有正常开业。早餐很简单，我们要了包子和鸡蛋，盛了两碗白粥，在一个角落里坐下来。

突然，他叹了口气。

"怎么？粥凉了？"我问。

他看起来有些无奈："年也过完了，我看了一下，到六月份之前也没什么好展览，唉……"

我觉得好笑，说："你有空多研究研究自己本学科的问题，难不成还非得跨界取得什么巨大的成就？"

他瞟了我一眼，似笑非笑地说："我一年忙到头，难得休息几天，还不得趁着不忙的时候好好休闲一下？"

"那你想怎么休闲？"我剥个鸡蛋放在他盘子里。

"我也不知道。"他两手一摊。

"那……没有展览的话，也可以看看话剧、电影，或者做做运动什么的，可玩的很多吧？"

"有什么推荐的吗？"

我想了想，说："孟京辉工作室的《恋爱的犀牛》，一直在循环演出，可以去看看。有时候我会和同学看些实验电影……那种电影吧，有的挺奇怪的，不太符合大众的审美……"

他的眼睛亮起来："《恋爱的犀牛》听起来不错！那你带我玩吧，我那些同事特别无趣，对这些文艺活动一窍不通！"

正聊得热闹，一个轻飘飘的声音传过来："哟，难得在学校看见你呀！"

是铃兰。说完，她的眼神像拂尘一样扫过我的脸，最后落在吴予舟的脸上。紧接着，她用手遮住嘴，以一种故意压低却又让所有人都能听见的声音对我说："这个不错。"接着便扬长而去，把愤怒的我甩在了身后。

我瞪着铃兰的背影，暗骂她真是个不能得罪的小人。一转脸，却发现吴予舟也正若有所思地收回目光。四目相接之时，他的表情明显有些不自然。看着他的样子，我突然感到很失望，没说完的话连同解释一起被咽回了肚子里。

气氛有些尴尬。

很快，他又恢复了笑容，说："怎么样？我们去看……犀牛？"

我说："这学期有学历资格考试，可能没时间陪你玩了。"

"很难吗？都考什么？我能帮上什么忙吗？"

"你帮不了我，我需要时间复习。"

沉默片刻，他说："好吧，那你好好复习，等你考完了我再来找你。"

我知道这是句客套话，可是话已出口，与其尴尬地结束，倒不如假装留个念想，还能彼此留个好印象。

10. 云小姐的礼物

我的生活又恢复了平静。大部分时间我都待在别墅里，创作、复习，只在学校有课的时候才回来。

这天，洪夏打电话给我，说云小姐去了工作室，点名找我。等我赶到的时候，却发现云小姐妆容精致，并不需要再做什么修饰。而她的到来，是为了另一位女士。

那位女士看上去有五十多岁，面容朴素，气质却很端庄。她黑发中夹杂着许多白发，脑后简单地戴了个发卡，和其他普通同龄女性没什么区别。

云小姐扶她坐到贵宾包间的座位上，小心地取下她头上的发卡，生怕弄疼了她。然后，她又把之前桌子上摆的茶点一点一点地挪到中年女士面前，谢绝了服务人员的帮助。

中年女士始终微笑着说："别忙了，不用……你也坐下吧……"

云小姐安抚她说："今天是您和吴伯伯很重要的日子，怎么也得好好打扮一下。"

中年女士说："其实不用那么麻烦，我们往常也就是自己家人一起吃顿饭，好些年忙着忙着就忘了，等想起来都过去好久了。"

"这种日子怎么能忘呢？您和吴伯伯辛苦了大半辈子，也应该享享福了。今天听我的，我给您找了最好的造型师，保证让吴伯伯眼前一亮！吃饭的地方已经定好了，到时候我去接您和吴伯伯。"

中年女士轻拍云小姐扶在她肩头的手，说："太破费了……"

"您别管了，这就算是我送给您和吴伯伯的礼物，您坐着休息一会儿就好。"她环顾四周，招呼我说，"赶快过来，给我伯母好好做个造型，拿出你的看家本事！"

我走到中年女士的身后，端详了一会镜中的面容。她的皮肤很白，或许是疏于护理，所以不够滋润、缺乏弹性。额头、眼角和鼻翼两侧的细纹在她清秀的脸上留下了岁月和风霜洗礼后的痕迹。

我问："请问今天是您的结婚纪念日吗？"

她笑着点点头。

我想起老头子家玻璃板下面压着的那些泛黄的老照片。年轻时的老童和老妈并肩坐在一起，穿得都很朴素，却干净整洁，两人的头都朝中间微微歪着，脸上洋溢着青春的朝气。

我在她的两边太阳穴向上延伸的地方分出两绺头发，细细地编成两个小辫儿。

云小姐十分疑惑，问："你这是要做什么？"

"回到过去。"我说。

然后，我把两个小辫儿向斜后方轻轻拉起，用发卡固定，又用其他头发把小辫儿盖住，然后把头发梳顺。

中年女士的眼里闪过一抹惊喜，她说："哎呀！我年轻的时候，眼睛就是有点儿向上吊着的，上了年纪后才耷拉下来。被你这么一弄，连眼角的皱纹都看不见了！"

我笑着问："您年轻的时候是长发还是短发？"

"差不多比这短一点儿，学生头，好多年都没怎么变过，后来嫌麻烦，就干脆用发卡卡住。"

"我把您的头发稍微染一下吧，不会很黑，比较自然。"

她点点头。

我招手叫来助手小琴，让她去调深棕色的染发剂。而我则从柜子里找出一些质地温和的护肤品和化妆品。我猜想上了年纪的女人容易腰疼，或许就像我妈那样，于是拿了个靠枕放在她腰后。她回头仔细看了看我，露出一抹真诚的微笑。

"谢谢你。"她说。

走出工作室大门的时候，云小姐似乎并不满意，只是碍于面子不好发作。但我能看得出今天的女主角非常高兴。虽然我无法抚平她所有的皱纹，但她已然展现出了在她这个年龄应该有的最自然的美。我依稀看见了她年轻时的样子——善良、朴实、执着、坚毅，身上还散发着淡淡的书卷气。

11. 我的报复

五一放假的第三天，我回了趟学校。为了方便上课，我留了一套材料在画室里，因为大学时的勾线笔事件，留的自然不是什么值钱的好东西。

毫不意外，我的桌子被人动过，想必铃兰有时会占用我的桌子，顺便毫不客气地替我消耗一些材料。我在铃兰的画案前站了一会儿。不可否认，她这个人无论在什么地方，都能把周遭的环境布置得异常舒适、有情调。她还是那个德行，我不在，她就把触角四处延伸，霸占所有能霸占的地盘。而此时，她的画案正中有幅没画完的画，旁边的笔架上搁着两支毛笔，似乎在等待主人随时回来。笔尖对着的方向，堆了厚厚的一堆东西，用一大张宣纸虚掩着，角落处露出硬皮书的一角。我撩起宣纸的一角，看见了几本厚厚的精装画册。其中一本我认得，前阵子我去借时，阅览室的夏老师说被借走了，看来如今依然没有归还。书的左上角有个白色的标签，那是学院阅览室专用的口取纸。

突然，我的脑子里闪过一个猜想。随后，我来到阅览室，装模作样地在书架上找了一会儿，然后走到咨询台，问："夏老师，那本《故宫藏画集》还回来了吗？"

"还说呢！"夏老师很激动，"我这几天统计借阅书目，也不知谁那么缺德，你看看借阅登记本上写的什么玩意儿？"

她气得把登记本往我眼前啪地一扔。其中的一栏里写着：《故宫藏画集》，借阅时间：某年某月某日；借阅人：金莲。

我哈哈大笑。

夏老师愤愤地说："还笑呢，谁会想到咱们院能有这样的人啊？这分明就是不想还了！要真是没了，这钱只能我来赔，六百多呢，真是太缺德了！"

果然……铃兰箱子里的那些宝贝，恐怕有不少都是这么来的吧？

我小声对夏老师说："我们画室里好像有这本书，但不知道是不是阅览室的，您可以去看看。"

"在你们画室？"夏老师惊讶地问。

我冲她眨眨眼，做了个"嘘"的手势，便离开了。

节后第一天，系主任安排完下一阶段的任务就走了，其他的话一句没说。我暗暗观察铃兰，她很平静，丝毫看不出被批评过的沮丧。不应该呀，夏老师应该不会就这么若无其事地把书拿走吧？

我向老鲁打听展览的事，状似无意地说："阅览室的书循环得太慢了，想借本画册也得等好几个月。对了，前几天见夏老师，还听她说有人胡乱登记，搞得好些画册下落不明。"

老鲁一听，突然拍着巴掌大笑起来："是她自己没搞清楚状况，还跑到我这儿来告状，说铃兰藏匿图书不打算还了！"见我惊讶，他解释说，"徐老师拿着阅览室的登记本来给我看，说是铃兰写了个糊弄人的名字，分明就是动歪脑筋！可她哪里知道，铃兰写的就是她的本名……真是个乌龙！"

什么？铃兰的本名……叫金莲？

我实在不知该如何形容此刻的心情。

老鲁突然捂住嘴，说："哦，铃兰的本名没几个人知道，她只在身份证和学生证上用这个名字。我知道这名字不好听，她藏藏掖掖的，怕是不想让别人知道，你可别说出去啊！"

金莲、金莲……回去的路上，我不知把这个名字念叨了多少遍。真不知道她父母是怎么想的！这可真是……唉！

12. 有得有失

尽管已经很努力，我还是在那场重要的考试中失利了。英语考试的成绩让我有芒刺在背的感觉。尤其是铃兰，从我面前经过时，她莫名其妙地轻笑了一声，似乎在暗示我根本不配坐在这个位置上。

一周后，老鲁宣布了补考人员名单，我毫无意外地赫然在列。他环视教室一周后，敲敲我的桌子说："下学期开学补考，抓点儿紧。"

老鲁走后，铃兰悠然自得地说："所以说啊，真金不怕火炼，保研也不是保险箱，就算有关系又怎么样？能力不行照样被扔出去！"

我心中无名火起，可心想一旦跳出来反驳，势必又会被她扣上"不打自招"的帽子，满腔怒火只能拼命压着。

谁知晚上从自习室回来，薛梦对我说："今天校园网上有个帖子被炒得火热，感觉都快打起来了。"

文章标题处注明是"转发"，内容不仅痛斥校内的保研制度暗箱操作，让更有实力的学生得不到公平竞争和学习的机会，更是对保研生学费全免这项政策愤愤不平。我一目十行地翻看这个帖子，看到不少言辞激烈的评论，有人虽然没指名道姓，却也附和得有鼻子有眼，一时在论坛上吵得不可开交。楼主"莲心一瓣"言辞恳切，化身为正义使者，和评论者你来我往地舌战，很快把帖子炒到了"热门"的位置。

这篇文章虽然没有点名，但是"莲心一瓣"却状似无意地拿艺术学院举了个例子。照她的说法，艺术因为没有客观标准，便给了某些有关系、有背景的同学可乘之机。

"莲心一瓣"！不是金莲还会有谁？原来，她长久以来耿耿于怀的不仅是我的保研名额，还有每年减免的一万块钱的学费！如今我的英语资格考试没通过，更是为她留下了话柄。

我恨恨地在评论区里写道："楼主言之凿凿，可是说话要有凭据，否则就是信口雌黄，不仅污蔑他人，也有损学校的名誉！有本事就当面锣对面鼓，大家把成绩都晒出来，是非黑白也就一清二楚了！"

可是薛梦说："不能发！你这么一发不就等于不打自招了？你看看，这么多人心里不平，正愁没有活靶子呢！咱们身正不怕影子斜，不能主动跳出去被人家攻击。"

想来想去，我给老鲁打了个电话，他说："我也看到了，刚跟系主任通过电话。身正不怕影子斜，这篇文章虽然针对你，但是无凭无据，你也不用太担心。"末了，他补充一句，"下学期补考必须得过！"

我心里窝火，却连句话也不敢说，只得暗暗发誓要卧薪尝胆，补考打个漂亮的翻身仗！

可就在这个时候，那个我以为再也不会来找我的人又出现了。他只用了一个电话，就让我明白之前的坚持毫无意义。

"考完了？怎么样？"吴予舟语气轻快得像是什么都没发生过。

"不好，要完蛋。"我说。

"不会吧？我坚持了这么长时间没找你，你就考了这个结果？有那么难吗？"

"是啊，你是学霸，可对我来说就是很难！"

吴予舟说："那……考不过会怎样？"

我说："可能会被退学吧，退回原籍去。"

"啊？不会吧？"他惊讶道。

"会，我明天就开始卷铺盖！"

电话里传来嗤嗤的笑声，这笑声突然让我一扫愤懑，生出一种天不怕地不怕的勇气。

"周五晚上我来找你，给你做个复习计划。"他说。

"好啊！"我想都没想就答应了。

周五他如约而来。

他问我："你先说说你是怎么复习的？"

"我……每天上午背单词，下午做习题，晚上继续背单词。"很令人难堪，这么费劲却含金量不高，效果也不好，只有天知道不和他联系的这段时间，我满脑子都在想些什么。

"给你一堆生僻的汉字，没有上下文，你能记住几个？"他问。

我突然明白了他的意思："那……你是怎么记单词的？"

"我很少刻意背单词，"他说，"我大部分的时间都用来读和听。单词只有结合上下文的内容才有具体意义，而且更容易被记住。"

"可是阅读理解的文章都很难，不查字典根本看不懂。"我无奈地说，"想彻底看懂一篇文章需要很长时间，考试的时间根本不够。"

"我把你们过去几年的学历资格考试真题找出来研究了一下，英语考试难度大致相当于六级水平。你一个艺术生觉得难很正常。"

"你这是安慰我还是鄙视我？"我斜眼瞪他。

"哈哈，以安慰为主。"

我伸手打他，他笑嘻嘻地挨了我这一巴掌。

"其实那些科普类文章即便是中文也很难理解。这样，"他拿出事先准备好的计划表，"阅读是重中之重，但得循序渐进培养语感。明天我陪你去买几本书，从简单的开始。等你读到一定阶段，我再告诉你一个即使看不懂也能做对题的办法。至于听力嘛……推荐你几部美剧先看着。听力不是一日之功，鉴于比重较少，利用碎片时间训练比较好。还有语法，我以前总结过一套很实用的方法，回头慢慢教给你。其他还有什么不懂的，可以随时问我。你照我说的做，保你补考能过！"

"你直接教我看不懂也能做对的方法行不行？"我做出讨好的表情。

"不行！那个是保命用的，不能投机取巧。"他果断拒绝。

我崇拜地望着他，说："你要是去培训班教英语，应该能赚不少钱。"

他轻蔑地嗤笑道："开玩笑！我是科学家好吗？国之栋梁！教英语？"

"行行行，你是栋梁，我就是块三合板儿！"我冲他狠狠地翻了个白眼。

他笑得额角的发梢一颤一颤的："现在知道了吧？还闭关，要是一直跟着我就不会这么惨了!"

"一直跟着我……"晚上,我捏着吴予舟手写的计划表,满脑子都是这句话。我想起他说"坚持"着没来找我,难道他也和我一样,受着时时牵挂却不得相见的煎熬?

果然,"莲心一瓣"的帖子虽然被炒得火热,可是因为缺乏确凿证据,又造成了很坏的舆论影响,很快便从"热门"的位置上掉下来,被淹没在其他话题的海洋里。

13. 三个人的旅行

因为要准备补考,我把大部分客户都转托给了洪夏。她欣然允诺会好好照顾这些客户,等考完试便还给我。我哈哈笑着说不用还,拿出一部分收入帮我抵扣工作室的欠款就行。

不得不说,吴予舟的方法确实有效,按部就班地执行了半个月后,我的语感已经有了很大进步。

六月下旬时,吴予舟说想要去趟我的老家,问我想不想一起回去。

"还是找那个人吗?"我问。

"主要是玩,顺便找找。看你这段时间学得这么累,不想出去散散心吗?劳逸结合效果才更好。"

我很高兴,又有些难为情。

我说:"已经快放假了,我本来跟家里人说好暑假留在这里复习,既然要跟你一起回去,怎么也得带你见见我的家人和朋友吧?"

"怎么,要带我见家长?"他笑得狡黠。

我的脸腾地红了,像是有串断了线的珠子噼里啪啦地敲在心上。我故作镇静地说:"我……有很多朋友都见过我爸妈,有什么稀奇?"

他哈哈大笑。

吴予舟让我六月三十号晚上八点在火车站等他，没想到他还带了一个人。在进站口看见他们时，我有点小小的失望。

吴予舟为我介绍说，这是他的朋友唐启发，然后又对唐启发说："这是隋牧童小姐。"

他这种公事公办的态度令我失望更甚，隐隐感到此行或许并不只是玩玩那么简单，我便自觉地保持恰到好处的沉默。

安置好行李后，吴予舟对唐启发说："你睡上面吧。"

唐启发很爽快地应道："好！"然后脚蹬踏板，利索地上了床。

软卧包厢外不时有人经过，举着号牌朝包厢内张望。吴予舟伸手关上包厢门，小小的空间立刻安静下来。

火车开动时，我向唐启发对面的铺位望了一眼，疑惑地说："那张床没有人？"

吴予舟小声说："就我们三个，没别人。咱们只闻自己的臭脚丫子味儿，不闻别人的！"

我扑哧一声笑出来，随即又故作正经地掏出一本英语六级阅读理解的书在小桌子上摊开，装出一副认真学习的架势。

"这么用功？"他笑着说。

"不用功怎么行？今天的任务还没完成呢。"我头也不抬地回答。

发车不一会儿，顶灯熄了，我打开阅读灯把书摊在腿上，神思却早已飘到了别的地方。

他说："别看了，要不要去餐车吃点儿东西？"

"不用，在学校吃过了。"

"那早点儿睡吧，明早六点就下车。"他说。

"好，看完这篇就睡。"

我假装认真阅读，以掩饰满心的疑惑。把 ABCD 胡填一通后，我关了灯躺下，不久便听见了此起彼伏的鼾声。

唐启发的鼾声浑厚均匀，和他的外表很符合。其实我不太相信他只是吴予舟的朋友，因为当他站在吴予舟身旁时，两人之间流动着一种并不等价的能量交换，莫名地让我想起"忠诚"这个词。

吴予舟的鼾声很轻，偶尔翻身时有片刻的停顿。我的视线在黑暗中一遍遍描摹他挺拔坚实的轮廓，只觉得如山峦般似近犹远。

不知迷糊了多久，一阵窸窣的声音将我从梦中惊醒。一个身影轻轻地从上铺翻下来，动作十分敏捷。他用极轻微的动作拉开门，随即把挤进包厢的一线光亮推了出去。

天慢慢亮了，我们到站了。吴予舟伸手想帮我提箱子，唐启发眼明手快地抢先一步，说："我来吧。"

我正要推辞，吴予舟说："我们两个大男人在这儿，还能让你自己扛行李？别客气了。"

"就是就是，"唐启发笑呵呵地问："听说隋小姐是本地人？"

"是，你们有什么想吃、想玩的尽管问我。"

吴予舟说："一会儿去酒店你先休息一下，我和小唐去办点事。"

"不用我帮忙吗？"我问。

"不用。"他说。

"要不我还是回家住吧，何必浪费呢？"

"房间已经订好了，空着也是空着，况且有事的话，商量起来也方便。"他望着我，眼神中有些许期盼。

我想了想："好吧。"

吴予舟和唐启发直到中午才回到酒店。既然没让我参与，我也就没多问。中午，我带两人去了当地最正宗的牛肉汤馆，要了三碗浮着红油辣椒的牛肉汤和一摞外酥里嫩的葱油饼，一顿饭吃下来，三个人都是满头大汗。

唐启发边擤鼻涕边说："妈呀太过瘾了，从里到外地通透！"

我问："唐大哥哪里人啊？"

"甘肃。"

"甘肃有羊肉汤啊，敦煌市里的小罐儿羊汤好喝得要命！"

"你去过敦煌？"他惊讶地问。

"本科时候去那儿下乡写生来着。满大街都是好吃的，要不是肚皮和时间都有限，我得一条街吃过去。"一提到吃，我的情绪又高涨起来，"我记得去莫高窟时要穿过一大片戈壁，远远地看见好多野骆驼，很有大漠孤烟的感觉。"

唐启发兴奋得直搓手："我都还没去过敦煌！我老家是兰州的，离敦煌有一千多公里呢！"

"兰州有牛肉拉面！"我接口道。

"是是是，我们那儿到处都是拉面馆，每家都说自己的最正宗，每家也都有自己的特色，跟你们这满街牛肉汤馆差不多。"

"没错！外行人吃不出差别，内行人喝口汤就知道正不正宗。真正的老店，用的都是几十年不熄火的老汤头。那味道才叫醇厚。"

"我们甘肃高山、丘陵多，山羊都是运动健将，羊肉一点儿也不膻，清水煮羊肉也好吃。"他得意地说。

"我记得当年去采风的时候，当地的一位老师自己也养了一头羊，就拴在洞口的树上，一摸它还冲你咩咩叫，特别可爱。晚上吃饭的时候，当地人拉着我们喝酒，把我们全都喝吐了，可是吐完了还得拉回来接着喝……"

"哈哈哈……是！我们那儿的民风很淳朴，也很彪悍！"唐启发的脸红扑扑的,看我的眼神一改初见时的生疏。

"可不是吗!酒喝到一半儿,我问接待的老师:'门口的羊去哪儿了?'他指着我手里的大骨头说:'你不正啃着呢吗!'当时我那个心情啊……捧着啃了一半的大棒骨,吃也不是,不吃也不是。"

唐启发拊掌大笑,西北人的豪爽显露无遗。

此时吴予舟脸上的红晕还未完全褪去,额头上的汗珠在阳光下反射着细碎的光。他撇着嘴冲我们摇头:"两个吃货……"说着,他落后几步,低声对我说,"怪不得你能答出我舅舅出的刁钻题目,馋猫!"

我正要说话,唐启发突然回过头,看了我一眼,问吴予舟:"下午怎么安排?"

吴予舟又恢复了一本正经,说:"下午我们要去拜访一家人,你跟我们一起去吧。"

"我还是在酒店睡觉吧,昨晚没睡好。"

吴予舟想了想,说:"也好。那你好好休息,明天一早我们出发去皖南。"

14. 打架

独自回到酒店,想睡却睡不着。吴予舟显然没打算见我的家人,弄得我也不好独自回去。否则家里人肯定会问:"你不是说不回来吗?怎么又突然跑回来了?……"尤其是我妈,如果我说是和朋友一起回来的,她一定又会问:"是什么朋友?为什么是两个男人?他们都是干什么的?……"后面的计划全得泡汤。想想也是,人家以什么身份见我的家人呢?莫名其妙的,万一引起不必要的猜测,反而尴尬。吴予舟对我似乎比普通朋友要亲呢,可这种感觉比起男女朋友似乎又差了不少。不知为什么,我想起了魏筱云，还有那位由她带来的"贵客"。我猜测她就是吴予舟的母亲，因为她长得和楚湘亭的母亲太像了！还有魏筱云口里的"吴伯伯"，不用想也知道是谁。他们在一起的时候就像是真正的一家人，自然地交谈，热络地聚会……

混沌之中，手机突然响了起来。

一群人围在舒航家门口，高低错落地想从有限的空间里找到一个合适围观的角度。虚掩的门中断断续续地传出女人歇斯底里的哭叫声和重物落地的闷响。

我冲人群大喝："看什么看！都回家睡觉去！"

人群自动散开一条小路，有人低声说："这不会就是小三吧？"

"你才是小三呢！你们全家都是小三！滚蛋！"我把门口使劲往里挤的男人扯出来，沉重的防盗门在身后发出一声巨响。

迎接我的是一道凌空飞来的黑影，紧接着我眼前一黑，嘣的一声，嘈杂声戛然而止。几秒钟后，我判断出那个声音似乎是由某件瓷器与我的头骨发生的碰撞而造成的。

疼痛袭来的瞬间，我听见类似布料撕裂般的声音："洪晓伟你个王八蛋——"

肇事者见砸错了人，顿时愣住了。舒航扑上去时他来不及反应，脸上立刻出现三条红得吓人的血痕。

我四下寻找刚才那个"凶器"，原来是个釉下彩的欧式瓷杯。不久前，它还和它的父母兄弟相拥在餐桌上，干净、透亮，此时却孤零零地歪在墙根下。我把它捡起来，比画了个顺手的位置，朝相互撕扯的两人走过去。

在离他俩一米开外的地方，我使出浑身力气猛地砸了下去。啪！杯身化作齑粉，徒留手在空中划出一道白色的抛物线。

徐舒航和洪晓伟以一个诡异的、相互纠缠的姿势定格在了原地。

我笑眯眯地问："还有什么值钱的玩意儿需要砸，让我也过过瘾？"说完，不等他们回应，我便直奔卧室而去。

我在卧室里一阵翻腾，枕头、被子全被我掀起来扔在脚下。我知道舒航最喜欢的金银细软都放在窗边那个梳妆台的抽屉里，于是鞋也不脱就从床上向窗边爬去。

舒航惊叫一声，绕过大床挡在我身前，我拉了她几下没拉开，又奔着床对面的电视机而去。

那电视机是他俩结婚时买的，图像又大又清晰。我曾问老童要不要也买一台，可老童说家里没人看电视，不需要。对此我一直眼馋，今天可让我逮着了机会。

我拼命把两条手臂伸到极致，也没能够到电视机的两边。我对傻站在一旁的洪晓伟说："过来帮忙！"

"啊？"洪晓伟进退两难，用眼神询问舒航该怎么办。

舒航紧护着她宝贵的梳妆台拼命摇头。横竖试了几次我都没成功，又见卧室里实在没什么可砸的，我想了想，转身朝书房走去。

"我的电脑！"洪晓伟嗷的一声，和舒航一左一右把我往沙发上扯。

被按坐在沙发上的我并没有安分，一把抓过靠垫朝洪晓伟一通胡打，边打边骂："你凭什么砸我！我爸妈都没打过我！"

洪晓伟自知理亏，干脆缩成一团任我发泄。

"你个臭男人！王八蛋！不学无术！成天就知道拈花惹草……有本事干完了把屁股擦干净，别让人发现呀！智商还不够用！你说你活着有什么劲……你以为你是个什么东西？徐舒航这么好的姑娘，瞎了眼才会嫁给你！不想过就别过了，明天就去离婚，省得后半辈子互相折磨……"

房间里一片死寂。

我盯着沙发上蜷缩着的那团人影，说："怎么回事？又换了个新的？"

他一动不动。

我捡起地上的枕头扔过去："说话呀！装什么孙子！"

他猛地坐起来，看见我瞪着他，气势突然又灭了，结结巴巴地说："你，你别听她胡说！"

"我哪里胡说了？"舒航把洪晓伟的手机拿给我看，"你看看，这是他们发的短信，他还给那个女人转钱！"

我问："他妈不是把钱都给你了吗？他哪来的钱？"

舒航一愣，吞吞吐吐地说："我……我给他的零花钱。"

"零花钱？干什么需要这么多零花钱？你是不是傻？"

舒航嘤嘤地哭起来。

洪晓伟突然插嘴道："凭什么不能给我钱？这家里的钱有我的一半！"

"什么你的钱！你妈已经把你洪晓伟的忠诚卖给徐舒航了，你不知道吗？连你妈都对你不抱任何信心了，以后你想要用钱，就得用你的忠诚和徐舒航对你的信任来换！"

洪晓伟前一秒还梗着脖子，此刻已脸色煞白，一双眼睛直勾勾地瞪着我，就像我是一头他从没见过的洪水猛兽。

舒航也傻眼了，她扯扯我的衣袖，说："牧、牧童，你别这么说话……"话没说完，又哭了起来。

"你看见了吗？你已经一文不名了，还有谁在关心你的感受？"我转头对舒航说，"在他的眼里，你和其他可供享乐的女人没什么两样。现在也好，他的钱都归你了，你们可以离婚了。他给你想要的钱，你给他想要的自由，不好吗？"

舒航的哭声和小时候老师宣布考试成绩，第一名却不是她时一样。那哭声时而微弱，时而响亮，断断续续，像是永无止境……

恍惚间，我觉得自己躺在一片金色的沙滩上，没有风吹树叶沙沙作响，也没有海浪推动细沙层层叠叠，只有头顶一轮金灿灿的太阳晃得人眼花缭乱……

忽而一阵凉意袭来，我猛地睁开眼，发现自己竟在沙发上睡着了。我独自一人霸占着整个大沙发，另外两个人各自缩在单人沙发里。舒航睡得很不安稳，偶尔发出委屈的啜泣。洪晓伟倒很安静，一个大男人蜷缩得像个煮熟的虾仁。我从卧室的柜子里翻出两条薄毯分别给他们搭上，又回到卧室里找了个舒服的位置继续睡去。

再醒来已经是清晨五点多，我想起和吴予舟约好今天一同去皖南，便赶忙爬起来。那两人依旧保持着昨晚的状态。我想了想，要是等这二位睡醒，免不了我又要被卷入一场无休止的麻烦，于是随便拢了拢头发，蹑手蹑脚地离开了。

15. 执子之手

门锁发出吱的一声，隔壁的房门却先开了。

"你干什么去了？怎么一夜都没回来？"吴予舟压低声音，神情严肃，像极了准备教育我的老童。

我径直往洗手间走，说："劝架去了。"

"劝架？谁打架？"他站在我身后，盯着我把乱糟糟的头发重新理顺。

梳齿划过前额时，突如其来的痛感令我忍不住发出咝的一声，我这才注意到额头上的瘀青。

他盯着我的额头仔细看了一会儿，说："你是去劝架，还是去参与斗殴了？"

我笑起来，把昨晚的事绘声绘色地讲给他听。

他哭笑不得地问:"要是搬得动,你还真把人家的电视机给砸了?"

"不好说,"我小心翼翼地在脸上涂脂抹粉,"早就看那小子不顺眼了,仗着有几个臭钱天天在外面乱搞,砸他电视机算什么?揍他一顿才是最终目的!"

"啧啧啧,"他笑望着我说,"以后可不敢得罪你。"他用手指点点我的额头,问,"还疼吗?"

"废话!"我龇牙咧嘴地打开他的手。

"活该!一个小姑娘夜不归宿,非要跑去掺和人家的家务事。万一飞过来的不是茶杯而是菜刀呢?"他一边说,一边翻箱倒柜,终于从大衣柜下面的小冰箱里找出一罐冰镇可乐。

他大步流星地走过来,把我按坐在床上,用冰镇可乐在我额头上滚。

"疼疼疼!"我手舞足蹈地反抗。

"老实点儿!"

我拼命想要躲开那个又冷又硬的冰坨子,叫道:"随它去吧!过几天就好了!"

他却说:"现在知道疼了?给你长长记性!别动!"他一把就箍住了我的两只手,又困住我想要继续进攻的两条腿。

我只得任命地由他摆布,额头上又凉又痛,鼻尖却有阵阵温暖的气息扑面而来。我痴痴地仰望着他,心跳越来越快,不知道自己下一秒会做出什么出人意料的事情。

他的唇角慢慢上扬,眼睛也眯了起来。他一定是察觉到了我的意图!

"我还没吃早饭呢,带我去吃好吃的吧。"他突然来了这么一句。

"好吃的?"我的脑中一片空白,只看见他线条分明的嘴唇一张一合。

突然,他弯下腰来。我只觉得眼前一黑,像是有片落叶拂过我的额头。

随即他拉起我，说："别愣着了，咱们去吃饭！就咱俩，你想吃什么？"

我愣愣地，无法确定刚才发生了什么。那是个吻吗？我惊讶地望着他，那样子一定傻极了。

他凑近我，黢黑的眼珠里晶莹地闪动着两个局促不安的我。突然，他摊开一只手伸到我面前，说："我喜欢你很长时间了，难道你没意识到我在追求你吗？如果你也喜欢我，就把你的手伸出来，放在这儿！"

这一刻来得太突然了！感动和喜悦潮水般扑面而来，我不禁想起了"执子之手，与子偕老"那句话。他不发一言，静静地望着我。眼前的这只手，指节修长、手掌宽大，指腹和掌心处的纹理像一个个旋涡，吸引着我向它靠近。时间仿佛过去了很久，似乎有个声音一直在催促我："想什么呢？快点儿啊！"

突然那只手动了动，似乎要收回去了！

我慌忙用两只手一齐抓住了它。那只手被我五花大绑地困在半路，它的主人只好抽出另一只手来摸了摸鼻头，说："鼻子……有点儿痒。"

我窘得把脸埋在他的臂弯里不肯抬起来，那只先前被困住的手在我头上连连抚摸，似乎连掌心都带着笑意。

"小姑娘真有意思！"他说。

因为这突如其来的事件，吴予舟决定推迟到下午出发。

我悄悄地问："真的不见见我的家人吗？"

就在唐启发低头踩灭烟头的刹那，他伸出手摸了摸我的脑袋，说："这次太仓促了，等我好好准备一下，再正式登门拜访。"

我和唐启发对于要不要去那条本地有名的小吃街讨论了好一阵子。我俩都坚信，每个地方的特色美味都藏在这些不起眼的大排档和"苍蝇馆子"里。

"要不咱们把他甩掉吧?"我瞄了一眼吴予舟,小声地对唐启发说。

他顿时瞪大眼睛:"那怎么行?"

吴予舟突然插话进来:"你俩鬼鬼祟祟地说什么呢?"

听完我俩遮遮掩掩的解释,他沉着脸说:"有好吃的为什么不带着我?"

唐启发说:"我得保证你的安全,食品安全也是安全之一。"

我附和道:"我是地陪,不能让你临走前吃坏了肚子。"

"既然你俩意见一致,还有什么好争的?"吴予舟问。

我和唐启发顿时语塞,谁也不想放弃路边摊的美味。

"走吧,"吴予舟说,"就去你们说的最好吃的地方。我请客,吃坏了肚子不赖你们!"

唐启发像店小二一样张罗着买这买那,跑进跑出,不一会儿就把一张原本乌黑的大木桌擦得锃亮,又在桌上摆满了各种食物。

他举着筷子问老板:"在哪儿消毒?"

老板头也没回,甩给他一句:"插到锅里烫烫。"

再回来时,只听他嘴里念叨:"插在汤锅里烫过了,不是照样喝到肚子里?"

我笑着打他:"你能不能别说出来!"

他也笑,又招呼老板开了一打啤酒。

吴予舟也笑着说,"我的肚子没那么精贵。小时候跟我妈随军去西北的时候,就是吃这些东西长大的。"

"你在西北待了很久吗?"我举着一瓶啤酒跟他俩各碰了一下,咕咚灌下一大口。

"差不多十年吧。"见我这样,他眉毛一耸,半瓶酒便下了肚。

晚风一吹,我又想起第一次见到吴予舟时,他穿着笔挺的西装,一副精致的贵公子模样，和如今坐在路边对瓶吹啤酒的样子大相径庭。

火车出发没多久我就睡着了，梦中飘落的全是吴予舟温柔细腻的吻。睡得正酣时，电话又响了起来。

我极不耐烦被人搅了美梦，态度十分不友好："谁呀?!"

"你什么时候走的？头没事吧？"是舒航。

"没事！睡醒就走了呗。"我依旧闭着眼睛。

电话那头突然安静下来。

我顶烦这种便秘一样的谈话："你们今天赶紧去离婚！一刻也别耽误！"

"牧童……"舒航说，"谢谢你昨天替我出气……今天早上……洪晓伟向我道歉了……我……"

我一听就来气："那就祝你幸福！以后打架别再叫我，不然把你们的房子点了！"

挂断电话，我却怎么也睡不着了。我心烦意乱地睁开眼，却见四只眼睛齐刷刷地瞪着我。

唐启发说："乖乖，你这是劝架还是拱火呢？"

我懒洋洋地说："一开始想劝架，后来烦了，就开始拱火，怂恿他们离婚。可是吧……我发现我越闹，他们反而越是离不了。"

"啊？那是怎么回事？"唐启发不解地问。

"也许这就叫置之死地而后生。他俩彼此看对方都不顺眼，说什么对方也听不进去，这时候就需要有一个更可恶的人出现，他们没准就能一致对外！"

"可是你这种方法要是没奏效，他俩真离了呢？"他问。

"其实一开始我心里也没底，纯粹就是撒泼，可后来我发现，我闹得凶了，他俩反而不闹了。"

"那你这么激他们，万一他俩真去离婚了呢？"

"不可能！"

"为什么？"

"你是没看见他俩那样！一看见我要砸他们家东西，那叫一个同仇敌忾，还互相使眼色呢！后来我才想明白，他们呀，一个想要很多很多的爱，可是从小到大，身边人给他的只有钱；而另一个呢？虽然想要很多很多的钱，可也并不是对对方没有感情。"我叹了口气，"其实他们的真心只是被金钱掩盖了。"

"噢，那他俩还吵什么呢？"唐启发问。

"因为连他们也不知道自己想要的到底是什么。他们没看清对方，也没看清自己。"

唐启发点点头，说："那你知道自己想要什么吗？"

我瞄了吴予舟一眼，说："愿得一心人，白首不相离。"

16. 古镇雨夜

徽州的古迹大多有名，而查济作为典型的古村落还未来得及被开发，所以游客很少。古镇里虽然保留了许多明清时期的老房子，可大多因为年久失修而失去了往日的宏伟。我们偶然能在修葺了一半的祠堂或新屋旁看见许多码放整齐的长短一致的竹料，青葱碧绿、笔直纤长。

傍晚时我们在村子里找到一处颇具徽派建筑风格的"大夫第"。巨大的芭蕉叶从院子里探出身子，引我们走进灰瓦白墙后的两层小楼。天井里漂亮的锦鲤尾巴一甩，瞬间把这个古朴的院子给游活了。

"听说离这儿不远有个有意思的地方，明天咱们去看看。"吴予舟对我俩说。

"行啊，老板说了算！"我说，"不过我得先补个觉。"

一觉醒来天已尽黑，鱼池里一圈一圈的大小圆盘时隐时现，不知什么时候竟下起了雨。我沿着回廊转了一圈也没发现那两人的踪影，想是出去闲逛了。问老板娘晚上有什么好吃的，老板娘说唐先生已经定好了菜谱，只等他们回来就开饭。

可是直等得饥肠辘辘，那两人也没回来，雨却越下越大。

此时老板娘望着门外说："这两人怕是都被雨困在哪儿了，山里天黑路滑，该不会是都迷路了吧？"

"都？他俩不是一起出去的吗？"我问。

"不是，吴先生先出去的，后来唐先生说天要下雨了出去找找。这不，一个也没回来。"

坏了！这么大的雨要是一夜不停，怕是真有人要摸不回来了。我正琢磨着给吴予舟打电话，门口人影一闪，唐启发回来了。

"吴先生呢？"我问。

"没找着！他的手机可能没电了。"他火急火燎地叫老板娘，"大姐，麻烦您走一趟，帮我们找找吧。"

"行！"老板娘解下围裙，又找了几把伞和两只手电筒分给我们，"走吧，村里岔路多，分头找能快些。"

村里的房子和路多是临水而建，唐启发沿着溪流一路往南。老板娘在一座石桥边对我说："我往东北去，你沿着溪流往西北找，走到没路的地方就原路返回我家，肯定不会迷路。"

"那你呢？"我问。

"东边荒屋荒地岔路多，外村人很容易迷路，我要是都找不到，就得找村主任拿大喇叭喊了，那动静可就大了……"说完，她脚步利落地走了，转眼便消失在了雨夜中。

在这样浓黑的雨夜，曾经听过、看过的各种荒村诡事一股脑涌现在我的脑海里。为了壮胆，我用另一把伞当作武器，一路敲敲打打地缓慢前行。呼叫几乎是徒劳的，回应我的只有雨打伞布的噼啪声。伞外的世界此刻极尽喧闹又寂静。我把身体尽可能地缩进这小小的方寸间。正暗自踌躇，忽然路边的草丛一动，一团黑影自草丛中跃起，扑通落在我眼前，离我刚刚迈出去的那只脚不过半尺距离。我大叫一声，慌忙退到旁边一户人家门前的台阶上，两只脚再也挪不动半分。

手电筒的光束中，一只足有拳头大小的癞蛤蟆正伸长后腿准备向前挪动，乌溜溜的眼睛中折射出令人胆寒的光芒，激出了我一身鸡皮疙瘩。

我俩互相瞪视着对方，谁都不敢先动。我暗自谋划着它要是一跃而起扑向我，便用手里的伞打飞它！

突然，身后的门吱呀一声开了，又惊出我一身冷汗。借着微弱的光，一张老树皮一样斑驳的脸出现在我面前。如果是在白天，如果是在画室里，我会很欢迎它的出现，然而此时此地，它只能徒增我的恐惧。"老树皮"探出头来说了句什么，把门又开大了些。一只花猫趁机溜出来，从腐朽残缺的门槛上向外探出一只爪子，随即又抖抖水，缩了回去。

老人走了几步，又回头对我说了句什么，继续向里走去。我犹豫着是否要跟进去。花猫蹲在门口，冲我喵了一声，眼神很是温顺友善，顷刻间打消了我心中的恐惧。

我跟着它往里走，没想到竟看见了坐在里屋门口的吴予舟。

"你怎么在这儿呀？"我惊讶道。

"这雨突然就下大了，往回跑时摔了一跤，我想着干脆等雨停了再走，没想到天都黑了雨也不见小。"他站起来迎向我，问，"你怎么找到这儿的？"

"摔哪儿了？没事吧？"我扯着他的衣袖上下检查。

他笑着说："没事，只是手划破了而已。"

这时老人从屋里出来，佝偻着背端给我一只粗瓷碗。

碗沿上有个豁口，一道裂纹顺着豁口向下延伸，不到碗底时又消失了。

手心的温热让我打了个寒战。我看了眼吴予舟，他冲我点点头。两大口热水下肚，周身的寒意开始顺着汗毛孔向外散发。

"谢谢！"我大声对老人说，随即抓起吴予舟的手腕，"快走吧，赶紧回去洗洗，上点儿药。"

吴予舟把碗放在刚才坐过的小凳子上，冲老人挥了挥手。

回来的路上，我问他："你手机没电了，不会在大爷家给我们打个电话？"

"他家没电话，"他说，"别说电话了，估计那盏电灯就是他家唯一的电器。"

"啊？那他家里还有别人吗？我没来时，你俩就干坐着？"

"我只看见他一个人，屋里黑洞洞的。我也听不懂他说什么，只能靠猜。"

我抓起他的手，用手电筒照着上面纵横交错的伤痕，嗔怪道："那你就不会借把伞？我们几个人找你一个，快急死了。"

他笑着说："我问了，他一个劲儿地摆手，估计连把伞也不见得有。我只好想着等雨停了或者小些再走……"

我捧着他的手，心疼地说："傻瓜，这样的雨，在这里就算下一个星期也不稀奇。"

"没事的。"他搂紧我，把伞又往我这边斜了斜，说，"你怎么一个人跑出来找我？天这么黑，路还这么滑，唐启发呢？"

我听出他的语气中的不快，解释道："唐大哥和老板娘也在找你。你这么大的……科学家，万一出了什么事可怎么办？再说这样多好，就我找到了你。现在就咱俩，感觉相依为命似的。"我用两条手臂环住他的腰，把脸贴在他平稳起伏的胸口，说，"走慢点，我想和你多相依为命一会儿。"

他停下来，手臂又紧了紧，我们便紧密得像一个人了。此时难得的片刻温存，让我如冬日里仅靠一根火柴取暖的小女孩，只想一个劲儿地往他身体里钻，再也不出来。他的身体迎合着我的渴望，用下巴将我的脑袋拢进颈窝里。我被他的气息包围着，沉醉在一种既陌生又熟悉的味道里。

正在这时，我的手机响起来。

"找到了吗？"唐启发问。

我暗暗叹了口气，说："找到了，这就回来。"我无奈地望着吴予舟，不舍得结束这短暂的温馨。

他耸耸肩，说："走吧，你身上也湿了，赶快回去换衣服。"

我依旧定在原地。

他看着我，突然低头给了我一个吻，微凉的触感点燃了我心底的渴望。我并不想就这样让他离开。我突然钩住他的脖子，加深了这个吻。它比我想象中的更香甜，把我的魂儿都要勾走了。啪！冰凉的雨滴落在额头，顺着我的脸滑下来，直流进我的脖颈里，让我不由得一激灵。

吴予舟放开我，眼波闪动，嘴唇也因为用力而显得更加红润。

"走吧。"他的声音低沉而沙哑。

我们默默地往前走，远远看见了熟悉的灯光和人影。

我突然忍不住开口，问："唐启发……不只是你的朋友吧？"

吴予舟的脚步顿了顿，说："他以前是我爷爷的警卫员。其实他最早是我父亲在西北时带过的兵。当时他家里很困难，但是人很聪明，所以父亲回北京时就把他带了回来。后来，他给爷爷当了几年警卫员，把爷爷照顾得很好。爷爷看他上进，就鼓励他考军校，之后就成了我的同事。不过他确实是我的好朋友。其实……"他斟酌了一下，说，"我们这次出来还是要找吴非。吴非和我爷爷有过命的交情，早些年他们时常书信往来，只是后来历经磨难，我家里也有些变故，就失去了联系。爷爷现在年纪大了，常常念叨这位老兄弟，生怕有生之年再也没机会见面，所以……我不是想故意隐瞒，只是……"

"好了好了，你不用解释，我明白！"我挎上他的胳膊，整个人紧紧地贴上去，"你们家要找的人恐怕也不是一般人，反正跟我也没啥关系，我只负责玩！"

在"大夫第"门前，吴予舟撑起另一把伞，我们又分离成两个独立的个体。

洗完澡出来时，老板娘已经把饭重新热好，香气扑鼻。

我光着脚缩在椅子上，一口一口地吸溜着鲜美的鸡汤，一面听雨打芭蕉，一面暗自出神。

老板娘说："原来你是在老石头家找到他的。"

"是啊，多亏了一只癞蛤蟆。"我说。

"嘿，"老板娘笑道，"那癞蛤蟆八成也是他养的！这个老石头挺可怜的，原本还有一儿一女，早些年战乱的时候都没了，家里就剩下他一个人。我小的时候，他还能帮人砍砍竹子挣几个钱，后来年纪大了，村里就给他申请了低保。村里人隔三差五给他送点儿吃的，他却把那些吃的喂给了猫猫狗狗。说来也怪，他一个孤老头子，吃的住的又不好，那些没家的动物还都喜欢往他那儿钻。"

"估计是把他当成同类了吧……"我看着碗里黄澄澄的鸡油，想起老石头家的那碗热水。

第二天一大早，门外便传来吵嚷声。

院子里，老石头扯着吴予舟不放。

老板娘站在中间，想要分开两人，瞅着空对我解释说："这个倔老头看见吴先生给他钱了，不愿要，来还钱啦！"

光天化日之下，老石头像是被捏出来的泥人儿，黑灰色的破大褂和辨不清颜色、材质的破帽子就跟长在他身上似的。

我走过去，接过他手里的钱，说："好，不给了不给了，拿回来啦！"

他念念叨叨的，忽然咧开嘴，露出几颗稀疏的不太干净的牙齿。

老石头走后，我把钱塞给老板娘，说："您拿着这钱，时常给他送些吃的吧。"

老板娘赶忙推辞道："别别别，就算你们不给钱，我也要给他送的呀！"

"那就再多送点儿，送好点儿。"我把钱强行塞进她的衣兜里。

老板娘无奈，只得收下。

此时站在一旁一直没说话的唐启发出声道："吃完早饭咱们就出发吧，去你昨天说的那个地方？"

吴予舟问："老板娘，你家有车吗？"

老板娘说："有，一会儿让我老公送你们去！"

吴予舟说的地方离查济古镇有 20 多公里，路程不远，只是下了车还需要坐船。船家像是特意在等我们，一言不发地起锚，又一言不发地离开。

岛上几乎家家大门紧闭，偶尔从宅子里传出声响，向里张望却感觉不到有人生活的气息。这里完全不用造景就像一座梦境之城。摇桨出岛，信舟而归，房子虽然破败，却依旧古色古香，正是我喜欢的所在。

我在灰墙朽木中穿来穿去，想找到当年汪伦送别李白的痕迹，明知徒劳却玩得不亦乐乎。走到难走的地方，吴予舟便伸出手搭我一把。他做得如此自然，完全没有了避讳的意思。

船是什么时候来的，没人知道，它悄无声息地把我们带回了现实。我一步三回头地回望那座岛，唐启发笑话我把魂儿丢在了岛上。

午饭时，吴予舟问我："今天还住一晚吗？"

"再住一晚吧。"说完我突然意识到，他干吗要当着唐启发的面征求我的意见呢？我下意识地瞥了唐启发一眼，却见他依旧波澜不惊地吃着饭。

下午在村里闲逛，随便找了家小店，门脸很简陋，饭菜便宜却很美味。

吴予舟说："咱们来得还算及时，再过几年，这里恐怕就不是这样了。"

"是啊，游客一来，有了生意，人情味儿怕是也要变了。"我不无遗憾地说。

"好在我们提前来过了。"吴予舟说。

17. 翻脸

两天后，我们回到北京。

老鲁打来电话："英语复习得怎么样？有问题吗？"

"按目前进度看，应该没问题。"我说。

他点点头："上次校内论坛的帖子虽然没怎样，但影响肯定不好。我想着，下学期，要是你的作品能再次入选全国性的展览，就能堵了那帮人的嘴。"

"你开玩笑的吧？"我叫起来，"现在离补考也就两个多月，光复习英语都来不及，还要搞大创作？"

"我知道不容易，谁让你上次考试没过？这样吧，你抓紧复习英语，有空我就帮你指导创作。"

"我暑假都住在二哥家，你有空去那儿找我吧。"其实我也有顾虑，要是让铃兰看见老鲁给我开小灶，不知又要惹出什么麻烦。

"那我后天上午过去。"老鲁说。

那天一早，老鲁就到了别墅大门外。

他像刘姥姥进了大观园一样啧啧道："乖乖，我还是头一次到他这儿来，太豪华了！这小子，这些年没少挣钱……"当看见那间天光画室，他的表情和我第一次见到它时如出一辙。

我问老鲁："如果创作没能入选怎么办？"

他喝了口水，眼睛在装饰精美的家具上扫了一遍，说："也不能怎么样，总之……尽力吧。"

我知道他"总之"后面的意思，如果保送的学生不争气，学校也要面对舆论的压力。

我问："你觉得那篇文章是谁写的？"

他皱着眉头，半天没吱声。

"算了，不为难你，我大概能猜到是谁。"

"想那些都没用，做好你自己才是正道。你要是做得好，谁能抓住你的小辫子？"他见我丧气，又说，"抓紧时间吧，用实力证明你自己。"

我们详细商量出一个构图，用一天的时间画出了一版草图。

晚饭后，老鲁说："我回去了，明早再过来。我不在的时候你抓紧复习英语。"

睡前我接到吴予舟的电话，他问："你没在宿舍？怎么这么晚了还没回去？"

"我在亲戚家呢。"我说，"上次考试没过，学校给我下了最后通牒，学校里不方便搞大创作，所以这段时间得在亲戚家待着。"

他问："那我又见不到你了？"

我把二哥家的地址告诉他，他惊讶地问："这是你什么亲戚？我怎么从来没听你提起过？"

"嗯……"我一时不知从哪儿说起，"故事太长了，以后慢慢给你讲。"

"行吧，正好这段时间我也忙，忙完了去找你。"他说。

我支吾着不肯挂电话，一想到有段时间不能见到他，便有些沮丧。

他的嗓音并不低沉，却很有磁性，此刻更是带着令人心醉的笑意："怎么，想我了？"

我用被子把自己裹成一团，羞答答地嗯了一声。

"我也想你……"他说。

这句话将我暖暖地送入了梦乡。梦里，吴予舟从背后静静地拥住我，与我严丝合缝地贴在一起。他温热的气息围绕在我的周围，像一条丝带缠绕着我，抚摸着我的每一寸肌肤。丝带游走过的地方像是着了火，烫得我难以自持。他用微凉的手指拂过我的脸、脖子、肩头，缓解了我难忍的煎熬和躁动。我只想和他靠得近一点、再近一点……

早餐后，老鲁再次如约而至。

笔已经落在纸上，魂却还在梦里。一夜春梦，搅得我神思恍惚。

老鲁看着我的样子，说："我知道你压力大，别想太多，尽力就行。"顿了顿，他又说，"铃兰也报名参加了这次展览。她给我看了创作稿，挺不错的。客观地讲，铃兰很勤奋，绘画感觉也不错，如果为人能宽厚些，以后的路会更宽广。"

我闷闷不乐地问："你是不是也觉得我不配得到保研的名额？"

"一码归一码！"他突然严肃起来，"你以为我会因为常恺的关系对你徇私？别说我没有这个权利，就算有，我也不会那么做。"

听到这话，我虽然有些失落，却又暗暗松了口气。

"你的综合成绩是有目共睹的。教研组开会讨论保研名额的时候，我就在现场，这是专家和领导们讨论出来的结果。艺术这条路想要走得长远，并不只是把力气使在手头功夫上那么简单。"他拍了拍我的肩膀，说，"你的综合成绩好，说明你有很强的学习能力，有悟性，有天分，更重要的是你还有家传，这样得天独厚的条件是多少人盼都盼不来的。如果你能踏实下来，说不定有朝一日会比常恺发展得更好！可前提是，你得用心！"

我越发难堪起来。

老鲁说："铃兰的心情我能体会。她父母离异，家庭条件一般，从小一个人在北京闯荡，吃过的苦恐怕你想都想不到。如果让我做决定，我倒更愿意投给她一票，凭什么自强不息的人却得不到该有的回报？"

老鲁目光里的严厉刺伤了我。他头一回这般不留情面地对我说话，或许对他来说，铃兰的经历更能让他感同身受。像我这样的人，就应该多遭点儿罪才好！

我说："谢谢您，以后您不用再帮我了。"

"怎么，生气了？"他的口气软下来。

"既然命运不公平，那我就给她公平！"

我走到画前，哗地扯下已经初具规模的作品，一口气撕得粉碎。

"唉……"老鲁想要拦我，却已经来不及了。他欲言又止地盯了我一会儿，只得叹口气，说，"好吧，那我明天先不过来了，如果有什么需要我帮助，就打电话。"

老鲁走后，我望着满地的碎片，开始后悔刚才的冲动。毕竟人家耗费了整个周末来帮我，现在全被我毁了。我承认他的话让我无地自容，可也不得不承认，这是我应得的惩罚。

八月中旬的一天，我带着自觉还算成熟的草稿，准备回学校找老鲁帮我看看。路上，我接到了"Feeling"前台的电话。

前台小姐姐已经和我十分熟稔，娇滴滴地说："牧童，有客人点名找你。"

我疑惑道："不是说好了，我的客人都给洪夏吗？学校事忙，我脱不开身……"

"我知道呀……"她为难地说，"是那位云小姐，还有她介绍的那个姓楚的小姐……非你不可……哪个我也得罪不起呀……"

奇怪，楚湘亭有我的电话，只要和我说定时间，她的面子我势必会给，何必通过前台闹这么一出呢？

等到了工作室，已经是一个多小时以后了。茶几上摆满了各种零食、饮料，杂志被云小姐翻得哗哗作响。

楚湘亭先看见了我，眼神在我和云小姐之间游移不定。

见我来了，云小姐啪地合上杂志，慢悠悠地走到梳妆台前，哗啦一声拉开扶手椅，说："你们这儿现在服务也太差了！我们晚上有很重要的活动，这都几点了？"

我看了眼楚湘亭，她冲着我轻轻地摇了摇头。

云小姐说："上次你给我伯母做的造型我可不满意，什么呀，太糊弄了！以后再这样，我要向老板投诉你了！"

我站在云小姐身后，望着镜中这副精致的面容，说道："不好意思，云小姐，我已经申请休假了。洪夏是我师傅，她给你做会更好。"

"你说什么？"她回过头盯着我，"我等了你这么长时间，你人都来了，结果跟我说做不了？"

我说："抱歉，我就是过来当面给您道个歉。要不这样，"我示意前台叫来洪夏，说，"今天云小姐的所有消费都算在我头上。"

"你以为我在乎那点儿钱吗？"她像是听到一句笑话，"你不要不识抬举啊！我之前觉得你手艺不错，还把你介绍给我的姐妹！怎么，攀上高枝了，这么快就翻脸不认人了？"

我看见楚湘亭此时微微皱了皱眉，脸色不太好看。

我不想和她闹得太僵，于是尽量保持礼貌的态度："我很感谢您给我介绍客户，只是我真的有不得已的原因。时间很紧张，我必须得走了。"说完，我冲她微微欠身便要离开。

"站住！"一贯软糯的声音此时像被撕裂的丝绸，"去！把你们老板叫来！"她冲前台喊。

前台和洪夏立刻都慌张起来，赶忙上来安抚。楚湘亭此刻也走到云小姐面前，对她耳语了几句，间或又扫我一眼。

我不知道吴予舟有没有将我和他的事情告诉他这个表妹，也不知道楚湘亭是否与她这位蛮不讲理的姐妹背后合计了些什么。总之，事情闹到这个地步，无论她们今天来的目的是什么，都已经不重要了。

很快，Tony 闻讯赶来，见我依旧站着不动，撩起他的丹凤眼恶狠狠地瞪着我，从牙缝里挤出一句话："愣着干什么呢？别给脸不要脸！"

这句话彻底激怒了我，我回瞪着他，说："合同里哪条规定我必须给客人服务？你要是对我有意见，把我开了呀！"

"你——"他油亮的指甲像把尖刀，恨不得剜掉我脸上的一块肉。"好啊，"他突然笑起来，"从今天起，到还完所有的欠款为止，你就老老实实给我打卡上下班！"

"行啊！"我梗着脖子，一屁股坐在椅子上，掏出一本研究生英语六级真题集，装模作样地做起来。

房间里一片死寂。突然，一声暴喝向我的头顶砸来："滚！别再让我看见你！"

我迅速收拾完东西，对洪夏眨眨眼。

快要迈出大门时，Tony 阴沉的声音在我身后响起："三天之内，把所有欠款结清，否则，等着收律师函吧！"

我的脚步顿了顿，还是义无反顾地走了出去。

18. 突如其来的求婚

洪夏给我发来欠款的具体数额，还剩一万八千多。按照正常的工作进度，到研究生毕业，我应该能还清欠款。只可惜，我还是冲动了。我受不了魏筱云那副盛气凌人的样子，如果是以前，我不会和她一般见识。可是现在不同了。

我给舒航打了个电话，开门见山地说："我要借钱。"

舒航问："要多少？"

我想了想："两万吧。"

她说："把账号发给我。"

第二天我就把钱一分不少地打到了"Feeling"的账户。至此，我与那个地方一刀两断了。但是这笔钱，我需要当面给舒航立个字据。

巧的是，就在我准备买票回家的时候，接到了老童的电话。爷爷摸到一个小区门卫没留意的空当，循着自己的记忆回了以前的"家"。他想不通记忆中的家怎么会成了一片汪洋，于是独自在水边苦苦思索了三个多小时，直到大家找到他。

在回乡的火车上，我告诉吴予舟我爷爷病重的消息。他很惊讶，立刻表示要陪我回家。他能如此爱屋及乌，我很感动，但还是婉言谢绝了。

我记得他不久前才婉拒了见我的家人，时机确实还不成熟。他没提起关于我驳了云小姐和楚湘亭面子的事，或许他的表妹并没有多嘴。

见到老头的一瞬间，我以为他恢复了记忆，因为他脱口便叫出了我的乳名。那一刻他的眼睛不再混浊，盈盈闪烁着与我重逢的喜悦神色。

奶奶说："老头子回来以后就病倒了，血糖、血压都不稳定，我还以为他挺不过去了……"

所幸观察了三天，除了感冒以外并没引发其他问题，大家这才放下心来。吴予舟每天至少来一通电话询问情况，甚至动用关系找到了我们当地最好的医生。

一周后，爷爷恢复了健康。我拉着他的手，认真地说："同志，党组织考验你的时候到了，之前的联络点已经被敌人发现，以后你只能在新的地方活动。切记！"

他握住我的手郑重地点头。

奶奶说："也只有你有办法治得住他。"

晚上通电话，吴予舟问："他对过去的事一点儿也不记得了吗？"

我说："自从他第一天叫出我的名字后，就再也没认出我是谁。过去他还记得奶奶，可这次从医院回来，竟连她也给忘了。"

"爷爷是有福气的人。"他说。

我不解。

他解释道："被爱人丢在原地的那个人才是最孤独、最可怜的。爷爷虽然忘记了一切，可周围的人谁也没离开他。"

我不禁心下凄然。

他又问："爷爷有什么爱吃的、爱玩的，你告诉我，下次去看望他老人家，我好有准备。"

我想了想，说："他爱吃甜食和红烧肉。玩的嘛……也没什么，不过就是写写画画，听听京剧。"

"他还记得年轻时的一些习惯吗？比如说……打打拳、唱唱戏？"

"从我出生就没见他打过拳。以前过年的时候，他高兴了还能喝两杯酒，酒一上头就给我们讲他年轻时候摔跤的事，据说还赢过日本兵的一支小分队。可是后来不知为什么就不说了，连酒也不愿喝了，像是怕我们窃取他什么情报似的。"

"他年轻时会摔跤？还赢了日本兵？你知道你爷爷是在哪儿学的摔跤吗？"吴予舟很兴奋。

"听我爸说，好像是南京的一家武馆。"

"南京的武馆？什么时候的事？"

"做学徒，应该是很年轻的时候吧？你怎么对这事这么感兴趣？"

吴予舟突然笑起来，说："我很高兴，说不定那个时候他和我家里人见过，说不定他们还在同一个摊子上吃过早饭，在同一家铺子里买过衣服。这就是缘分！"

虽然觉得这也算不得什么特别的缘分，但是听他这么说，我也跟着莫名高兴起来。

等再见到吴予舟的时候，已经是开学以后了。我们又去了"何处"。

还是四菜一汤，色香味俱佳。我早没了当初的矜持，举着筷子准备大快朵颐。

吴予舟突然说："要不……我们结婚吧。"

筷子悬在了半空。虽然我也曾无数次幻想过有那么一天，却没想到他竟是在这样的场景下提出，显得十分草率。

他说："我知道这有些突然，也显得很不正式，但是我要先征得你的同意，这样我好打报告写申请。我打听过了，你们研究生没毕业也可以结婚。我也不小了，既然认定了你，就不想再等。"

可是……我总觉得哪里不对。刹那间，无数个想法撞进了我的脑袋——我的学历资格考试还没有通过，如果被学校退回原籍，或者顶着个"北漂"的头衔留在这里，实在难堪；我今年才23岁，人生刚刚开始，难道就要成为某人的妻子吗？虽然我真的很喜欢他，喜欢到一想起这个人，连心都会颤抖，即使彼此拥抱在一起也还想要靠得更近……然而，当本该郑重其事的婚姻突然被毫无预兆地摆在面前时，随之而来的似乎还有种莫名的恐惧……就这样，我呆呆地坐着，既不敢答应，也不敢拒绝。

"怎么？你难道……从没想过要和我结婚？"他的表情有些不自在。

"我……"我有一肚子的问题想问，"你真的想好了吗？"

其实我想说的是，你确定吗？我们认识的时间并不长，也才刚刚确定关系。如果你的家人不同意，或者我的家人不同意，又或者，我们双方的家长都认为这是桩门不当户不对的婚事……该怎么办？

如今想来，一切，确实都还没到时候。

第四章

1. 远方的来信

车轮转得飞快，有风从耳边呼啸而过，我想象着自己穿越时空，回到了那个不识愁滋味的年代。最终，车子在一座具有典型北美风格的二层小楼前停下。

四年前，老童不顾我妈的反对，出钱替我租下这里，让漂流在异乡的我终于有了个容身之处。房东是个操着广东口音的东北老太太，据说买下这套精致的小楼后，她一共住了不到一个月便再没来过，原因是，这里除了风景好以外，哪儿也没有广州好。我与她视频过一次算是"面试"，彼此都颇为满意。

她全然不顾我俩三十多岁的年龄差距，"妹妹、妹妹"地叫我。

"妹妹我跟你说啊，你别听人家说国外山好水好，可是好山好水好寂寰啊！我住的那段时间跟隔壁的洋奶奶聊天，她还非说他们国家的东西好吃。好吃啥？那么好的鱼，就会煎个鱼排，全给糟践了！鲜鱼哪能不吃鱼生啊，我跑了老远的地方找到一家中国超市，买了油盐酱醋，还有芥末，炒了几个菜，又炖了一锅鱼头豆腐汤，把洋奶奶请到家里来。你知道吗？老太太来的时候还特意打扮了一番，好隆重的哦！最后你知道怎么样？吃得口红都花掉了……"

当时我一边笑一边想，这俩老太太不知道靠什么交流得那么欢畅？

金属敲击的当当声夹杂着声声呼唤从门后传来："囡囡呀，快过来，再吃一小口……"

门被打开的瞬间，一个小小的身影闪过，另一个身影紧跟着追上去，并不耽误丢给我一个嫌弃的眼神。

我在门口站了一会儿，走到锅边盛了些尚有余温的白粥，又给自己煎了个鸡蛋，边吃边打开笔记本电脑。

追着囡囡的身影突然停在我面前，冷淡的声音裹挟着不锈钢餐具落入水槽的撞击声："吃都没个吃相，孩子能跟你学出什么好来！"

我轻轻合上笔记本，三两口解决完早餐，识相地清洗碗筷。清洗完毕，我确认没留下什么可供数落的把柄，夹着笔记本电脑回楼上去了。人真的很奇怪，当年她隔着电话一字一句像刀劈斧凿一样坚决不许我留下这个"孽种"，可如今呢？倒把她捧在了手心里，像是故意向我展示她对另一个人的好。

邮箱里有几封新邮件。

第一封邮件是二哥发来的。

他说上次的展览效果不错，作品售出了一半。这样的成绩在如此平静的国度已经算是相当不错的，不仅因为作品讨喜，也因为价格定得合理。他分析得很客观，但我并不喜欢"讨喜"这个词，因为它在某种意义上代表着平庸和俗气。然而这是我自己的选择，现阶段我很需要钱。

他的意思是趁热打铁地回国再办一次展览。国内市场从 20 世纪 90 年代末开始预热，如今的形势正如火如荼，此时带着这种中西合璧的风格回国，确实是个占领市场的好时机。我知道这也代表了雨婷姐的观点，甚至可能主要是她的观点。她是个很有眼光的经纪人，早些年在国内时就已经成功包装出了二哥这样的人物，现在应付我这样的新人简直易如反掌。最重要的一点是，他们都是我特别信任的人。

第二封邮件是银行发来的，看到标题时，我的心顿时一紧。

又是五万元加币！

约莫四年前的这个时候，当我收到第一笔五万元加币时，简直不敢相信自己的眼睛。彼时我还没有拿到奖学金，老童在我妈的严格监控下不敢给我汇款，我只能靠二哥和雨婷姐的接济过日子。狼狈不堪的我盯着银行的通知邮件反复看了七八遍，既惊喜又惶恐。

我劝说自己："这钱又不是我偷来的，既然进了我的账户，自然就是我的。"可另一个声音却说："要想人不知，除非己莫为，万一钱用完了汇款人却找过来，你拿什么还？"心里的一丝侥幸小声说："那就等一个星期，一个星期后还没人联系我，这钱就归我！"可那个声音又说："国外的警察可不跟你讲什么不知者无罪，他们的法律可不是为你这个外国人服务的！"……

一个星期后，这笔钱依旧分文未动地躺在我的账户里。我冒着亏本的风险咬着牙给国内的银行打了个越洋电话，然而核对再三，他们却告诉我，这笔钱没汇错，的的确确是汇给我的，然而汇款人的名字我却从未听闻。

我不敢动这笔钱，直到第二年、第三年，我又陆续收到十万元加币。

如今，加上这一笔，我已经收到某人匿名汇来的二十万元加币，着实算是个有着巨额存款的富人。可是这些钱我不仅不能用，还不能告诉家里人。

我打开第三封信。

　　丫头，你现在在哪儿呢？听说你出国了，我还有机会再见到你吗？

我的心剧烈地跳动起来，食指急促地滑动鼠标寻到信的末尾——方心！真的是她！她居然给我回信了！

信的内容以一种她过去难得的耐心和温柔娓娓展开——

　　抱歉这么久都没给你回信，实在是有一言难尽的苦衷。

　　刚离开学校时，我的生活很不稳定，一直没机会上网。后来我在一家平面设计公司干了两年，每天忙得昏天黑地，也难得有自己的时间。那两年本事虽然学到不少，可越干越觉得这样的生活毫无指望，每天只是没完没了地根据客户朝令夕改的意见去修改，每每在心里痛骂一遍甲方，顺便痛骂一遍当年冲动的自己。可是如果再给我重来一次的机会，或许我依然会做出同样的决定。说到这里，我希望你不要误会，其实退学并不主要是因为你或者陆奕然，而是另一件事。这件事困扰了我很多年，如今我终于卸下了心头的重担。

　　记得你曾在一封信里说过，我们相识一场，却对彼此一无所知。过去的我把自己隐藏得太深，我想，再见面时，我会有勇气向你袒露心扉的。

　　你的每一封信我都看了，感谢你。很高兴你始终把我当作知心朋友，告诉我你的一切。

这些年我接触过很多人，回想起来还是咱们在一起那会儿最轻松快活，连当时讨厌的人似乎都没那么讨厌了。所以，我现在重新回到了大学校园！没错，我又参加了一次高考。这次可比第一次难多了，我花了更多的时间捡起那些被我遗忘的东西。

如今想来，有些事不能轻言放弃，否则可能会懊悔一生；有些事则不必那么执着，放下也许更是放过了自己……

期待和你重逢的那一天。

方心

信不长，却被我反反复复地读了很多遍。

有些人即使错过，也还会再回来；而有些人一旦错过，就是一辈子。

2. 母亲的心思

左手一盒特级普洱，右手一大包妈亲手腌的香肠、腊肉，我按响了朱医生家的门铃。

朱医生开门看见我时，除了口轮匝肌微微打开以外，表情没有一丝松动。

"来啦？"说完，她自顾自地回头向房间走去，留给我一扇半开的房门。

"我妈忙着看孩子没法过来，让我给您带些东西。"我顺着半开的门，把东西放在门口的条案上便准备离开。

她回头看我一眼，说："进来吧。"

我只好在靠近门口的沙发边上坐下，没话找话地说："下个月我要回国，您有什么要带过去或者带回来的东西吗？又或者有什么事要办……"

"你妈回去吗?"她问。

我摇摇头:"不回,她留在这里带孩子。"

她点头:"我没什么要办的事,也没什么要带的东西。你忙你的吧。"

我点点头。房间里突然安静下来。

我站起身,刚想说"没事我就先走了",她突然问:"你喝什么?咖啡还是茶?"

我只好又坐回去。

她把一杯绿茶放在我面前。

茶叶碧绿碧绿的,一看就是当年的新茶。晶莹无瑕的杯壁上水蒸气忽隐忽现,显然很烫。

她说:"朱崇不在。"

"哦,我不找他。"我说。

话题似乎有些尴尬,房里再次陷入沉寂。似乎我每次见她,都尴尬至极。

三年前的那夜,窗外风雨交加,阵痛来得猝不及防。我心慌极了,挣扎着给雨婷姐打电话。雨婷姐来得很快,跟着来的还有这位朱医生。她进门时,额前的碎发不知是被汗水还是被雨水攒成了细细的绺儿,奇怪地贴在脑门上。

她大步走上前扒拉开床前的妈,喝道:"别碍事!都到外面去!"

说实话我有些怕她,但她的语气却让我心安。我不知道她在来来回回地忙活些什么,但她的表情和动作证明,一切都在紧张有序地进行着。阵痛越来越明显,越来越密集。我不想在一个陌生人面前显得很脆弱,更何况她的表情告诉我,如果我再哼哼唧唧,便会招来更加难看的脸色。于是我把后槽牙咬得咯咯作响,忍无可忍时,头甩得像拨浪鼓。我像被过山车载着攀上一个又一个疼痛又恐惧的高峰,每一波短暂的松懈后,接踵而来的便是下一个更加难以忍受的高峰，永远不知道顶点在哪里。自发出第一声呻吟后，歇斯底里的哭喊便像溃堤的洪水一样一发不可收拾。我已经顾不得什么面子，任由她对我呼喝摆弄。其间，门似乎被推开过，又在厉喝声中再次闭合。

风雨的尽头似乎传来船夫的号子："呼！吸！用力！……呼！吸！用力！……"我循着那声音，动作慢慢平静下来，也渐渐声嘶力竭。

啪！一个响亮的巴掌让我从迷蒙中清醒过来，屁股上火辣辣地痛。可这种痛很快就消失了，取而代之的是更加令人窒息的煎熬。

"别睡！快点，一鼓作气！"我继续配合她重复前面的动作，她的动作也越发迅猛而生硬。

据说最后是她帮了我一把，在羊水流尽之前把孩子弄了出来，至于用的什么方法我并不清楚，只能靠想象和猜测，而那些恐怖的用产钳夹着孩子的脑袋和大出血的情形，都没有发生在我身上。

做完所有的事后，她洗洗手对雨婷姐说："赶紧送我回去吧，离我儿子起床还有两个小时，我还得给他做早饭。产妇护理事项一会儿写给你们。"

后来我问雨婷姐："朱医生有这么棒的技术都放弃了工作，就为了伺候儿子，千里迢迢地跑到这儿来当全职妈妈？"

雨婷姐说："也不完全是。一开始是朱紫自己来的。朱医生在他们省里最好的医院，那也是响当当的人物。他们那个年代没什么高学历，全凭技术和临床经验，所以朱医生虽然只是本科毕业，但常指导刚毕业的研究生实习工作。因为业务水平高，连北京和上海的大医院也抢着要她。据说是因为后来家里出了些变故，她才辞职过来的。"

"变故……"我在心中暗想，恐怕无非是出轨、离婚这类事情，否则也不用逃这么远。

"想在这里继续当医生太难了！"雨婷姐叹道，"来之前想得挺好，无非就是过语言关，可是没想到，这边对医生的从业资格认定需要很多手续，过程太复杂艰难了！"

然而出乎意料的是，就在我研究生二年级那年，朱崟突然跑来告诉我们，他妈妈通过了 Clinical Fellow（临床医师）考核，可以在加拿大继续从业了！

那晚我第一次看见朱医生露出笑脸，不知是不是因为长时间不怎么笑，肌肉之间配合得很不自然。

妈摆好最后一道菜时，桌上已经有了过年的光景。她面无表情地向我伸出手，说："孩子给我，你吃饭去吧。"我还想谦让，孩子已被她接了过去。

那晚老童哄着囡囡，妈和朱医生聊天，二哥笑望着雨婷姐。雨婷姐虽依旧言语讥讽他，语气中却带了丝娇嗔。整个房间都被欢声笑语填满了，像极了初春冰雪消融的荷塘。

我穿过喧嚣小声问朱崟："你爸也姓朱吗？"

他一愣，偷瞄了朱医生一眼，凑到我耳边说："不是，他姓严。我的姓是他们离婚以后改的。"他见我尴尬，又说，"没事，你别在她面前提就行。"

从那以后，我们两家便走得近了。我妈手艺好，经常给他们母子送些家常菜。嘴连着胃，胃挨着心，加上朱崟很喜欢吃我妈做的菜，朱医生对我妈也比对别人亲善许多，时常突如其来地给她量量血压、听听心脏。我妈在国外没有免费医疗的待遇，朱医生便时常拿来几盒药，有的是中文包装，有的则是英文。我妈一开始还想多问几句，朱医生则说："让你怎么吃就怎么吃。"吃完再要，朱医生又说："不必吃了。"并不多做解释。

朱崇原本和许多留学的中国孩子一样，学的是国际贸易，后来在一家加拿大籍华裔开的公司里干了两年，觉得没什么意思，又不擅长和客户热络应酬，左思右想便又重新开始学牙医专业。不知是不是继承了朱大夫的基因，朱崇竟在医科方面一点就通。对于这点，我的理解是，没吃过猪肉还没见过猪跑吗？从小的耳濡目染自然是旁人比不得的优势。

我知道我妈的心思。朱崇确实是个很好的男人，虽然和他妈妈一样不善言辞，但从对囡囡的态度便能看出，他是个极善良的人。况且在国外，牙医的工作压力、风险都不大，收入也很可观，是个很吃香的职业。

想必这一点是我妈和朱大夫之间唯一不可言说的分歧吧。我妈时常对朱大夫说："闺女养了这么大，看着一直挺乖巧伶俐的，我也没看出她傻呀……"每每听到这话，朱大夫只是沉默。如果没有囡囡，朱大夫可能会很乐意朱崇与我来往。她并没有明说，只是在看到朱崇对我和囡囡偶尔流露温柔的时候愣愣的。朱大夫无声的拒绝我妈不会看不出来，女人在这方面都是极其敏感的。所以，我妈对我的态度越发纠结，越发恨铁不成钢。

至于朱崇，我不想揣测他是否对我有超出朋友的好感，那样不道德。

临行前，我给方心发了封邮件。国内的手机卡已经停用很久，恐怕早已停机，我拜托她帮我去营业厅问问能不能恢复，同时我把二哥和雨婷姐的联系方式告诉了她，确保回国后她能找到我。没想到第二天就有了回复，我过去的手机卡已被重新激活，只是以前的联系号码全都没了。

展览前期需要准备的事情很多，于是老童和二哥提前半个月就回国了，我和雨婷姐则订了开幕前一周的机票。

拟订请柬名单时，我犹豫了一会儿，最终还是把铃兰的名字写在了方心和白晓鸥的后面。

3. 再见方心

方心在人群的那头向我招手，一如信里那般热情。

她变了，整个人都通透轻盈起来，仿佛把什么甩在了身后。换作过去，我一定是那个率先张开臂膀的人，可如今还没等我反应过来，她已经化作一股热风环绕了我。

"走！带你参观一下我们学校！"她拉着我的手不由分说地往前走。

"我饿了，先吃饭吧。"我说。

"好！"她立刻改变方向，朝一座写着"第二食堂"四个大字的灰楼走去。

"我这么远来找你，你就带我吃食堂？"

"你在国外什么好吃的吃不到？"她冲我狡黠地一笑，"国内的学生食堂很久没吃了吧？我带你回忆一下！"

"国外哪有好吃的？"我笑着任她摆布，看着她把各种美味摆了一桌。

我从中间捧出一大碗牛肉米线，说："一碗这个就能打发我，何必这么浪费？"

"如今你看我，就和我当年看你一样。"她笑望着我，又把其他菜往我面前推了推。

我无奈地摇头："我好不容易学会节俭，你倒开始浪费了。"

她笑嘻嘻地问："布展的事有什么需要帮忙的，尽管说。"

"没什么，有专门的人在做，我只要出席开幕式就行。"我吸溜一口米线，还是那个熟悉的味道。

她咂咂嘴，说："真是一副大艺术家的做派了。"

我无奈道："不过是幸运，有人愿意帮我做我不擅长的事罢了。"

我们在方心学校的宾馆开了个房间。房间的设施并不高级，但好在舒适干净，最重要的是，这里让我很有安全感。我们并排躺在床上，就像回到了上学的时候。

　　方心说："我都忘了认识陆奕然的时候是几岁。那时候他总在家属院里和其他男孩玩玻璃珠、拍画片，我想参加却不敢。后来他叫我，我就跟着他们一起了。再后来我就总跟着他，他看见我在附近，就会有意等着我。可是没多久，爸就跟我说少跟男孩子们在一起疯，女孩要有女孩的样子。他说得很严肃，我那时也很听话。我有时看见陆奕然，能感觉到他在等我加入，可我最后还是默默走开了。时间过得好快，院子里的孩子们都上学了。上学、放学的路上，我好几次感觉到他想跟我说话，其实我也想和他聊几句，可每次话到嘴边又失去了勇气。直到有一天在放学路上，我遇到一个很奇怪的老头。他的穿着和其他收废品的老人没什么区别，破架车上不知用麻袋盖着什么东西。奇怪的是他说的话，在那个保守年代，即使母女之间也会羞于启齿。我不知道他为什么要跟我说那些，心里越来越害怕。于是我开始躲着走，谁知我走到路中间，他也跟到路中间；我走上人行道，他就蹲到马路牙子边。就在我紧张得快要哭出来的时候，陆奕然冲上来大叫一声：'你谁呀？跟着我妹干吗？'老头被吓跑了。我很感激他，却始终没能鼓起勇气向他道谢。从那之后，放学路上有他跟着，我就再也不害怕了。"

　　我说："看你笑得这么甜，那时候就喜欢人家了吧？"

　　"是啊，喜欢得很，他可是我人生中第一个英雄。其实在大一的时候他就向我表白了。那天在竹林里，他问我要不要和他一起去看红叶？我多想同意啊，多想和他手拉着手在山路上漫步。"

　　心念一动，那天原来是他们……

　　"那你为什么不接受他？"我问。

"唉！一言难尽……"她叹道，"我曾听我妈说，我爸和陆奕然他爸在单位里闹得很不愉快，无非就是补贴、升职之类的事。那时在我看来，大人们真是庸俗。所以我们还是那样，并没有因为家长的事而仇视对方。可是突然从某一天开始，我再也没看见过他。听他们班同学说，他转学了。我心里很不安，不知是不是因为两家人的矛盾才有了这样的结果。我正想编个理由从爸妈那儿打听一下，谁知接下来发生的一件事更是把我的整个世界都改变了……"

她的语气变得缓慢而悠远："陆奕然走后，我病了一场，可是病好以后却隐约觉得家里的气氛变了。爸妈看我的眼神变得怪怪的，哥也总是欲言又止。爸妈开始频繁吵架，互相谩骂、指责，我的耳朵每天被'臭不要脸''野种'这样的话充斥着。我既疑惑又惶恐，以为这一切都是因为我那不懂事的喜欢。可我并没有告诉过任何人关于喜欢陆奕然这件事，他们怎么会知道呢？爸妈一吵架，哥就默默地带我离开家，直到家里恢复平静。终于有一天，我忍不住问哥，他们吵架是不是因为我和陆奕然的事？哥看我的眼神很复杂。他说爸妈吵架跟我没关系，可我觉得事情没那么简单。

"六月底的时候，我迎来了自己十一岁的生日。我妈和我哥为我准备了蛋糕。我哥还专门给我买了礼物，说是攒了一个月的零花钱才买到的。我们都很高兴。可我爸从早上开始就怪怪的，我想或许是因为工作上的事情。晚饭时哥捧出蛋糕说关灯吹蜡烛，爸很不耐烦。他说吃个蛋糕就吃呗，搞这么多么蛾子给谁看？我既生气又失望，质问他没有礼物就算了，怎么可以在我生日的时候这么敷衍？话还没说完，我听见了一声巨响，那声音既像从人的喉咙深处发出的，又像坚硬物什互相撞击发出的。西蓝花和米饭撒落在地上。妈号啕大哭。我听见爸不停地说'野种'，却不知道他在骂谁……"

如此惊心动魄的场景此刻在方心口中被描述得平静如水，可我能想象出那时的她是多么惊恐和无助。

"眼看纸已经包不住火，哥只好告诉了我实情：我和全家人的血型都不一样。当时我并不明白这意味着什么，于是就去问生物老师。晚上回到家，我对妈转述了生物老师的话：即使血型不一样，也不代表我不是他们的孩子。妈搂过我不说话，眼泪打湿了我半边的衣裳。最后她说：'你相信妈妈吗？相信的话就再也别说这件事，你是爸爸妈妈的女儿，这是事实！'我答应了。可从那以后爸再也没抱过我，在家里甚至很少见到他。一开始我很失落，可是时间久了也就习惯了。我开始让妈给我准备午餐的饭盒，晚上则做完作业复习完功课再回来。爸喜欢吃牛羊肉，为了让爸回家吃饭，妈就天天做，吃得我一闻见那味儿就想吐。可我不敢再提任何要求。既然只有一个人能回家，那就让我这个'异类'少在家里出现吧。家里又恢复了平静，我遵守约定，再没问过那个问题。这件事一直被我压在心底，偶尔我会不由自主地想，假如我不是爸的女儿，那我真正的父亲在哪儿呢？我控制不住自己，开始不露痕迹地收集父亲的身体信息，包括脱落的头发和剪下来的指甲。"

"你想做 DNA 检测？"我问。

"对，"她点点头，"但这件事我只能悄悄做，所以我需要很多钱。我妈为了支持我出来上大学承受了非常大的压力，所以除了第一年的学费，我再没拿过家里一分钱。"

过去的点点滴滴逐渐在我眼前明晰起来，与眼前明丽的女子合二为一。

"所以陆奕然并不是我退学的主要原因。那时我的愿望越来越迫切，如果我连自己是谁都不知道，又怎么可能毫无顾忌地投入一段感情？"

"但我和陆奕然是让你下定决心的关键，对吗？"我问。

她望着天花板，好一会儿才说："对。那时我真的失望至极。我不知道他究竟是一个怎样的男人，抑或男人都是一样的？他们前一分钟还在和你亲热地表达喜爱之情，下一分钟就把所有的喜爱都抛诸脑后，和你成为陌生人。"

"DNA 检测了吗？"我盯着她的侧脸，看见一条清泉静静地流过她的耳畔，滴落到枕头上。

"你猜。"她不着痕迹地抹去脸上的泪渍，露出和上一刻难以衔接的笑容。

我盯着她的眼睛，最终没能从她异彩纷呈的眼神中找出答案。

她说："总之我现在不再为这件事纠结了，我就是我。"

我问："你和陆奕然还联系吗？"

"嗯，"她点头，"他还没放弃，可我想再看看。"

"看什么？"

"我还这么年轻，又这么漂亮，"她冲我抛了个媚眼，"哪能随便跟了谁去？"

4. 囡囡的身世

"孩子是怎么回事？"方心问，"你那么乖，这不像是你做出的事。"

"是啊——"我长叹一声，"我那么单纯、无知，还时常痴心妄想。所以，这种事发生在我身上，一点儿也不意外。"

往事像电影一样，一帧一帧地展现在我眼前，偶尔错综复杂、头绪纷乱，却毫无遗漏。

"你的意思是说，吴予舟在和你确定恋爱关系没多久后就向你求婚，之后……你们发生了关系，再后来，楚湘亭拿着她表哥的订婚宴邀请函来给你看，吴予舟就消失了？"方心皱着眉头，眼中流露出对我满满的同情与担忧。我知道她是什么意思——我遇到了传说中吃干抹净便溜之大吉的渣男！

"当时我整个人都蒙了，怎么也不愿相信他是那样的人。可是楚湘亭表现得很冷漠。她说：'其实我早就暗示过你，不要太认真。你心里应该明白，我们是不同的人。我们的家教很严，不是什么随随便便的女孩都可以进门的……'"

"我呸！"方心怒不可遏，"他们是什么样的家教？竟然教出这样的脏东西！他们怎么能倒打一耙？后来呢？你找到吴予舟没有？"

"找了，电话一直关机，联系不上。"我甚至还找了唐启发，同样联系不上。想想也是，他们本就是一条船上的人。楚湘亭还说了别的，当着方心的面，我实在说不出口。她说："我知道你们这些艺术生平时作风就很开放，可我劝你还是别抱太多想法，玩玩就算了，好合好散。"说完，她拿出一张银行卡，准备上演老套的戏码。

"所以，因为这个，你就出国了？"方心问。

"不止——"我哀叹一声，"我被虚幻的爱情冲昏了头脑，完全没心思学习，直到见过楚湘亭才从梦中惊醒。考试还没结束我就知道会是什么结果。我的心情差到了极点，创作也被迫中断，情况一塌糊涂。我不想等到考试结果出来以后再补考一次，或者等待被学校劝退，那样的话，我就会成为以铃兰为首的全校同学的笑柄。所以一考完，我立刻向学校提出了退学申请。我对老童说，我要出国，我不想在国内浪费青春！我急切地想要逃走，越快越好，越远越好！我还联系了二哥，无论老童和我妈同不同意我都要走，马上走！"

我一口气说完，回想当初的场景，至今仍觉得惊心动魄。

"我妈被我气得在电话里骂人，恨不得从电话线里钻过来打我一顿。

可是退学申请已经被盖了章，事情已成定局，再也没法回头。老童和二哥里应外合，以最快的速度帮我办了出国手续。到了国外，我以为一切都可以重新开始了，可没想到，更可怕的情况还在后面……

"二哥和雨婷姐帮我在温哥华找到了一所十分不错的大学，又动用私人的关系请一位颇有名望的教授为我写了介绍信。正当一切都如我所愿地顺利进行时，一个巨大的意外彻底把我砸晕了……

"起初我以为只是水土不服或者劳累过度，可医生并不这么认为。她重复了好几遍'pregnant'，而我满脑子都在琢磨'人工流产'这个单词是不是'abortion'。从诊所回去的路上，医生写在纸上的那个数字就像电脑屏保一样在我眼前翻转。那是一笔巨额的费用，用来偿还我即将要犯下的罪孽。我不知该如何向爸妈张口，他们已经为我的任性支付了一大笔钱，那是我过去学费的几十倍！我想过打工，可那样太慢了，现实是，我也做不了多久……最终，我只得求助二哥，他是我最后的一线希望。我至今仍记得二哥当时的表情，他的震惊让我羞愧得只想找个地缝钻进去。当晚，雨婷姐和我长谈了一次。她问我那个男人是谁，可我不能说。他已经不要我了，如果我以孩子的理由找上门去，丢脸的只会是我自己，不，还有我的家人。末了，雨婷姐一字一顿地说：'如果真的决定不要这个孩子，那么这件事，就永远别再告诉其他人，包括童老师和师母！'术前检查那天，雨婷姐始终拉着我的手。二哥一步也没踏进诊所，独自在外面默默地抽烟。可是，我最后的希望终究还是破灭了，医生的话让我再次坠入了绝望的深渊。她说因为我的身体原因，不适合做人流。她反复强调流产手术有可能给我带来的风险，我只记住了一句话：'这个孩子如果不要，那么你可能永远也无法怀孕了。'我想，这就是上天对我痴心妄想以及不洁身自好的惩罚！因为我不可思议的行为，我妈拒绝和我联系，更别提来见我。用她的话说，我自己造的孽，要由自己承担后果！

我永远也忘不了她说的那些话，她说：'我前世造了什么孽，才养出你这么个不要脸的东西，把全家人的脸都给丢尽了……'她恨我。"我的眼泪无声地流了下来。

听完我的陈述，方心摸摸我的头，说："可怜的孩子，没想到我离开的这几年，你经历了这么多。你说阿姨恨你，可我觉得正是因为她爱你，才会恨你把自己折腾成这样。可即使这样，她还是在替你收拾残局。如果她不爱你了，干吗还要千里迢迢飞到一个人生地不熟的地方？她是想看着你，怕你把自己折腾到无法挽救的地步。"

"真的吗？"我望着方心，她一直是我依靠，"可是这一切又不是我的错，没有人比我更难过……"我嘴一撇，眼泪再也控制不住。

"你看看你，"她跳下床，从洗手间拿来一条毛巾递给我，说，"自己分明就是个孩子，居然还生出个孩子来！"

我不禁扑哧一声笑了出来。

这一晚，我们聊了很多很多，恨不得把心掏出来给对方看。陷入混沌的一瞬间，我隐约听见方心说了一句："回来吧，总在外面漂着也不是回事。"

是啊，我不能当一辈子缩头乌龟，躲在家人为我修砌的壳里。

5. 展览上的意外

被电话铃声吵醒时，已经临近中午了。

二哥问："今天来画廊吗？有个好消息，昨天有人把你的画全买走了！"

"什么？"我一下子坐起来，"已经拉走了吗？"

"还没。买家同意展览结束后再拉走。"

"知道是什么人买的吗?"我问。

"画廊的人不肯透露买家信息……"

真奇怪,这是我在国内的第一个展览,不可能有藏家千里迢迢从国外追到这里,我还没到那个段位。

"怎么,有什么不对吗?"方心问。

"我得让二哥想办法搞到收货人的地址,这事有点古怪。"我看了眼手机,问,"都十点半了,你得回学校了吧?"

"不去了,这段时间课不紧。你好不容易回来,我就跟着你混了。有什么事要我做,你就说!"

我盯着她左右看:"你真的是那个积极上进的方心吗?"

"我积极上进呀,跟着你张罗展览算社会实践!"她嘻嘻笑着又往被窝里拱了拱,"白晓鸥和铃兰,你请了吗?"

"给她们发请柬了。白晓鸥说尽量赶过来,她离得远,不强求。铃兰只是说知道了,没说来不来。"我说。

"她这么整你,你还请她?"

"咳,都过去这么久了,毕竟同学一场。再说要是唯独不请她,倒显得我小肚鸡肠了。"

"那倒是。"方心点头道。

展览前一晚,朱崇给我打来电话。

"真可惜,没办法亲临现场向你祝贺。"他不无惋惜地说。

"客气什么?心意到就行了。"

"嗯。"电话那头安静下来,我能感觉到他还有话想说。

果然,他问:"国内的市场……是不是比这边要热闹?"

"确实是,这边的艺术市场很繁荣。我还见到了多年不见的好朋友,挺高兴的。"我说。

"嗯，那挺好的。你……什么时候回来？"他支支吾吾地说，"囡囡很想你……我……我……我也是。"

最后几个字像羽毛一样若有似无地飘过，却像电流一样击中了我。这句话，很久以前也有人对我说过。

我假装没有听见他后面的话，呵呵笑道："她们看不到我，恐怕心情更舒畅些。"

"没有没有，囡囡悄悄跟我说过，她还是想你的。你妈妈……也总是提起你。"

"我妈身体还好吗？"

"挺好的，我和我妈经常过去看她们，你放心吧。"

"谢谢。多亏有你们。"这是真心话。

展览如期举行，场面比我想象中的热闹。因为画廊大肆宣传我的作品还未展出就一售而空的消息，惹得不少同行和藏家慕名而来，想看看我是何方神圣。

雨婷姐说："既然没有了销售的压力，咱们就把开幕现场弄得温馨别致些。"她找了很讲究的酒店提供自助冷餐，搞得明明是去附近其他画廊参观的人都跑了过来，整个展厅人声鼎沸。我穿梭在人群中忙着和各种人打招呼，不少同学并不在邀请名单里，却也被一传十、十传百地招呼过来，展览现场变成了盛大的同学聚会。

"这就是你的不对了，怎么办个展这么重要的事不通知我呢？"他们都这么说。

白晓鸥也特地请假从上海赶过来。大学毕业后，她在老家一个环境很不错的美术馆找了份工作，时常策划一些颇具品位的展览，忙得也没什么时间再拿起画笔了。用她的话说就是，终于找到了适合她作息时间的工作——夜里布展，隔天下午开幕。

铃兰也来了，让我很意外。看见她时，她正擎着杯红酒独自一人在一幅画前驻足。

我犹豫片刻，走到她身边，轻轻说了声："嗨!"

她转过头，带着看不出与我有丝毫嫌隙的微笑，说："祝贺你!"

两只酒杯在空中碰撞出悦耳的声响。

她说："画得不错。"

我笑笑，却听她又说："看来国外的学校确实更好读一些。等有钱了，我也去镀个金。"

"是啊，"我说，"国外的环境更单纯，每个人都忙自己的事，没那么多钩心斗角，能踏踏实实、单纯地搞艺术，你确实应该去看看。"说完，我冲她举杯致意，转身离开。

酒会接近尾声时，天已经黑了。

正准备走，画廊门口突然进来两位警察。

领头年长的那位亮出警官证，对我说："您好，我们是桥东派出所的，请问是隋牧童吗？"

"我是。"我说。

"您的朋友铃兰在附近 19 街的胡同里被人殴打，可能需要您跟我们回去协助调查。"

我吓了一跳："伤得严重吗？"

两位警察对视一眼，还是年长的那位开口道："目前看可能是轻微伤，具体还需要检查报告出来才能确认。"

我松了口气，对二哥和雨婷姐说："您二位帮我去餐厅招呼客人吧。"

"奇怪，她被打，为什么要你协助调查？总不能怀疑你吧？"方心疑惑道。

年轻警察说："只是例行公事，询问一下相关人员。"

二哥不放心，方心说："没事，有我呢，我陪她去。客人那边不能怠慢。"

雨婷姐思索片刻，点点头说："只能这样了。有事给我们打电话。"

毕业前的那个传闻难道是真的？一路上，这个想法始终在我脑海里盘旋。

据警察说，铃兰当时正在离展厅不远的一条街上闲逛，突然被人用纸袋套在头上，推到墙角一通拳打脚踢。等铃兰反应过来，那人已经跑了。当时天已经黑了，小巷里没人经过，画廊里也没人听见外面的动静。据她自己猜测，打人者应该是男性。整个过程时间很短，对方也没有发出任何声音。

"那么……我能提供什么样的帮助呢？"

"隋小姐难道不觉得奇怪吗？这种行为显然不像是临时起意。行凶者为什么偏偏挑在你回国办展览的时候？显然，对方知道你邀请了铃兰。"

"可是，"我提出一个疑问，"如果说是有计划地作案，那人怎么知道铃兰一定会来？又怎么能算到铃兰会转悠到那里，而且恰好那时没人经过，不会被人看见？"

"跟踪。"年轻警察紧盯着我，"如果是有预谋的，只要一直尾随她，等到了合适的时机下手就行了。"

我内心坦然，并不畏惧他这样的眼神："照你这么说，嫌疑人的计划就不一定和我的展览有关，倒有可能是从别处跟到这里的。"

他并没有肯定，也没有否定我的说法。

"你和铃兰在校期间关系怎么样？"

"很一般。"我说。

"是一般，还是不好？"他问。

"那要看站在谁的角度上，对我来说是一般，对她来说可能是不好。"

"能具体解释一下吗？"

"铃兰是个自我意识很强的人，她认定的事，即使不合规矩或者损害到别人的利益，她也依然要做。"

"你的意思是，她做事不择手段？"

"那倒也不至于，只是她做的事一般人做不出来。她家境不好，很多东西要靠自己争取，难免有些急功近利。虽然我能理解她的处境，但她的做法我并不苟同。如果说，你们觉得她被打和我有关，我只能说，抱歉，我什么都不知道。"

年轻警察正要继续，却被一直沉默的同伴出声打断了："请不要误会，因为铃兰是应你的邀约来到这个地方的，所以有可能的线索我们都不能放过。"

接下来，他们显然很默契地改变了策略，改由那位年长者来"询问"我。

"请问隋小姐，你和被害者铃兰之间曾经发生过什么不愉快吗？"

我想了想，说："要说最严重的不愉快……也就是她可能嫉恨我当年得到了保研名额，还在学校论坛上编派我。"

"哦？"他一下子有了兴趣，"是指名道姓地在网上骂你吗？"

"那倒不是，其实这也是我的猜测。那人用的是化名，也没具体说编派的是谁。那个帖子在校园网上抱怨学校的保研制度有猫腻，后来很多人都加入了那场混战，最后也不知道究竟骂的是谁了。"

"也就是说，她只是抱怨，并没有对你造成实质性的伤害？"

我想了想，说："算是给了系里和我一些压力，老师让我抓紧复习考试，多参加展览，好让谣言不攻自破。我承认后来出国也是出于这些压力，但现在看来也没什么不好，算不得什么伤害。"

"嗯……"他点点头，"没别的了？"

"其他的都是些小摩擦。我们本科虽然同学四年，但是没什么共同语言，平时除了一起上课很少来往。后来读了研，老师怕我们合不来，专门给我俩安排了不同的寝室，交集就更少了。"

"还专门让你俩分开住，连老师都看出你们不和了?"

我并不否认："铃兰做事很偏执。那年疾病流行，她不顾学校的规定私自跑出去，搞得我们整个宿舍的人都被拉去隔离。所以老师不让我们住一屋，也是为了我们好。"

"看来你和你们老师的关系不错啊?"他笑着问。

"是，我们老师其实是我二哥的大学同学。"

"哦……"他饱含深意地看了年轻警察一眼，说，"那看来你也不会吃什么亏。你们宿舍还有其他人与她不和吗?"

我犹豫着不知该不该说出白小鸥和铃兰的纠葛。

年轻的警察说："其他人我们也会问到，到了这个份儿上，你不说，别人也会说。"

我说："那你就问问别人吧，毕竟其他人的事，我也不好乱说。"

年轻警察啪地合上笔记本，说："好吧，我们会根据情况再询问其他人，这几天请你不要离开本地，我们可能会随时找你。"

我向他们提供了这次展览从计划到实施的全部日程安排以及嘉宾名单，名单很长，足有几十个人。

回去的路上，方心问："你觉得会是白晓鸥干的吗?"

"我不知道，希望不是她吧。"

所有人都在别墅等着我的消息，包括老鲁。听说我不在的这四年，他读完了博士，如今已荣升为副教授，比四年前看起来精神了许多，似乎也学会了花心思捯饬自己。

"没事吧?"他问。

"能有什么事？"我笑。

"这个铃兰！有她的地方就不得安宁！把好好的展览都给搅和了，真是……"他说。

"算了，她都被打了。对了，"我提醒他说，"作为铃兰过去的老师，警察应该很快就会来找你了。"

"真不是你干的？"他压低嗓门问我。

我白他一眼："我犯得着吗？"

他若有所思地念叨："如果不是你……那一定是白晓鸥！我知道她那口恶气一直没出……"

"回头警察问，你可别瞎说！"我打断他。

"知道知道！我又不傻！"他站起来往外走，"就铃兰那脾气，得罪的人可不少……我走了，明天还有课呢！"

睡前，老童叫我去他房里。

他说："我知道这事不是你干的，但在这个节骨眼上，肯定跟你脱不了干系。明天我陪你去看看那个同学。"

"不用，"我赶忙说，"我去就行，别搞得像是我们理亏一样，毕竟对方也不是什么通情达理的人。方心陪我去就行了。"

老童略一思忖："行吧。"

第二天一早，打给铃兰的电话响了很久才有人接起来，却不是她本人。对方说，铃兰女士受惊过度需要静养，探视就不必了。

"简直莫名其妙！搞得就像真是我下的黑手。我完全是一片好意！"

方心拍拍我，说："算了，咱们仁至义尽。下周展览结束后要送作品给买家，你还是多操心操心这事吧。"

6. 打探

两天后，那位年轻的吴警官打电话通知我，经鉴定铃兰受的是轻微伤。根据《中华人民共和国治安管理处罚法》，殴打他人或故意伤害他人身体的，处五日以上十日以下拘留，并处两百元以上五百元以下罚款。

我说："同样的话您也会和其他被询问者说吗？"

吴警官说："我只是按规定告知你。"

我说："我觉得我没必要知道这些，除非你是想影射什么。"

对方静默片刻，说："请隋小姐近期不要离境，有事我们会再联系你。请保持电话畅通。"

次日上午，我和方心悠闲地吃完早饭，便往画廊溜达。

时间尚早，整个艺术区都显得懒洋洋的。街道上不热闹，就显得墙上的彩绘有些狰狞。画廊里灯光昏暗，各种酒水饮料混杂着糕点的气味在推开门的一瞬间扑鼻而来。

我把两扇三米多高的玻璃门全部敞开，对着办公台喊："散散味儿吧，太难闻了！"

办公台上方露出一张清秀的男生的脸，一见我们他就笑着说："这么早？我也刚到。开吧开吧，我也被熏得难受。"说着，他把几扇窗户和射灯都打开，墙上的作品似乎也慢慢苏醒过来。

方心凑过去帮小康绑窗帘。

"小康，你毕业了吗？"

"今年毕业。"

"什么专业？"

"艺术管理。"

"这个专业不是应该去博物馆、美术馆或者歌剧院吗?"

小康笑道:"嘿,这些单位待遇好又能解决户口,哪是一般人能去的?能挤进去的都不是一般人。反正我喜欢画,在画廊也挺好。"

方心叹道:"我也是学画的,可是当艺术家太苦了,还不知道毕业以后能不能养活自己。"

"跟你姐们儿学学啊,瞧她的画卖得多好。"小康瞄我一眼,又环视一圈墙上的画,"我也是头一回遇到还没开展就售罄的情况。"

"买家是什么人,你见着了吗?暴发户?土财主?"

小康笑起来:"暴发户哪买这个呀?人家都买房买车买名表!我也没见到买家,是老板亲自接待的。"

"这么厉害,知道是什么人吗?"

"老板没说,只是告诉我做好出库记录。"

"不是你们的老客户吗?"方心惊讶地问。

"肯定不是,老客户会直接打老板电话。这个电话是打到画廊来的,一上来就问是不是近期有隋老师的展览,连具体细节都没怎么问就说要买画。我一看来头不小,就直接请老板跟他谈了。"小康得意地说,"我们老板可厉害了,不但人脉广,英语、法语、日语、西班牙语,他都会!"

"那你好好努力吧,不然跟不上老板的步伐,小心被开除。"

方心趁着小康如醍醐灌顶一般陷入沉思的当口,把他俩的对话原原本本告诉了我。

这种感觉和收到那些加币时如出一辙。既然来买画,说明已经知道了我回国办展的消息,钱送到了,人却始终没有露面,让人无从拒绝,真是滴水不漏的好手段!

7. 悬案

白晓鸥在我被询问的第二天也接到了警察的电话。她从派出所出来的第一件事就是打电话给我，语气里充满了大仇得报的兴奋。

"真不是你做的？"我想不出除了她还会有谁。

"骗你干什么？想当年虽然她打了我一巴掌，可也被我咬了一口，扯平了。你说她怎么这么欠，招惹这么多人，估计以后都不敢一个人出门了……"

我没心情听她叽里呱啦地八卦，但我相信，能把幸灾乐祸这么明显地挂在脸上，一定不是她干的。

那会是谁呢？

老童得知我没去看望铃兰，似乎不太高兴。

"我是不是应该口气更坚决地要求探望？"我小心翼翼地问。

"哦，"他从沉思中醒悟过来，"那倒不必。你那个同学怎么样？白……晓鸥？"

"她挺好的，只是这几天走不了。警察又找过她两次，反反复复问的都是一样的话，我觉得应该不是她。"

老童点点头，说："交给警察吧。记得要招待好她，毕竟人家是为了你来的。"

"知道，您放心吧。"

"你妈昨天问咱们什么时候回去，看来你一时半会走不了，那我先回去吧，你自己注意安全。"

我点点头，说："好。妈一个人带孩子确实挺累的。"

老童看着我的眼睛。从记事起，他很少这样看我。上一次还是高中时，我旷课和朋友通宵打游戏，却骗他在同学家学习。那时他的眼神也是这样，像 X 射线一样穿透我的心。

"有些事情不可能一辈子就这么稀里糊涂地过去了。你如今也是有孩子的人，应该能理解你妈妈的苦心。她不原谅你有她的理由，我很支持。我之所以还由着你，是不想在你孤立无援的时候再推你一把。囡囡会慢慢长大，就算你不顾及我们，早晚也得给她一个交代。这是你的责任，我们帮不了你多久。"

两天后，老童回了加拿大。

在机场时他叮嘱我，铃兰的事恐怕没那么简单，让我还是要留心。

在此之前，我又诚恳地提出过探望，但都被铃兰拒绝了。

警察又找过我两次。一来二去，那位年轻的吴警官和我也熟识起来。毕竟都是同龄人，并且他们也没有找到我作案的证据。

这一次，吴警官送我到门口，说："这件事呢，暂时就告一段落了，如果有新的证据，还要麻烦你配合调查。"他眯着眼睛又打量我一番，语气中多少带了一点儿调侃，"我总觉得这件事有哪里没弄透。表面上看，铃兰的确得罪了不少人，可说来说去不过是些芝麻绿豆大的小事，不至于下这样的黑手。直觉告诉我，这事儿绝对和你有关。"

我坦然地回望他，说："吴警官，靠直觉是不能破案的，破案讲求的是证据！"

他不耐烦地挥挥手："走吧走吧，有事再找你！"

这事最终成了悬案。白晓鸥终于能回家了。虽然那个月的全勤奖没了，可她离京时兴高采烈，用她的话说是"善恶终有报"。

8. 神秘的买家

二哥最终拿到了收画人的地址。一般来说，画廊对藏家的信息是严格保密的，一方面是为了保护客人的隐私，另一方面不言而喻，自然是不希望买家和卖家直接接触。雨婷姐过去帮二哥打理作品销售时积累了不少资源，而当地专业的艺术品运输公司也就那么几家，最后她磨破嘴皮，又以人格担保才看到了收货地址——一个叫"湖心亭"的高档住宅小区。

"唉！搞不懂这些有钱人都是怎么想的。"二哥叹道。

"你也是有钱人啊，你不懂，我们就更不懂了。"方心说。

"不管怎样，明天咱俩去这个小区看看。"我对方心说。

"湖心亭"应该是个文人雅士喜欢的楼盘。我听方心说，她有位老师就住在这里。小区中间有个巨大的人工湖，除此以外，整个小区的景观和户型设计都是请了国外著名的设计师操刀，每一户在自己家的阳台上都能看见湖景花园。

方心问门口的保安："请问 7 号楼 1606 室住的是什么人啊？"

保安警惕地问："你打听业主信息干什么？"

"哦，"方心很自然地说，"我是××画廊的人，前两天送了一批画过来，想确认下业主收到没有，谁知道打对方电话没人接，只好上门来讨个回复。"

"这样啊……"保安脸上的肌肉明显松弛下来，"那天是我亲自验的进出门条，搬进去的时候我就在旁边看着，已经安全送达，你们放心吧。"

"可是总得要主人给个回执我们才好交代啊……"方心无奈地说。

"你们来这儿也找不到人，那房交付之后就一直空着。没办法！"

"那……我们想确认一下，这户业主是不是姓楚或者姓吴？只要确定这个就行。"我说。

保安犹豫了一会儿，回到他的小屋子里翻出个登记册。不一会儿，他出来说："房主既不姓楚，也不姓吴。不过画肯定安全送到了，不会错的。你们没事的话就快走吧！"说完，他恢复铁面无私的表情，不再搭理我们。

"真是有钱人，买这么好的房子当仓库。"方心咂嘴，"还查吗？"

"算了，先回去吧。"我说。

路上接到朱崟的电话，问我什么时候回去，又说这两天囡囡有点儿感冒，但是用了朱医生给的一服土方，现在已经好多了，让我不必担心。

方心戏谑地问："国外的追求者催你早点儿回去了？"

我笑着摇头："不是，是个朋友。他妈妈是医生，在国外时，他们帮了我们很多忙。"

方心说："可是听起来他对你很关心，或许对他来说，你不只是朋友那么简单。"

"以他的条件，可以找个更好的，没必要非得跟我凑一对。"

"你怎么了？年轻漂亮，事业小有成就。难道你说有孩子这件事？国外这种情况多了去了，谁会介意这个呀？"

"可他是中国人，即使他不介意，他妈妈也会介意的。"

方心盯着我，说："你到底是怕他妈妈介意，还是根本就不喜欢他？"

我没作声。

"那你到底是不喜欢他，还是喜欢别人？"

"我谁都不喜欢！"我不耐烦道，"我从头到尾就没遇到过一个真心喜欢我的人，我不喜欢别人，别人也都不喜欢我，我一个人待着挺好的！"

"谁说没人喜欢你？你爸妈不喜欢你？那是恨铁不成钢！常恺不喜欢你？他简直当你是亲妹妹！老师、同学们不喜欢你？你不就遇到一个铃兰跟你过不去吗？她那是嫉妒你！高建峰不喜欢你？人家喜欢你喜欢得不行，是你看不上人家！陆奕然不喜欢你？是啊，那是因为他喜欢的是我。可我喜欢你啊，这还不够吗？不要因为遇到了一个渣男就妄自菲薄，你还年轻，生活还要继续……"

我被她说得哭笑不得："总之，我现在没心思想别的。这些年我欠父母太多太多，只能拼命挣钱来偿还。还有孩子，既然生出来了，怎么也得养大。"

方心拍拍我的肩膀，说："你可真傻，你爸妈是要你还钱吗？真是……"

9. 幻觉与梦境

我在袅袅的雾气中走来走去，指挥着厨房里的交响乐，一派热热闹闹的烟火气。一缕头发从头顶垂下，被我随手掖回耳后，不久它又溜了出来，我便随手用筷子在头顶绾了个髻。阵阵诱人的青草香顺着我的脖颈溜进来，抚摩我的身体。身体是心灵最忠诚的使者，心说，来吧，手臂便舒展开，露出温热的胸膛。每一根汗毛都像期盼了很久，热烈地拥抱和舞蹈。此时，汤锅里发出急促的噗噗声，沸腾的水泡拥挤着，急切地寻找出口，最终化作一道白练，从锅盖上的小孔里向屋顶冲去。

又是这个梦。我在手臂内侧狠狠地揪了一把，钻心的痛直达头顶，瞬间让我清醒。没错，记住这种痛，我就不会重蹈覆辙。

拎着果篮，我踏进了付教授家的小院。时隔四年，时间似乎只是给他增添了些许白发，并未舍得在他脸上留下过多的痕迹。

他为我张罗了一桌的水果零食，说："当年你突然提出退学，我还想着是不是对我不满意，干脆出国去找更好的学校和老师去了！"

"不不不……"我慌忙摆手，"说起来很难堪，主要是我个人原因……再加上学历考试没过，创作也没弄出来，实在没脸留下来，也不想连累老师们。"

"嗳，你想得太多了。"付教授一摆手，"都是过去的事了，你现在也不错。"

阳光透过斑驳的树叶和玻璃窗照进来，把巨大的画案分成了两半。

"你要记住，不论在哪里搞艺术，也不论你搞的是什么门类的艺术，都要遵从自己的本心。只有打动了自己，才有可能打动别人。永远都要尊重你的读者。好在你是个单纯且坦率的孩子，只要肯用心、肯努力，以后会发展得越来越好的！好啦，你已经出师了，我指导不了你什么了。我有几幅画在美术馆展出，有空去给我挑挑毛病。"

第二天来到美术馆门口时，老鲁和方心已经在那等我了。

"常恺不来啊？"老鲁大老远地冲我喊。

"他在家做饭呢，说是今晚要吃烛光晚餐！"我说。

老鲁浑身一哆嗦："走走走，咱们欣赏高雅艺术去！"

"老鲁，你现在还拿旷课记录这样的事诓骗小姑娘吗？还没被学校处分呢？"解除了师生关系，方心对老鲁越发嘴下不留情。

老鲁也不生气："你真以为当年是因为白晓鸥给我做模特，我才删了她的旷课记录？她的旷课记录早就突破被开除的底线了，是我跟系里和院里求的情。因为她专业成绩不错，虽然她白天不来上课，但我知道她经常在没人的时候在画室里待到很晚。她或许只是喜欢独自创作，而且也不乏天分，就这么被开除太可惜了。"

"那你怎么不跟她实话实说呢？"我问。

"那怎么能直说？要是从她这儿开了口子，其他学生全都有样学样，想几点来就几点来，那成什么了？再说了……"他狡黠地说，"让她在画室里一动不动地坐六个小时，连着坐了三天，看她还敢不敢这么肆无忌惮地旷课！"

我仔细想了想，在那之后白晓鸥确实收敛了不少。

"那我呢？你还不是拿助学金的事诱惑我？"方心不依不饶地说。

"我可没答应你！这是两码事，我只说尽量帮忙。唉！"他叹气又摇头，"折腾半天好不容易批下来，结果你还退学了。"

"那我呢？"我揪着他，"你把咱们班漂亮女生全都画了一遍，唯独不画我，是不是我不够漂亮？"

"哎哟小姑奶奶，我那是修理她们呢！我要是敢整你，常恺还不得撕了我！"

我们顺着展线一幅一幅地看过去……

站在一幅画前，还是这个位置，依旧有一道阳光穿过玻璃窗照在我的脸上。一个年轻人疾步朝这边走来，视线扫过我的脸，脚步未作片刻停留……

我摇摇头，又暗暗地在胳膊内侧用力掐了一把。自从回到这片土地上，我时常会产生一些令人羞耻的错觉，这不是个好现象。

方心走过来，说："付教授画得真好，要不是没脸见他，真想继续跟他学习。"

"那就考他的研究生。"老鲁说，"浪子回头金不换，他不会嫌弃你的。"

我说："要这么说，我没脸见的人可多了，不也厚着脸皮回来了？"

老鲁说："我是真不知道该怎么说你，就算补考没过，没创作出作品来，也不至于挑子一撅，说走就走吧？咳！我也是多余管你们，反正你们都有自己的主意，家庭条件也允许，爱怎么着就怎么着吧！"

"不是的……"我挎上他的胳膊，讨好地说，"对不起，我辜负了鲁老师的一番苦心。可我有我的苦衷，以后你会明白的。"

方心也挎着他另一条胳膊，说："鲁老师，既然您这么认真负责，我的研究生之路就靠您指引了……"

回到城东别墅时，已经很晚了。为了给二哥和雨婷姐腾出温馨的二人世界，我拉着老鲁和方心在美术馆附近的大排档撸串、喝酒，体会了阔别许久的快意。

在院子里站了一会儿，看着二楼画室亮起的灯光将整座小楼映照得像是一座童话城堡，忽然发觉，是时候离开这里了。这是别人的童话城堡，不是我的。

10. 遗书里的故事

原本回乡的计划，因为铃兰的事一拖再拖。趁着这段空当，我终于回了趟老家。

我曾无数次想象跪在爷爷坟前的情景，想着亲手为他拂去墓碑上的浮土，跟他聊聊这些年的心里话。可是当真正站在他面前时，我却茫然了。那张薄薄的黑白相片隐藏在无数整齐的坟茔之间，墓碑之后除了空荡荡的过道，再无其他。风吹过时，我的眼睛一阵酸涩，五官便开始扭曲，于是我赶紧跪下，规规矩矩地对着照片磕了三个响头。

想象中的奶奶或许比过去更苍老些，却依旧是有风采的，因为老太太即便在离世的前夕，也仍是神采奕奕的。然而见到她的那一刻，我几乎不敢相信自己的眼睛。短短的四年间，她竟然缩了这么多，像一截老树越发失去了水分。

"老树"对着我流出了眼泪，伸出皱巴巴的"枯枝"抓住我的胳膊说："回来了……"

她把我的手放在掌心里叹道："傻丫头……"

她问我："那人是谁啊？"

我摇摇头，她又叹息一声，树皮般粗糙的手抚过我的脸庞："真是个傻丫头……"

她从紫红色包了浆的樟木箱子里翻出一幅卷轴和一封信交给我，说："这是搬家前你跟你爷爷要的画，已经重新托裱过了。信是我收拾东西的时候发现的，估计是老头子还没糊涂的时候留下的。我看过了，是交代小辈们的一些事，给你留个念想吧。"

我生怕爷爷的故去让奶奶心灰意冷，可临走时，她对我说："人与人的缘分是天定的，我能想得开。你们放心，我会尽可能多陪伴你们，等我哪天去找你爷爷，我和他有的是时间。"

我曾经以为还有很多时间，当年越洋电话从奶奶家打来时，我才突然发觉不妙。我一直盼望着他能来梦里看看我，却一次都没有过。一定是因为我丢尽了他的脸。

夜深人静的时候，我打开了那封信。

　　荻妍吾妻，吾儿吾孙，见字如面。近日头脑越发不清楚，恐大限将不久矣。非生逢乱世，亦曾热血报国，只可惜天生胆小，难堪大任，不能封妻荫子。牧童吾孙曾抱怨，何故甘愿放弃大好前程安于现状？如今吾八十有三，略有悔意。如若当年欣然赴京大展拳脚，功成名就也未可知。只叹一切晚矣！

　　吾不惧死，唯恐亲爱之人不得相见。丁丑年非学艺于金陵，痛失小妹于斯，后目睹家园被毁，亲人相继离世，徒留吾一人苟活于世。幸得与兄长相互扶持投身革命，此乃一段珍贵之缘分。然人各有命，与兄千里相隔，非复茕茕孑立。得萩妍乃吾人生一大幸事，生儿育女家庭和美。

　　难得头脑清明，立此遗嘱，望儿孙谨记。其一，吾妻萩妍一生坎坷辛劳，如吾先于其离世，儿孙必当孝顺恭谨，为其养老送终。其二，若京中有人来寻，自当谦和有礼，不可恃恩挟报。其三，吾之挽联上书："一事无成惊逝水，半生有梦化飞烟。"

非字

　　奶奶说，她和爷爷认识时，一个人在桌子后面提问，一个人在桌子前回答。

　　他说："政府对历史不清白的人还是很宽容的，只要你好好学习，接受改造，就能和正常人一样过上新生活。"

　　她瞄他一眼，没作声。

　　他问："你认字吗？"

　　她把头扭向一边，从鼻子里哼出几个字："不认得。"

　　"那你就从明天起跟着其他妇女一起去上扫盲班。"他说。

　　她依旧没作声，心想怎么安排还不是你们说了算？

　　第二天他带着另一个与她年纪相仿的女人来敲她的门。她正在刷牙，懒洋洋地打开门，牙粉泡沫满嘴都是。

　　"哎呀，你怎么才起啊？扫盲班都要上课啦！"那女人说。

　　她面无表情地漱口、洗脸，在脸上均匀地涂满雪花膏，不紧不慢地把头发梳得一丝不乱。

　　门外的女人急得要跳脚，他始终是那句"别急，再等一会儿"。

　　他把她们俩送进扫盲班的时候，老师已经开讲了。她摔摔打打地挤进最后一排，碰到几个人，后半个教室都翻腾起来。

回去后他带了些笔和本子过来，对她说："课上的笔记要记，老师留的作业也要写一下。"

第二天，他看见前一天给她的本子和笔还是原封不动地摆着，便问："笔记和作业都写了吗？"

她不耐烦道："黑板上一共就八个字，还有三个是老师的名字，有什么好写的？"

他狐疑地盯着她："你不是不识字吗？昨天进去的时候老师已经开始讲课了，你怎么知道那是老师的名字？"

她自觉失言，下意识地捂住了嘴。

夜里，她失眠了，他也失眠了。

这事还得从头说起。

说好听点，她是某个国民党军官的遗孀。可是中日交战正酣，这个军官却偷偷摸摸地把情报卖给了日本人，所以，说难听点她是汉奸的老婆。

军官被击毙之后很久她才知道这些事，本以为自己和全国人民一样被解放了，她无论如何都不敢相信，青梅竹马的丈夫竟把自己丢进这么一个不堪的境地。一遍遍盘问，一轮轮搜查，就是为了确定她的身份性质。

当了二十多年的小姐和少奶奶，却在举国欢庆的一刻沦为阶下囚。她不断地对审讯人员重复自己什么都不知道，对卖国这件事深以为耻，并且坚决表态与亡夫划清界限。

抄家时搜出一些书信，她说自己不识字，但凡写给她的都是其他人念给她听，有些内容她也不懂是什么意思。好在那些书信只是说些嘘寒问暖的话，几经周折之后，结合她的表现，政府终于给她定了一个"无辜无知受害者"的身份。

可如今，这个身份"露馅"了。

她很害怕，半夜起来翻箱倒柜地找寻仅存的值钱物件。可家都抄了好几遍，哪还有什么值钱的玩意儿？她灵机一动，连夜蒸出一锅馒头。

第二天一早，她跟好几个人打听了半天才找到他的宿舍。四目相对，他便知道了她的来意。

她把馒头往他怀里一塞，说："没什么好东西，多谢您平日的照顾。"

他看着一兜子面都没发开，硬得像石头一样的馒头说："别忘了记笔记、写作业。"

"知道知道！"她知道自己笑得有点谄媚，但生死攸关的时候，这些也顾不得了。

后来她母亲说："就凭你那手艺能收买谁？人家是存心放你一马。"

一来二去，两人便熟了。

他说："以后馒头就别送了，咬不动。"

她难为情道："以前在家都是用人做，我已经尽力了。"

"以后这种话别再说了，"他说，"要好好学习、好好改造，不会的我可以教你。"

除了学蒸馒头，她还跟他学了蒸鸡蛋、蒸野菜、煮面条和炒几个简单的小菜。后来，他还教了她一些古诗词，连简单的文言故事她也能猜个七七八八。再后来隐约有了闲话，"资本家""汉奸老婆""破鞋"什么的，越传越难听。怕给他添麻烦，也怕他嫌弃自己，她便不敢再去找他。

在屋里憋了一个星期，他也没露面。她想着果然男人都是一样的，遇到于己不利的情况立刻会明哲保身。怪谁呢？这都是命。

又过了一天，徐嫂子上门了。徐嫂子解放前就是十里八乡有名的媒婆，解放后不做媒婆了，在扫盲班学习后就去了街道，帮着街里街坊的处理些基层工作。她还以为徐嫂子是来谈自己"不求进步"的消极态度，谁知徐嫂子喜笑颜开地说："我今天重操旧业一回，给童干事上门提个亲！"

婚后她才知道，他会的远不止她知道的那些。

不知是谁在外面传他会摔跤，很长一段时间里，每逢傍晚总有些大小伙子在家门口堵他，闹得她家门也不敢出。

他说："我不会摔跤，你们去别处玩吧。"

小伙子们笑："会不会得过两招才知道。"

她在门后听着，替他狠狠地捏了一把汗。

外面静了一会儿，她听见他说："我老婆怀孕了，需要静养。不管今天谁输谁赢，以后都不许再来了。"

她吓了一跳，上下找寻门缝往外瞅。可还没等她找到合适的门缝，只听门外嗷的一声——

她的魂都被吓飞了，打开门就冲出去，一出门却愣住了。

一群人围着那个年轻人。那年轻人坐也不敢坐，站也不敢站，手抓着胳膊满地打转。其他几个人也不敢上前，个个傻了眼，不知该怎么办。

他对她说："没事，胳膊被我卸了。我再给他装上。"

她也和其他人一样傻傻地看着他一手扶着年轻人的肩膀，一手握住年轻人的手腕。年轻人怕得要躲，可还没等向后迈出一步，胳膊被他猛地一抬，已经装回去了。

直到他搂着她回家，她仍旧和其他人一样瞠目结舌。

那几个年轻人再没出现在她家门口，倒是偶尔在路上遇见她，帮她拎个菜推个车的，不在话下。

他们结婚时，母亲来过一回，临走时说："估摸着你这回算是有个依靠了，以前的事都忘了吧，今后重活一回。"

从那以后，他再没跟人动过手，反而诗词字画越发精进。偶尔他从单位拿封信回来，说是北京的兄长写信来询问近况。他一概回复"安好"。

有一天回到家，他很高兴地说："前阵子大哥推荐我参加的那个展览，我得了第一名！大哥帮我打听到北京有个机关正需要我这样的人！他把我的资料和获奖证书都送上去了，不出意外的话，我就可以到北京去工作了！"那段时间全家人都很高兴，每天兴致勃勃地盘算到北京以后的生活。

可是没过多久，形势突然变化，矿上整天闹哄哄的，年轻人都精神抖擞起来，个个像是要干出一番惊天动地的大事，却没人再顾得上生产。矿里的领导们人心惶惶，生怕得罪了这帮愣头青。有些背景不好或成分有问题的人又被揪了出来，说是要被"革命"。她害怕得夜夜睡不着觉，担心不知哪天也要被拉到高台上挂着牌子批斗。那阵子，再也没听他说去北京的事。她也不敢再问，心想着那儿的情况怕是也不比眼前的好多少。她再也不奢望能有更好的生活，去更大的城市，只要能和他平平安安活到老就行。

形势变化前，他从矿上的普通宣传干事升到宣传部部长，不久，又从宣传部部长的位置回到了普通宣传干事。所幸动荡的岁月里，家人都还算平安。这期间他再没提起过大哥，也不让家人对外人提及。她心里明白，自己这个身份不清白的人已经拖累了他，千万别再拖累别人了。每当午夜被噩梦惊醒，望着枕边的他，她在心里默默感谢上苍最终没有抛弃她，给了她一个值得信任和托付的良人。

我问："大爷爷不是爷爷的亲哥哥吧？"

奶奶说："不是。我也是后来才知道，他们是同生共死的好朋友。"

我又问："大爷爷是不是姓吴？"

奶奶惊讶地看着我，说："你怎么知道？"

我问："爷爷最早是不是叫吴非？"

奶奶更惊讶了："当年怕连累你大爷爷，他改跟了你太奶奶姓童，改名'悟非'是为了表明自己要痛改前非。唉！说到底都是因为我……可是，知道这事的人几乎都不在了，连你爸爸也不见得清楚，你怎么会知道？"

我得意地笑，顺口编了个瞎话："老头儿跟我好呗，什么秘密都告诉我。"

一幅完整的拼图在我眼前徐徐浮现——老头就是吴家老爷子要找的故人。吴予舟一定是确认了什么，所以当年才会那样突然地向我求婚。然而不知道又是出于什么理由，他还是决定放弃我，选择了魏筱云。不过这个理由并不难猜，因为无论是家世还是外貌，我都难与那位云小姐匹敌。

11. 留下的理由

回京后，我致电吴警官是否可以离境。

他说："行吧，目前也没有什么新的证据。当然，多谢隋小姐的配合，您随时可以离开了。"

我听出他的语气里有不甘，笑着说："没关系，任何时候，只要您有了新的证据能证明是我做的，我一定回来。君子一言，快马一鞭。"

我又给老鲁打电话："这两天抽个时间聚一下吧，我要回去了。"

老鲁说："要走了？我正要给你打电话呢。今天付教授说系里有一个助教的名额，你的各方面条件都挺符合的，不知道你有没有兴趣？"

这是个很好的理由，能让我重新回到我爱的这座城市。这里有我的师长、朋友，或许还有我未来的事业。唯一令我犹豫的是，这里有我的过去。这过去并不光彩，也不温馨。过去的四年里，在那个一草一木都极其陌生的地方，我还能装作一切都没有发生过，侥幸地以为生活即使不那么美满，也可以得过且过地一直这样装糊涂下去……可是……

迟迟没有听到我的回应，他说："要不见面说吧，叫上其他人，大家一起商量商量，毕竟是个大事。"

晚上，大家齐聚一堂。

雨婷姐依旧快人快语："我觉得这是个好机会。对你来说，如果能留在学校肯定再好不过。学校是个很好的平台，你可以稳定下来，也可以继续创作。"

二哥搓着手，望着雨婷姐，说："我也寻思着该回国了，看来一切都水到渠成啊！"

方心问："助教的工作忙吗？需要坐班、加班吗？"

老鲁说："一开始可能会比较忙，琐事比较多，而且要坐班。不过等适应一段就好多了，能安排自己的时间。如果你能坚持创作、发表论文，后面升到讲师、副教授，那就更好了。"

方心看了我一眼，我想问的，她都替我问了。我不敢保证我妈愿意带着囡囡陪我住在这座城市里，我甚至连问都不敢。她一定会说："我们是上辈子欠你的吗？你说出国就出国，说回国就回国！我算是看明白了，生出你这么个冤孽，我的后半辈子就全凭你一句话……"

二哥对雨婷姐说："等这次回去，我们和老师、师母好好谈谈。我们终究是要回国的，相信他们也不愿长年漂泊在外。"他转而对我说，"这是好机会，别错过。其他的事……先别想那么多，顺其自然。"

老鲁说："既然这样，明天我就答复付教授，等下学期一开学，你就可以开始工作了。"

方心用胳膊捅我："你一晚上没说话，究竟怎么想的？"

我支吾道："我可能……胜任不了吧？"所有人的目光都集中在我的脸上，烤得我面红耳赤，"当初离开学校时，我连学历资格考试都没通过，如今以助教的身份回来，怕是会惹人非议……"我对老鲁说，"鲁老师，我真诚地感谢您和付教授一直以来对我的厚爱，可是……我不配。"

房间里静得吓人。许久以后，我听到了一声叹息。

老鲁说："其实你这些年的成绩，大家有目共睹。仔细说起来，那些资格你早就够了。但是……你说的话也有道理，等我回去和教授再商量商量吧。"

方心满脸忧虑地望着我，说："也就是说，你要回加拿大了？再也不回来了？"

我摇头："我是要回去一趟，等把一切都交接完毕，我还会再回来的。"

第五章

1. 博弈

老童对囡囡说："乖乖，跟着妈妈一定要听话，姥姥姥爷过阵子就来看你。"

囡囡迟疑着不愿放开姥姥的手，眼眶里水汪汪的。

妈抱起孩子塞给我，说："我警告你，以前你怎么闹我管不了，现在囡囡交给你了，要是有任何闪失……"她因为常年做家务而变得粗糙的手指在我眼前微微晃动，像是一支随时可能离弦的箭。随即她收起那支箭，狠狠地瞪了我一眼，转身上车，车窗把一切都挡在了身后。

囡囡朝着姥姥姥爷离开的方向大声哭喊，引得无数路人驻足观望。

我一边为她擦眼泪，一边说："囡囡乖，姥姥姥爷去给你买礼物了，等你下一个生日的时候，他们就带着礼物来见你。"

"不要——我要姥姥——"

车走远了，我追着她向前跑了一段。她不顾一切的样子把我吓了一跳，我只得用力抓住她的胳膊。挣扎了好一阵，她终于意识到这是徒劳，于是站在原地哭得歇斯底里，两只眼睛活像山里的泉眼。我很无奈，只得任由她哭闹。

等她即将偃旗息鼓的时候，我蹲下身，望着她桃子一样红肿的眼睛说："接下来只有咱俩了，只要你乖乖听话，好吃好玩的都会有。"

"啊——"或许她听出了我的潜台词，于是开启了又一波激烈的反抗。

如果让妈知道，我任由她的宝贝孙女在机场活活哭号了两个小时，不知她会怎么修理我。总之，这场对峙以我的暂时胜利告终。囡囡在回家的出租车上就睡着了，直到我把她放在床上她也没醒来。她的眼皮肿得老高，不知在哪里蹭的灰和鼻涕混在一起，黏在脸上。

我用温水给她清理，她在梦里依旧没忘记反抗，伸手打掉了我手里的毛巾，还委屈得抽噎起来。我站在床边看了她一会儿，躺下来学着我妈的样子轻拍她的后背，果然，她慢慢地平静下来。

手机收到一条信息，是老童发过来的："你妈说，一日三餐一定要给孩子吃饱吃好，别忘了在家里常备着牛奶和鸡蛋。维生素和益生菌都在那个红色的袋子里，里面还有一些儿童常用药，给囡囡吃的时候一定要仔细看好说明书，千万别搞错了。囡囡的冬衣过阵子让常恺寄给你，反正现在也穿不着。夏天的衣服箱子里有，你看着再买一些吧。"

第一条信息还没读完，第二条又进来了："我还是那句话，你现在也是当妈的人了，以前无论再任性胡为，现在都要学会收敛。说实话，把囡囡交给你，我和你妈一万个不放心。既然你坚持要自己带她，我们也没法反对。以后的路得靠你自己走，我们帮不了你一辈子。总之，如果有任何问题一定要告诉我们，没钱了就说话。"

泪水顺着脸颊无声地滴落在枕头上。曾几何时，爸妈也这样无微不至地关爱我，可如今，我只是个遭父母嫌弃的不孝女，而眼前的这个小人儿，却取代了我的位置。

第二天我起了个大早，准备了煎蛋、牛奶、火腿和面包，这些都是她平时爱吃的。

囡囡坐在我对面恶狠狠地瞪着我："我要姥姥！"

我把鸡蛋、火腿夹进面包，放在她面前："要番茄酱吗？"

"我要姥姥！"她尖叫道。

我说："一会儿吃饱了，我带你去一个好玩的地方，那儿有好多好多小朋友和你一起玩。"

啪！盘子和面包转眼掉到了地上，分崩离析。

一股火腾地升到头顶："捡起来！"声音大到连我自己也吓一跳。

"哇……"昨天的一幕又开始了。

我头痛欲裂，只得哀叹一声，认命地清理地上的残局。

也许是被我那一声吼吓到了，一路上囡囡都没敢再闹。她并不说话，默默地走在我身后。我想要拉起她的手，却被她狠狠地甩掉。我们就这样一前一后，走走停停，终于到了离家不远的幼儿园。

恶狠狠的表情在看到陌生的老师和同学们之后，终于变得柔弱可怜起来。小人儿抱着我的腿使劲往我身后缩。

我耐着性子蹲下来，搂着她说："囡囡先在这里玩一会儿，妈妈去办点事。"见她越缩越小，我说："如果你今天能认识一个新朋友，我就奖励给你最喜欢的泰迪熊怎么样？"我看出她开始犹豫，于是冲带班的朱老师眨了眨眼。

朱老师善解人意地搂过囡囡，说："我们这儿也有好几只泰迪熊，有妈妈有宝宝，你想不想看看？"

就在我的手松开的一刹那，她像是突然反应过来，转身扑进我怀里，哭着喊："我要找姥姥——"

就在我想把她从怀里剥离出来，她却死命抓住不放的那一刻，一种许久不曾有过的疼痛感从心底浮了上来——三年前的某一天，当她从我的身体里被剥离时，我也是那么痛。只不过那时她赖以生存的人只有我，而现在却变成了其他人。

我盘腿坐在教室的地板上，耐着性子，尽量用最温柔的语气对她说："要不这样吧，我不走了，在这陪着你，好吗？"

她泪眼婆娑地点点头，像是并不相信我的话，依旧趴在我腿上不肯离开。

朱老师也坐在我旁边，摸摸囡囡的头，说："你和她爸爸是不是很少陪她？看来这个孩子很没有安全感。"

"怎么会？家里人天天陪着她，她姥姥恨不得把她挂在身上。"

"不一样的。这么小的孩子，父母对她的陪伴是谁都取代不了的。虽然他们不会表达，但是对父母的渴望是一种本能，不管爷爷、奶奶或者外公、外婆有多么宠爱他们，他们也会因为父母的忽视而变得不自信和缺乏安全感……"

我站在幼儿园的院墙外，透过雕花的栅栏和彩色窗花之间的缝隙寻找那个小小的身影。二十分钟前，在朱老师点头示意后，我悄悄地逃走了。此刻，朱老师的话反反复复地在我耳边回响。我不愿承认自己的失职，我想那并不是我的责任。我要工作，要应付各种繁杂的难题……况且她还有姥姥，那个几乎可以完全取代我的女人，我根本做不了什么。

2. 谈判

如果想要养活自己和孩子，就必须有稳定的收入。我打算借着上次展览的东风，和画廊谈谈接下来的合作。

小康的老板曲焕颜是个三十多岁、有留学经历的富二代。因为都有海外生活的经验，我们还算是谈得来，一番寒暄之后便直入主题。

"上次的画因为是同一个人买的，所以从广泛的市场认可度来说还不好判断。不过就我个人而言，很喜欢你的作品，不然也不会这么爽快就答应给你办个展，毕竟国内没有资历的年轻画家很多。""排队也排不到我"，这是他的潜台词。

我知道他是在抬高自己的地位，以此压低我的谈判筹码。

"我很高兴刚回国就能遇到您这样的知音。"我说，"现在国内市场刚开始热闹起来，很多艺术家都渴望得到国外藏家的认可。之前我在加拿大的展览效果也很不错，销售数据您都可以打听到。毕竟我的价格也有优势。我不求一夜成名，稳扎稳打就行。有几家画廊最近也和我联系过，只是我想寻找一个长期、靠谱的合作方，互利互惠嘛！"

一听长期合作，曲老板似乎来了点儿兴致。他说："这样吧，咱们先签一个代售协议，我肯定会努力包装推广你，但是你只能和我签独家。"

"这样不太公平吧？"我笑道，"我刚回国，得吃饭呀！您这样等于断了我其他的路，您要是没帮我卖画，我又不能找别的买家，还不得饿死？"

他哈哈笑起来，说："如果不签独家，我没法放心大胆地包装你，谁愿意替别人作嫁衣呢，是吧？"想了想，他说，"要不这样，我一年给你十万，你给我二十张四尺整张的作品。咱们先签三年，年费每年上浮

20%，如果市场好，合同可以随时调整。"

奸商啊——果然在利益面前，我们的那点儿往来根本算不得交情。可是想到能有三年稳定的收入，我还是咬着牙答应了。

从画廊出来，我试着拨通了洪夏的电话。

洪夏一听是我，操着一如既往的大嗓门叫道："隋牧童？我去！你这几年人间蒸发了？怎么突然又冒出来了？"

她给了我一个地址，让我去一栋地段相当不错的高档公寓里找她。

设计考究的门牌上印着"夏韵造型工作室"几个字，应该就是这里了。门铃声还没停下，洪夏的脸便出现在我眼前。她依旧那么美，比我们上次见面时更多了一分干练和霸气。她给了我一个大大的拥抱。

"怎么样？参观参观。"她拉着我逐个房间看过去，"这是我自己的地方！"

这是一套十分宽敞的四居室，阳光透过整面朝南的落地窗照进来，铺满了半间客厅。洪夏拉我在茶海前坐下，烧水、沏茶。房间布置得很温馨，按功能分为接待区、工作区、贵宾室以及仓库，各类化妆品和护肤品按品级分类摆放整齐，显然是个缩小版的"Feeling"工作室。

"怎么，你自立门户了？"我问。

"对呀，"她给我斟了杯茶，得意地说，"你离开工作室没多久我就走了，把咱俩的那些老客户全带了出来！"

"那Tony能不跟你计较？"

"怎么可能？他鼻子可灵了，也不知道怎么找到这儿的，带了两个人气势汹汹地来跟我理论，说我窃取商业机密！扯淡！"

"后来呢？"我好奇地问。

"我报警了。他们来者不善，我怕回头争执起来他们把我的东西给砸了。这些都是刚置办的，花了好多钱呢！"

"再后来呢？"

"警察一来，那几个货就尿了。当着警察的面，我对 Tony 说：'那些客户都是自愿来找我的，我没强迫他们。你要是能把他们叫回去，我没意见，可要是人家不买你的账……看见了没？私闯民宅还威胁恐吓无辜市民，警察叔叔可不答应！'"

"你可真够厉害的！"我说，"不过你这么一弄，Tony 那边损失挺大的吧？"

"肯定啊！"她很得意，"被他们盘剥压榨那么久，还讲什么江湖道义？他当时那么对你，我也算替你出了口恶气。再说了，那些客户都是咱们辛苦攒下来的，哪个不是冲着咱俩的技术来的？客户又不傻，店大欺客，来我这儿享受的服务是一样的，价格却更便宜，何乐而不为呢？"

我笑着说："离开那么久，我那些客户早就是你的了。"

"咳，"她手一挥，"还说呢，你那几个客户可没少惦记你。那个楚小姐，到现在还跟我打听你呢！当年你突然消失，我只好跟她们说你出国进修去了，等回国以后肯定技艺更加精进。我也挺纳闷的，四年了你都没回来，那个楚小姐也不怀疑，还给我介绍新客户，真挺仗义的！"

"那个云小姐呢？"我问。

"嗨，"洪夏翻了个白眼，"就因为她，Tony 没少在工作室里骂你。她可没跟着洪小姐过来，就算来了我也不伺候。对了，你当年到底干什么去了？到处都找不到你！"

"你说得没错啊，我出国留学去了。"我笑着说。

"啊？"她愤愤地说，"连个招呼都不打，害得我担心了好长时间，还以为你出了什么事！看来我纯粹是瞎操心，有些人根本就没把我当朋友！"

"不是……"我无奈地说，"确实是出了点事，所以走得急，真不是没把你当朋友，别多想！"

她白我一眼："这次回来还走吗？"

"短时间内不走了。我刚租了套房子，签了两年的租约，准备在画画之余再找份兼职。"

她的眼睛忽然亮起来，说："来帮我吧！咱俩一起干！"

"我可没钱入股，充其量给你打打工。但是有一条，我的时间有限，没法总在这儿待着。"

"没问题！老规矩，工作室接待的客户，计件给你10%的工钱。"

"要是客户指定找我呢？"

"二八！"

"三七！"

"我还要付房租、水电费呢！"她叫道。

"我的客户还给你介绍新客户呢！"

她瞪了我半天，最终还是妥协了："行吧行吧！你有空就过来，没空的话，要是有人指定找你，我再和你联系！"

"成交！"

临走时她说："你不会再不辞而别了吧？"

"不会了，放心吧。即使走，我也会提前告诉你的。"我说。

3. 意外

哭闹了一周后，我和囡囡都筋疲力尽。我拿出一副爱谁谁的姿态，因为我知道，胜利终将是属于我的。囡囡似乎是认命了，孩子嘛，都是很会察言观色的。或许是因为朱老师很有经验，抑或是她觉得和我待着还不如去幼儿园，总之从第二周开始，早上的程序简单了许多。囡囡也从开始时每天要求和姥姥姥爷视频并要求他们赶快来接她，慢慢变成了隔两三天和他们通话一次。妈照旧不与我交谈，所有事都由老童转达。

囡囡已经习惯了被我拉着，到了幼儿园后，再由朱老师接手。

很多年前，老童第一次把我交到保育老师手里时，我用歇斯底里的尖叫声警告他们：我不在这儿待！我要回家！老童硬着头皮在老师的暗示下离开了，可是等晚上来接我时，却被告知我一天都没吃饭。恐怕当时的老童和我现在一样年轻气盛，心想，小样儿，我还治不了你了？于是第二天，我又准时站在了幼儿园门口。和第一天一样，我又号得路人纷纷驻足观看。不仅如此，除了绝食外，我还静静地坐着流了一天的眼泪。几位老师把我还给老童时不得不感叹，您家这孩子不仅倔，还脆弱得跟小林黛玉一样，真是闻所未闻。

结果我在整个童年时期，关于幼儿园的记忆只有这两天。与囡囡比起来，我的童年幸福多了，因为我有心软又心疼我的父亲，而她却只有我这么个半吊子的妈。

下午五点整，音乐声响起，小人儿们整整齐齐地坐在小椅子上，等着大人们来认领。我一眼便看见了她穿着粉红色小帽衫，胸脯挺得高高的。我在人群中举起雪白的泰迪熊，只听得一声欢呼，她从小椅子上一跃而起奔向我，发出从未有过的甜美呼唤："妈妈！"

"今天你认识新朋友了吗？"回家路上我问她。

她不说话，我又问了一遍。她轻轻地摇摇头，把怀里的泰迪熊搂得更紧了，生怕被我抢走似的。

"噢……那你不觉得孤单吗？"看着她那小可怜的样子，我隐隐有些心疼。

"还行吧，"她放松下来，"朱老师陪我吃饭……囡囡自己用勺子吃饭！"她兴奋地向我炫耀。

"真棒！"我鼓掌祝贺她。

"搭积木的时候，有个小男孩和我一起……后来他走了……我一个人过家家，又来了个小女孩，她演妈妈我演姐姐，可是我想演妈妈……她就走了，我就没交到朋友……"

"那明天你去问问那个小男孩和小女孩叫什么名字，互相知道名字以后就是朋友啦！"

"那我今天能留着小熊吗？"她小声问。

"当然啦！你今天超额完成了任务，认识了两个朋友，只不过还不知道他们的名字，明天再告诉我也可以。"

"真的？"她瞪着圆溜溜的大眼睛问我。

我笑着点点头。

周五早饭后，洪夏来电话说楚小姐下午要来，问我要不要接待？

"当然。"我说。

我从镜中看见她走进来，她看见我的一瞬，脚步明显一滞。

我表现得像是得了失忆症的病人一样，笑容可掬地招呼她："楚小姐好！今天想要什么样的妆容？"

她看了眼洪夏，把到嘴边的话不动声色地吞了回去，走到我面前的椅子上坐下。

镜子里的表情变幻莫测。

"你……你什么时候回来的？"

"正式回来……有一个多月了。"

我不动声色地把工具箱打开，就像我们第一次见面时那样。

楚湘亭面无表情地看着洪夏走进里间，说："我以为你不会再回来了。"

"怎么会？"我说，"我是留学，又不是移民。"

她盯着我，突然笑起来，说："也是，看来是我想多了。可是……"她不解，"都镀完金了，怎么还做这个？"

"像我们这种升斗小民，土里刨食都忙不过来，只要能挣钱，无所谓做什么。"我把她的头发小心地拢起来，"今天要出席什么场合？"

"随意一点就行。"她说，"早知道这样，什么手机啊、银行卡啊都应该拿着……"

我笑着说："那时候年轻不懂事，不知道生活的艰辛，等到了国外才开始后悔。"

她笑起来，嘴角露出一丝鄙夷。她一定在想，果然还是个贪钱的俗人，装不了一世的清高。当时的表现也不过是为了放长线钓大鱼，可是大鱼没上钩，如今想要钱，却已经时过境迁了。

我一边整理她的刘海儿，一边观察她脸上的皮肤。

"哎哟，楚小姐，几年不见，您这皮肤可比以前差远了。皮肤缺水，毛孔也没清理干净，这样下去可不行！"

她狐疑地看了看我，凑近镜子仔细端详："有吗？我平时挺注意的呀！用的都是最好的护肤品，都是小云姐给我推荐的。"说完，她下意识地看了我一眼。

"怪不得呢！云小姐的皮肤细腻偏干，她要用保湿并且含油脂量比较大的护肤产品，而您的皮肤中性偏油，用她推荐的产品就营养过剩了，油脂都堆在毛孔里，皮肤肯定会越来越糟糕的。"

"是吗？"她像在问自己，眼睛却看着我。

"洪夏！"我叫道，"一会儿给楚小姐做个肤质分析，然后给她搭配一套最适合她的产品！"我又对楚湘亭说，"以后不要随便乱用别人推荐的东西，适合别人的不一定适合你。每个月来做一次皮肤检测，让洪夏给你调理调理，保证效果立竿见影！"

洪夏从里间走出来，冲我眨眨眼。我的手机正躺在她手里，吱吱哇哇地叫个不停。

"给，一直在响。"她说。

"我腾不出手，你帮我接一下。"我一手拢着楚湘亭的头发，一手拿着发卡对她说。

可是很快，我就看出洪夏的脸色不对。

"怎么了？"我问。

她神情古怪地把手机递给我，说："幼儿园老师说，你女儿的胳膊摔伤了……"

我的脑子嗡的一声，一片空白，像是被兜头浇了一盆冰水。

"快去看看吧，这边我来处理。"洪夏说。

我转身要走。

"等等！"楚湘亭站起身，随手在脑后扎了个马尾，"我送你去吧，今天不弄了。"

还没到幼儿园医务室门口，我就听见了朱老师的声音，似乎在向谁解释什么。我一眼便看见了坐在医生旁边努力克制疼痛的图图。她似乎坚持得很辛苦，小脸红红的，刘海儿乱七八糟地贴在额头上。

我的心被狠狠地揪了一下。

原本闹哄哄的医务室突然安静下来。

医生说："我大概检查了一下，应该没什么大问题。可能是肩膀脱臼了，小孩子这种情况挺常见的……"

"你说的是人话吗？"我大吼一声，吓得医生和另一个陌生的女人齐齐后退。

"图图妈妈你先别着急。"朱老师解释道，"事情是这样的：图图正在游戏区够窗台上的东西，班里另一个小朋友没看见她，后退的时候两个人一起摔倒了。那个小朋友压在了囡囡身上，把她的胳膊撞了一下。这确实是个意外。医生已经详细地检查过了，骨头肯定没有问题，只是我们处理不了脱臼，又不敢擅自送她去医院，只好等您过来。"

我问囡囡："疼吗？"

她点点头，嘤嘤地哭起来。

我小心地抱起她，对楚湘亭说："还得麻烦你……"

"好好好！"她慌忙地掏出车钥匙，一路小跑地去开车门。

我也不知道最近的医院在哪里，任凭楚湘亭一路狂飙。我一直紧紧地抱着囡囡，像老母鸡护着自己的蛋。我们的脸贴在一起，她的脸有些凉，潮湿的睫毛上下忽闪，像是被雨打湿的蝴蝶翅膀。

私立医院的儿科诊室门口，有位四十多岁的男医生正在和护士交谈，看见我们便直接把囡囡接了过去。他的胸牌上写着"罗健主任医师"，想必是专程在等我们。

诊室墙上画了很多小孩子喜欢的卡通形象，桌上还有各种小玩意儿，不像是诊室，倒像是幼儿园。

医生戴着金丝框眼镜，态度有种矜贵的和蔼。这种和蔼与市井小民的不同，没有那种朴素的热情。

他捏着囡囡的小胳膊问："你胳膊上有小老鼠吗？"

囡囡莫名其妙地回头看我一眼，见我示意她回答，便对着眼前陌生的男人胆怯地摇摇头。

"哈，"医生轻笑一声，"谁说我们没有？你把拳头举起来，这里一使劲儿，小老鼠就出现啦！"

囡囡疑惑地学着他的样子举起手。医生突然伸手，飞快地托了一下，囡囡哎哟一声，整个人都僵住了。

过了一会儿，她回头对我说："妈妈，胳膊……好像不疼了。"

医生笑眯眯地托着她的胳膊，上下左右摆弄了几下，问："还疼吗？"

囡囡摇摇头。

"没事了！"医生站起来对楚湘亭说。

"麻烦您了，罗主任。"楚湘亭说。

"瞧你说的，客气什么？代我向你爸妈问好，有事随时给我打电话！"说完，他从口袋里掏出一个棒棒糖，弯下腰对囡囡说，"奖励给最勇敢的小朋友。"

我问囡囡："真的不疼了吗？一点儿也不疼了？哪怕有一点点疼也要告诉妈妈。"见她不停地摇头，我这才放下心来。

朱老师和肇事男孩的妈妈在诊室外等着，见我们出来，赶紧迎上前问："没事吧？"

那个女人说："小孩子出现这些意外确实让人担心，您放心，检查和治疗的费用都由我来出。"

"不用了，没什么费用。"我说，"刚才我也是太着急了，不好意思。"

她说："理解理解，我回去一定告诉孩子以后小心。实在对不起了。"

回去的路上，楚湘亭不停地从后视镜里打量着我和囡囡。

终于，她忍不住问："囡囡今年几岁了？"

"三岁。"我还没想好要不要回答，囡囡已经诚实地说了出来。

"囡囡长得真可爱，你是像爸爸还是像妈妈呀？"

我正要开口制止，却听囡囡小声说："我没有爸爸。"

楚湘亭明显一愣。在剩下的时间里，车里很安静。她间或从后视镜里瞄我一眼，显得心事重重。

"停车吧。"我说，"已经离我住的地方不远了。谢谢楚小姐，我们就在这里下车了。改天来工作室，我免费为您服务。"

我知她并没有马上离开，而是满腹狐疑地从背后打量着我们。

晚上读完睡前故事，我问囡囡："如果以后只有囡囡和妈妈一起生活可以吗？"

她忽闪着圆圆的大眼睛问："姥姥姥爷为什么不要囡囡了？"

"他们没有不要囡囡，"我解释道，"只是他们喜欢住在老家，可是妈妈的工作和朋友都在这里，你愿意陪我在这里生活吗？"

囡囡很认真地想了一会儿，有些无奈地说："好吧……如果我也走了，你一个人也挺可怜的，又要哭了……"

"我什么时候哭过？"我疑惑地问。

"去医院的路上。"她很认真地回答。

我呆呆地望着她，心中涌起满满的羞愧。我只付出了那么一点点，哪里配得上她用陪伴来报答？

4. 意外之喜

一周后，我去画廊交第一批作品。小康见到我格外热情，挤眉弄眼地示意曲老板正在办公室等我。

刚坐下，便有咖啡送到我眼前。

"尝尝我刚从巴西空运回来的咖啡豆。"曲焕颜热情地说，"看来现在已经有人关注你了，这不，有好几位藏家打电话来问我手里有多少你的作品。"

我皱眉道："可眼下也没多少啊……"

他摆摆手："没关系，咱又不是生产线，还真能批量生产啊？吊吊他们的胃口也好！"说着，他展开我的五幅新作，一边看一边啧啧赞叹。

这时，小康进来说："曲总，新合同打好了。"

曲焕颜示意他直接交给我。

我很纳闷："这是什么意思？"

"上次我不是说了吗？如果市场好，合同随时调整。"他笑得像只偷吃了鸡腿的狐狸。

合同上的时间从一年改成了五年，作品数量由二十幅调整为三十幅，尺幅不变，金额从十万涨到了十八万。

"这……"曲焕颜的意思我明白，他想和我深度绑定。我说，"五年时间太长了，说不定三年后我就回加拿大了。"

他狡黠地说："相信我，你只有在中国才能享受到艺术市场发展的红利。你出去看看，哪个国家的艺术家能有中国艺术家这样的机遇？你这是赶上好时候了！还回去？回去干什么？"

见我犹豫，他跷起了二郎腿，点燃一支香烟，透过缥缈的烟雾打量着我。过了一会儿，他说："如果你对价格不满意，可以提，咱们再商量商量。"

我说："不瞒你说，我需要时间照顾孩子，一年三十幅作品有压力。"

他的眼睛瞪得圆圆的："你？孩子？"过了好一会儿，他说，"找个阿姨！这样！我再给你加……三万，行了吧？"

前两天在洪夏那里，我和负责清洁的阿姨咨询过，现在的住家保姆一个月工资至少三千块。

"放心吧，跟我合作绝对不会让你吃亏！"他把笔递到我手里，"别犹豫了，快签吧，不会把你卖了！"

"二十二万吧，我签。"

晚上，我张罗了一大桌子菜，把方心和老鲁都叫了过来。方心一来，就和囡囡手拉手坐在了一起。

我问老鲁："现在国内的艺术市场这么火爆吗？年轻艺术家一毕业就能和画廊签约？"

"谁说的?"老鲁夹着一只油焖大虾,斜着眼睛说,"我带了这么多届学生,也没见过哪个有你这样的际遇,真是走了狗屎运!"

方心伸手打掉他手里的虾:"还吃呢,够瞧的了!牧童的画好,怎么就不能卖得好?"

老鲁哎哟一声,说:"我没说她画得不好,只不过她的运气真的是太好了!刚毕业回国,作品就大卖,还能跟画廊签长约,连我都嫉妒了!"

"那倒是,"方心嬉皮笑脸地说,"我也嫉妒!"

老鲁说:"估计跟第一次展览作品售罄也有关系,投资艺术品和投资房地产的心理是一样的,买涨不买跌,越是抢手就越有人抢!"

老鲁的话触动了我。我暗暗怀疑,或许买画的和之前给我转账的,正是同一个人。

第二天,我便开始着手找家政阿姨。

面试了三位家政阿姨后,我留下了其中一位来自安徽的秦阿姨。一方面是因为老家人让我觉得亲切,另一方面是秦阿姨手脚麻利,做的菜囡囡特别喜欢,说是有"姥姥的味道"。

我听见妈在和囡囡通电话时说:"囡囡想不想姥姥呀?是不是秦奶奶做饭比姥姥做的还好吃呀?"

囡囡叫道:"想姥姥,姥姥快来看囡囡!"

听筒里这才传出开怀的笑声。

收线时,老童说:"你妈听说你请了个家政阿姨,很不高兴。如果忙不过来,为什么不让我们过去呢?什么人也不比家里人放心。她昨晚上还抹了半天眼泪……唉!"

我说:"爸,再给我点时间吧。"

5. 朱崈的惊喜

接到朱崈的电话时，他人已经在首都机场了。

"怎么突然回国了？"当我慌慌张张赶到，正看见他坐在巨大的行李箱上左右摇晃。看行李箱的体积，他似乎并不打算只做短暂的停留。

"国内有个朋友找我谈合作，正好回来看看你和囡囡。"他摘掉墨镜，眼睛里满是盛不下的热忱。

"吃晚饭了吗？"我问。

"好不容易回国了，谁还吃飞机餐啊！我留着肚子准备一下飞机就大吃一顿呢！"

"那回家吃吧，我家阿姨手艺不错。对了，你订酒店了吗？"

"还没，"他搓着手说，"在你住的附近随便找一家就行。"

"行吧，我们小区对面就有一家酒店，好不好就那儿吧！"

"行嘞！"他笑起来。果然和朱大夫说的一样，一回到国内，他整个人的精气神都变得不一样了。

晚饭很热闹，一大一小见到彼此都很高兴。

"囡囡见到叔叔高兴不？明天叔叔去幼儿园接你放学好不好？"

"好呀！"囡囡拍着小手叫道。

秦阿姨说："那行，明天你去接囡囡，我在家做饭！"

"就这么愉快地决定啦！"他们俩手拉手异口同声地说。

晚上，我给老童打电话。

"朱崈回来了。"我说。

"嗯，前几天听你妈跟朱大夫在电话里叨咕了好一阵，没想到他动作这么快。"他欲言又止，"你们俩……"

"我明白，我会处理好的。"我说。

第三天下午，朱崇去见了他的朋友，回来时，难掩兴奋。

据他说，朋友要在北京开一家高端私人牙科诊所，想要拉他入伙，给的条件很不错。

我问："你妈那么费劲才拿到那边的行医执照，现在你突然要回来，那她怎么办？"

他缓缓地转动桌上的茶杯，说："她想必是不愿再回来了吧。"

"可她当初是为了你才远赴重洋的，如今年纪也大了，总不能把她一个人扔在国外……"

"即使没有我，她也不见得会留在国内！我只是给了她下定决心的勇气。"他望着我，目光灼灼，"况且我们都有自己的梦想要追逐。"

我避开他的视线："这次回来，去看你父亲了吗？"

"看他做什么？人家现在娶了新老婆，有了新孩子，已经不再需要我们了。"

沉默、躁动的气息在我们之间流淌。

"牧童，其实……其实我们认识的时间也不短了，难道你一点儿也不明白我的心思吗？"他的眼里蓄满了一汪深情。

我无法回避。

"朱崇，你为什么在国内和国外让我感觉完全不同，像是两个人呢？"

他一愣，没料到我会问出一个完全无关的话题："可能是……因为我喜欢熟悉的环境，熟悉的环境让我感觉更放松。"

"嗯，我也是。"我望着窗外随风轻摆的树叶，"刚来北京的时候，一切都是陌生的，我总是感到莫名紧张。后来我逐渐适应了环境，开始和周围的人建立起各种各样的联系，神经才慢慢松弛下来。之后去了温哥华，那里又是一个全新的环境，连语言和思维都完全不同，那种紧张感就又回来了。我不得不把自己包裹得紧紧的，收起一切锋芒，学着做一个能让大家接受的人。可那根本不是真正的我。"

朱崇眉头微皱，时而点头，让我明白他和我有相同的感受。

"所以我们尽可能地向熟悉的人靠近，寻找安全、舒适的感觉。"我笑望着他，"因此我们两家人才亲近得像是一家人。如果是在国内，恐怕不会有那样的机会。同样的道理，像我这样一个未婚妈妈，如果在国内，你可能根本就不会多看我一眼，更别提什么喜欢了……"见他急着想要反驳，我接着说，"既然你已经回来了，在你熟悉的环境里，有那么多条件更好的女孩能和你相配，为什么不再看看呢？"

直到秦阿姨带着囡囡回到家，朱崇似乎还一直沉浸在我说的那些话中，整个人愣愣的。临走时，他说："我觉得你说的有一点不对。人确实会寻找自己觉得安全、舒适的地方，可总有一些事，即使觉得有困难也想去做，而有些人，即使是第一次见面，也让你不由自主地想要靠近。你不在的这段时间，我一直在考虑……不对，是从我们认识没多久我就开始考虑，我已经考虑得够久了。这次回来，就是我经过深思熟虑做出的决定。如果你和囡囡不走了，那我也留下，如果你们要回去，那我也回去。"

如果在我最单纯懵懂的时候，遇到的不是陆奕然；在我最孤立无助的时候，遇到的不是常恺；在我决定全身心去爱一个人的时候，遇到的不是吴予舟……如果我只是遇到了这么简单、温暖的一个人，如今的我，会拥有一份最平凡的幸福吗？

6."一家三口"的周末

"朱古力"从我上大学那会儿就是很受年轻人推崇的音乐节，演出那天，各种风格的乐队，无论有没有名气都会出现。

周六一大早，我便被洪夏拉到现场，像流水线一样"加工"演出人员的脸。如果她提前和我商量，这样的活我是铁定不会接的，可她偏偏先斩后奏，打了我一个措手不及。

我埋怨道："明明是高端零售商，非要跑来做批发，就算你不拿我当首席造型师，好歹我也是个不大不小的艺术家！我警告你，以后这种活少找我！"

"行啦行啦！工作室要生存的好吗？房租、水电费哪样不要钱？身段和生存哪个更重要？这活我也是昨天上午才谈定的，你就别抱怨了！"她手上不停，嘴也不停。

按理说演出在即，主办方应该早就确定了舞台造型的合作方，可这样都能让洪夏截和，她的活动能力实在让我叹服。

"也不知是哪个工作室这么倒霉，到嘴的肥肉都能飞了。"我说。

半天没听见她接茬，我转头看去，竟发现她在抿嘴偷笑。

"你不会是抢了'Feeling'的活吧？"

她眉梢一挑，算是默认了。

"你这么锋芒毕露，不是摆明了跟他们过不去吗？"

"那怎么了？"她不服气地说，"大家各凭本事！要不是他们，这活我还真不一定能抢得过来呢！就是因为主办方的人知道我是从'Feeling'出来的，价格又比他们低，所以才选的我们呢！"

"那你也不能饥不择食？咱们工作室规模小，人手又不够，你接这么大一摊活，累死我们也干不过来呀！"

"我这不是找人手了吗？"

我哭笑不得："你那叫什么人手？连没出师的学生都拉来了！"

见我当真急了，她说："好啦，不就耽误你陪囡囡了吗？我付你双倍工资，等休息的时候你陪孩子好好玩，总行了吧？"

"你呀！"我叹了口气。

周日晚上回到家时，囡囡已经睡着了。我四肢酸痛地瘫在床上，看着她熟睡的小脸，心中满是愧疚，暗暗决定明天哪怕请假也要带她出去好好玩玩。

"爸爸！推我！快推呀……"笑声敲打着金色的阳光，叮当作响。

这是囡囡的声音，可我却看不见她。我在一棵又一棵粗大的梧桐树间绕来绕去，寻找声音的来源。终于，在树林尽头的小河边，我看见了载着小女孩在阳光中摇荡的秋千。那秋千荡得真高，比我推得高多了，囡囡兴奋得大叫。

我跑过去想看看推她的人究竟是谁。可我一直跑，一直跑，却怎么也跑不到近前。那个男人的脸一直隐没在树后，只有轻笑声伴随着囡囡的呼喊……

嗵！一阵剧痛，让我从梦境回到了现实，原来是一脚踢在了床板上。

笑声是从客厅传来的，隐约还有被刻意压低的男人的说话声。

"谁在外面？"我冲着外面喊。

说话声停止了。

过了一会儿，囡囡的声音响起来："妈妈快起床，我们要去游乐园啦！"

她怎么知道今天要去游乐园呢？

嗵嗵嗵，敲门声和囡囡的叫声一起传来："妈妈快起床！去游乐园啦——"

我迅速穿上衣服，胡乱整理了一下头发。门打开时，三双眼睛齐刷刷地盯着我。

秦阿姨说："你这两天不在家，都是朱先生陪囡囡玩的。他俩昨天说好了，等你今天一起去游乐园。"

朱崇说："快洗漱，我借了辆车。"

囡囡期盼的目光把我的拒绝堵在了嗓子眼儿里。

我从没见过囡囡这么高兴，像是被放出笼的小鸟，一路叽叽喳喳地说个不停。

"叔叔，追！追！追大车！"她挥着小手指挥超车。

"准备好了吗？坐好啦！"朱崇一踩油门，车像离弦的箭一般向前猛冲去。

"噢——"囡囡兴奋极了，"超过所有的车！"

我搂住她："囡囡坐好，太危险了！"

可她依然用小拳头不停地砸驾驶座，嘴里叫嚷着"冲啊冲啊"。

朱崇伸手在副驾驶座上的背包里划拉。

"你找什么？"我问。

"我给她买了一堆小零食，你拿出来哄哄她。"他把包递给我。

包里琳琅满目，除了五颜六色的小零食外，还有面包、蛋糕、牛奶、矿泉水。

"呀！"囡囡高兴地拍手，"果冻，棒棒糖！"

她撕开一盒果冻却没吃，我以为她要给我，却不想她直接伸到前座塞进了朱崇的嘴里。

"举高高咯——"囡囡清脆稚嫩的欢呼声在树林间回荡。我们一直被工作人员误认为一家三口，但谁都没有解释。我望着快乐得在船头又蹦又跳的孩子，和伸出臂膀紧紧护住她的男人，突然觉得或许可以就这样继续下去，无论是留下，还是回温哥华，都好。

回去的路上，囡囡趴在我的肩膀上睡着了。

"给我吧。"朱崇伸手准备把她接过去。

"不用了。"我把她往上托了托，睡着的孩子着实难抱。

"给我吧。"他的语气和动作透着令人难以违抗的力量。

轻轻地把孩子安置到车上，他小声问："怎么睡得满头大汗？是不是太热了？"

"小孩子就是这样的，没事。你把空调打开一点。"

空调里吹出徐徐的凉风，他把外套递给我说："给她盖上肚子。"

我愣愣地接过衣服，突然有些难过。

车里很安静，唯有囡囡轻轻的呼吸声飘荡在我们之间。

"今天开心吗？"他突然问。

我想说开心，可我有这个资格吗？

车至楼下时，囡囡依然熟睡着，我犹豫着要不要把她叫醒。

朱崇说："让她再睡会儿吧。这周末咱们一起去爬山，我找个'农家乐'，可以住一晚。"

我皱眉，说："其实你不必这样……"

"你得带囡囡多运动，小孩子多晒太阳对身体好。"他说。

我轻拍囡囡的手臂："到家了，囡囡，快醒醒，跟叔叔说再见吧！"

囡囡睁开惺忪的睡眼看我一眼，很快又合上，看来是累极了。我不想再等，直接抱起她。

朱崇熄火下车，从我手上小心翼翼地接过囡囡，说："让她睡吧，我送你们上去。"

囡囡的小脑袋搭在他宽厚的肩膀上，睡得那么安稳。有那么一瞬间，我真想拍拍那肩膀，说："好吧，我答应了。"

可是我终究没那么做。

7. 惊魂之夜

今天很奇怪，明明才周三，不年不节的，洪夏的工作室里的人却络绎不绝，像是城市里某个不为人知的角落正在悄悄地举行着什么派对。为最后一位客人服务完后，已经是晚上八点多了。

正收拾东西，门铃突然响了。

我看看墙上的挂钟，问站在门外的楚湘亭："你这个时间来……做造型吗？"

"哦，不是，"她笑着摆摆手，"我只是想约你一起坐坐。"

我迟疑片刻，把她请进贵宾室，说："你先等我一会儿，我把东西收拾一下。"

洪夏见楚湘亭来，识趣地说："那我先走，你一会儿记得关灯锁门。"

开门声响，却听见洪夏的声音隔着化妆镜传过来："你们是什么人？"

我正纳闷，又听见她惊呼道："你们干什么！"

我从化妆镜后面伸出头向门口张望。

几个穿着黑T恤的陌生男人从门口拥进来，逼得洪夏步步后退，最终将她逼进了一个死角。最后进来的男人随手反锁了防盗门。

我缩回头，蹑手蹑脚地走到贵宾室门前，对楚湘亭比了个"安静"的手势，用口型告诉她："锁上门别出来！"

"怎么回事？"她拉住我。

我摇摇头，关上了贵宾室门。

"你们究竟是什么人？小心我报警！"洪夏的声音里有一丝颤抖。

"哟，还挺厉害，小辣椒儿，我喜欢！"领头的那个胖子笑嘻嘻地说。

"我的手机！还给我！"洪夏喊。

我透过化妆镜之间的缝隙看过去，那人的胳膊上文了个青灰色的虎头，张开大嘴，露出尖利的牙齿。

后面一个瘦高个儿说："废什么话，先把东西砸了！看她还敢不敢抢别人的生意！"

是 Tony 的人？

"砸！"另一个人显然是个跟班儿，还没得到老大的回应，便抄起手里的球棒挥舞起来。

几球棒下去，彩色晶体漫天飞舞，各种香味立刻弥散开来，混杂着一股刺鼻的气味。

"浑蛋！"洪夏发了疯似的猛推面前的胖子，可他像堵墙一样堵在她面前。

我俯下身，从化妆镜下面看见了像小树林一样的腿，一共有十条！其中八条聚在一起，围绕着洪夏的高跟鞋，另外两条则离大门不远。

我捡起滚落到脚边的一个香水瓶，朝落地窗扔过去，咚的一声。

"去看看！"那是胖子的声音。

离门口不远的那两条腿便动起来，朝落地窗走去。

瞅准这个机会，我一边大喊"警察来了！"一边冲到配电箱前，拉下了总开关。灯灭的瞬间，眼前一片漆黑，我趴在地上顺着墙根往回爬。有碎片扎进手掌，一阵钻心似的疼，可现在什么也顾不上了。

意外的黑暗让房间里一阵混乱。

"王八蛋！谁关的灯？"胖子的声音叫道。

"还有一个女的！我看不见她在哪儿！"另一个人说。

"快点找！找到了全都给我绑起来！"胖子气急败坏地叫，"哎哟，臭娘儿们！快抓住她！"

一阵杂乱无章的混响。

"要不先走吧，反正已经砸过了，要是一会儿警察来了就糟了！"

"走！"胖子一声令下，杂乱的脚步声伴随着硬物撞击和玻璃制品落地的声音，慢慢地向门口的方向移动。

我不敢叫洪夏，既怕暴露她，也怕暴露自己。好在我们对这里很熟悉，相信她也能找到比较安全的位置。眼睛渐渐适应了黑暗。窗外的灯光和月光虽不很明亮，却能勾勒出物体大致的轮廓。月光下，一个窈窕的身影快速移动到那一大片黑影后面，有个男人哎哟一声，紧接着便是重物倒地的声音，随后，又是一阵哎哟哟的呼号。

洪夏在干吗？我的心瞬间提到了嗓子眼。

有个声音大吼："谁呀？谁打我？"又是那个胖子的声音。

以洪夏的个性，她肯定不愿吃这个哑巴亏。我猜测她或许是想在警察来之前留住他们！这太危险了！

果然，几个男人被莫名袭击之后，立刻反应过来，朝洪夏的方向反扑过去。我不得不从藏身的角落跑出来，把藏着楚湘亭的那个房间的门砸得震天响，边砸边喊："报警了吗？警察快来了吗？"

楚湘亭立刻明白了我的意图，大声回应我："马上就到！马上就到！"

果然，那团黑影立刻变换方向，手忙脚乱地向门口扑去。

我刚松了口气，突然那帮人的叫嚷声又变得嘈杂起来，动作也剧烈起来，还有人朝着我的方向扑来，大有鱼死网破的劲头。该死的洪夏，又发动了一次偷袭！我又气又急，只得向阳台跑去。那里有光，能看见楼下的行人，实在不行还能用阳台上的东西反抗一下。

正在我惊慌失措的时候，防盗门发出震天动地的哐哐声。

"警察！开门！"门上的巨响锲而不舍，震醒了愣神的一众人。几条黑色的身影向不同的方向乱窜，我听见其他房间的门被打开又关上、关上又打开的声音。

我现在的任务是去把防盗门打开。

正在此时，一道黑影从阳台划过，稳稳地站在我面前。

黑影扫我一眼，说："到阳台上去，别进来！"

这声音太熟悉了！他怎么会在这里？

我肆无忌惮地呼唤洪夏，拉着她躲进阳台。

洪夏气喘吁吁地说："一个也跑不了，我要让他们赔得连裤衩都脱下来！"

我翻了个白眼。

她说："好像突然多了个人，随手就解决了两个。是特警吧？从哪儿进来的？"

我说："估计是从楼上的阳台翻下来的。"

"乖乖！"她朝楼上楼下张望，"这可是八楼啊！"

很快，房间里恢复了明亮。这一亮，让我们倒吸了一口凉气——原本舒适精致的客厅已经一片狼藉。那五个始作俑者此时就倒在这片狼藉之上抱头捂胸，痛苦状肉眼可见。

防盗门被打开了，警察们一拥而入。此时楚湘亭从房间里走出来，满脸惊魂不定。

"你没事吧？"我问楚湘亭。

她摇了摇头。

"手！你的手流血了！"她惊呼。

我这才想起疼来，低头一看，上衣、裤子上蹭得全是血，怪吓人的。

有位警察朝我走来，说："隋小姐还真是贵人事忙，怎么所到之处总有事情发生呢？"

我并不喜欢这种调侃，反讽道："吴警官上一个案子还没结呢，这回又是别人帮你抓住了罪犯。"

他不好意思地挠挠头，换了一副严肃认真的表情，说："这回又得麻烦隋小姐跟我回去一趟了。"

"应该的。"我说，"只是楚小姐吓坏了，能不能让她先离开？"

吴警官点点头，招呼另一个警察过来，说："你负责把人送回去吧。"

临走时，楚湘亭走到我面前，似乎有很多话想说，最后却只说了句："谢谢。"然后，她对站在门边的唐启发说，"麻烦您照顾一下牧童。"

唐启发依旧那么贴心，不仅很快买来药品和纱布，替我简单地处理了伤口，还没忘记给我和洪夏买了晚饭。

"附近没什么好吃的，先填饱肚子吧。"他说。

虽然涉及人员受伤和财物损失，程序稍微复杂一些，但是事实已经很清楚了，警方没怎么费事，那几个家伙就老老实实地交代了。果然不出所料，他们正是受了 Tony 的指使。

做完笔录，已是午夜。

吴警官把我们送到门口，有意无意地瞟了唐启发一眼，说："他是你的……"

"朋友。"我说。

"身手不错。"他向唐启发伸出手，说，"感谢配合。"

唐启发伸手回握，说："不客气，应该的。"

出了派出所，洪夏叫了辆车先走，我则上了唐启发的车。

夜已经深了，可路上依旧车来车往，这座城市里从来不缺少勤勉上进的年轻人。

"你为什么会在那里？"我问。

唐启发看了眼后视镜，说："刚巧路过。"

"所以翻阳台进来看望我？"

他又看了眼后视镜，露出一抹无奈的笑："我是跟着楚小姐来的。我看见她进了这栋楼，灯灭了很久，却没见你们走出来。后来我看见有东西砸在玻璃上，又有陌生男人站在窗边张望，就觉得情况有些不对劲。"

他说"你们"。

我问："你知道我在这里工作？"

他沉默片刻，点点头。

"你跟踪我？"

"没有。"他断然否定，"我只是无意中发现的。"

我才不相信他的鬼话，可是既然他不想说，我肯定是问不出来的。

"那你为什么跟着楚湘亭？"

他依旧沉默。

下车时，我说："你今天是以什么身份解救了我？老相识？某人的朋友？还是谁的警卫员？"

他看着我，眼中波澜不惊，手指在方向盘上轻轻地打着节拍。

"上去吧，好好休息。"他说。

8. 再见吴予舟

回到家时，秦阿姨已经带着囡囡睡了。一番折腾，我到此刻才感到掌心传来阵阵火辣又钻心的痛。我脱下带血的衣服，随便擦了擦脸，便在秦阿姨平日里休息的床上睡了。

第二天一早，秦阿姨的惊呼声响起："哎呀！衣服上怎么全是血呀？"

我走出来，说："昨天回来的时候滑了一跤，手掌划在了玻璃上。"

"哎哟，伤口消毒了吗？"她拉过我的手，直咂嘴，"一会儿送完囡囡，我陪你去医院。"

"不用，小区门口就有家诊所。您去买菜吧，我自己去就行。"

"行吧。"她依旧不放心,"朱先生呢?干脆让他陪你去。"

"他最近忙着跟朋友一起筹备口腔医院的事,我这点小事就别麻烦他了。"我推着她进了厨房,说,"您赶紧做早饭吧,别操心啦!"

秦阿姨一边热牛奶,一边念叨:"不是想追求你吗?一忙起来就看不见人影,女朋友都受伤了,让他陪着去医院怎么能说是麻烦呢?……"

囡囡见我用一只手帮她穿衣服,问:"妈妈,你的手怎么了?"

我说:"划破了。"

"疼吗?"

"疼啊。"

她想了一会儿,说:"那你别帮我了,我自己会穿。"

从家去幼儿园的途中有一个小花园,每天早上我都会从这里穿过两次,下午再穿过两次。有时还会带囡囡在这里玩一会儿,闻闻鲜花,看看绿叶。

阳光真好,几乎晃花了我的眼睛,可我还是一眼就认出了那个熟悉的身影。

时至今日,我依旧不吝用最优美的词语来形容他——英俊、高贵、充满男性魅力。如果让我重新认识他一次,我可能仍然会义无反顾地爱上他,因为他看起来是那么正直、善良、真诚,甚至脱俗。可是谁又能想到,就是这样一个人,竟然是天底下最好的演员,用最精湛的演技,骗走了我的一切。

他说:"好久不见。"

其实仔细看,他还是有变化的。阳光照进他茂密的发丛,突显出深藏其中的几根白发。几条细纹攀上曾经光洁的额头,显得格外刺眼。

他瞄了眼我受伤的手,说:"亭亭说你昨天保护了她,我来替她谢谢你。"

"不用客气，她是我的客人，在我的地方，我自然有义务保护她的安全。再说了，如果她受到丝毫伤害，我可赔不起。"

他抱着胳膊，一副拒人千里的姿态。我第一次见到他时，他也是给人这样的感觉。

"亭亭说……你有个孩子。"

我也抱起胳膊："嗯。"

"找了个老外，生了个混血儿？"他突然笑起来，语气里充满了讥讽。

看着那张曾让我神魂颠倒的脸，我冷冷地说："这不关你的事！"

"也是。"他嗤笑一声，"亭亭说你生活不易，既然她要感谢，你就开个价吧。"

又是钱！我笑起来："你们这些有钱人，什么事都用钱来摆平，是不是除了钱，你们也给不了什么更有价值的东西？"

他收起嘴角仅有的一点弧度，说："那你想要什么？"

"我想要的，你们给不起。"我说。

"你果然没有我想象的那么简单，"他眯着眼打量我，"我竟然一直没看透你。"

"果然……唔……你应该还听说过，我这个人作风一向开放，和男人相处不过玩玩而已，从来都是好合好散。只要给些甜头，对你们这些人来说，不知能找到多少像我这种看起来既有个性又有情趣的文艺女青年。"

他脸上的笑容瞬间冷却，变成了再灿烂的阳光也融化不了的冰川。

"你什么意思？"他冷冷地问。

"我什么意思，你心里应该明白。"

"我不想打哑谜，你把话说清楚！"

"既然都是玩玩，又何必这么认真呢？"

我几乎可以看到有一簇火苗在他的身体里燃烧，几乎按捺不住。他说："我做梦也想不到，你竟然是这样的人。你这么会演，怎么不去考电影学院啊？"

"彼此彼此啊，论演技，我可不敢跟你比！"我寸步不让。

"你……"他几步跨到我的面前，眼睛里涌出的岩浆丝丝缕缕地向外蔓延。

他说："行！话我已经带到，既然你不想要钱，我也没别的可以给你。像你这种人，不配得到任何人的真心！"

我说："我是不配，可是你也没有！"

说完，我转身离开。我必须马上离开，因为我发现自己快要招架不住了。我无数次想象过再见的场面，必定是火山爆发，烧得片甲不留。可是每每在梦里，画面却极其可笑地被扭转了，岩浆流进了干草堆，它们热情地拥抱在一起。有很长一段时间，我都分不清现实与梦境中对他的情感哪一种才是真的。这种分裂让我恐慌，却如鸦片一样蛊惑着我。

推开房门几乎用尽了我最后一丝气力。我爬到床上，脑中反复出现刚才的场景。真是没用！我应该用更刻薄的话去羞辱他。然后呢？太可悲了，好像除此以外我什么也做不了……

混沌之间，老头坐在凤仙花前，对我说："我有一点点后悔。要是当年坚持去了北京，说不定能给你们提供更好的条件。"

我说："那您为什么没去？听我爸说，人家调令下了三回，您还是放弃了。"

老头叹了口气："老糊涂了，要是去了北京，哪里还有你们？"

我问老童："爷爷是什么意思？前途和我们必须二选一吗？"

老童说："你爷爷的意思可能是，假如他当时不顾一切地谋了前途，也就不一定能和你奶奶走到今天了。他或许会和另一个女人结婚，生下另外一群孩子，过着完全不同的人生。所以他说的话，是个悖论。自古以来爱情就是奢侈品，是要付出代价来交换的。有些人在利益面前，会选择放弃爱情。"

我说："我以为灰姑娘与王子的故事真的在我身上发生了，现在才发现，只是我痴心妄想，童话里果然都是骗人的。"

老童说："灰姑娘原本也不是一穷二白、单纯无知，她要是没有嫁入豪门的野心，何必冒着挨打的风险去参加舞会呢？"

是啊，我要是没有野心，怎么会付出这么大的代价？城堡里住的不只有王子，还有可能是骗子……

此时，一段熟悉的旋律飘进我的耳朵，一遍又一遍……

我一下子从混沌中醒过来，可脑袋就像被套上了一个密不透风的罩子，喘不上气。那段旋律还在继续，原来是我的手机的声音。

秦阿姨的声音有点激动："牧童啊，你快过来一趟，这边出了点事情。"

自从上次囡囡受伤，我就像惊弓之鸟，听不得关于囡囡的一点点意外。我连跑带颠地往幼儿园的方向去，满心都是她泪光闪闪的大眼睛。

幼儿园门口，一小撮人聚在一起，视线却朝着同一个方向。那里，一个男人双手插兜，沉默地应对着来自对面的注视和议论。此时的囡囡躲在朱老师、秦阿姨和朱崇的身后，从人群的缝隙中好奇地向对面张望。

他怎么还没走？居然还跑到囡囡的幼儿园来，不知道要做什么。忽然，我心念一动，不禁有些慌乱。朱崇曾说："囡囡整张脸上最像你的就是那两只眼睛，乍一看很安静，有点儿冷，可仔细看却有无穷的变幻。"可我没告诉他的是，囡囡的眼睛更像她爸爸，温柔中透着坚毅。

或许，这正是吴予舟出现在这里的原因。

我走到他们中间，背对着吴予舟，对秦阿姨和朱崇说："我们回家吧。"

朱老师凑近我，小声说："那个男人说是你的朋友，我没见过他，就没让他接近囡囡。你认识他吗？如果不认识，要不要报警？"

"不用了，没事。以后他如果再来，您别理他就行。"我说。

朱老师若有所悟地看看我，又看看吴予舟，说："好的。"

或许是猜到了什么，朱崟一只手拉起囡囡，一只手拉起我，说："走！回家！"

秦阿姨赶忙上前，试图分开我们："牧童的手受伤了，不能这么拉扯。"

朱崟这才发现我的手上缠着纱布。经过一天一夜，纱布已经不复昨晚的雪白，松松垮垮，还显得有些脏。

"你是不是没去诊所呀？"秦阿姨问，"咦？你的手怎么这么热？"她把手背贴在我的额头上，"哎哟，发烧了！不行不行，得赶紧去医院！你这个手怕是要麻烦了……"

"秦阿姨，"我连忙安抚她，"您先带囡囡回家做饭吧，朱崟陪我去就行。"

秦阿姨略一迟疑，说："好，有事给我打电话。"

我点点头，任由朱崟扶着我站在路边打车。可是车来车往，没有一辆在我们面前停留。

一直在旁边默不作声的吴予舟此时走上前来，说："坐我的车吧。"

"不必了！"朱崟断然拒绝，搂着我的手又紧了紧。

"现在是下班高峰期，不好打车。你看看她那样儿……"

朱崟看看我，又摸摸我的额头，眉毛皱成了一团。

"走吧。"我有气无力地说。此时我的太阳穴上像是有个锥子要从头骨缝里钻进去。

依旧是上次那家医院，只不过换了个科室。

外科主任看了看我的手，说："唔，伤口处理得太简单，有点儿感染了，所以才发烧。先验个血吧，可能要打点儿抗生素。"

小护士为我把电动沙发往下倾斜了一些，问："这样可以吗？"

我点点头："很舒服。"

过了一会儿，她拿来一张薄毯给我盖上，又在输液管旁边放了个小小的热水袋。

我看着她细心地做完这一切，问："你们医院真好，普通病人都有这样的待遇吗？"

她笑得像是阳光下微风拂过的山茶花："休息一会儿吧。"随后，她冲朱崇说，"那里有个按钮，快输完了按一下我就过来。"

自从上了车，朱崇一直没怎么说话，不时地看向驾驶座，又看向我。

此时，他摸了摸热水袋，说："你的手是怎么回事？怎么受伤了也不告诉我？"

我把昨晚的事简单说了一遍，略去了楚湘亭和唐启发。

他瞪大了眼睛问："居然会有这种事！"接着他想了想，说，"那个什么造型工作室你还是别去了，都是些什么乱七八糟的人！钱不够用我这儿有，等诊所步入正轨了，我挣钱养活你和囡囡不成问题，你在家好好画画就行了。"

不知为什么，这感觉我似曾相识。

我说："工作室不乱，这次是特殊情况。我喜欢那个工作，再说只是兼职，耽误不了太多时间。"

他依然苦口婆心："可那毕竟是个伺候人的活，你一个国外留学回来的艺术家，何必给那些人涂脂抹粉弄头发呢？"

那你不是还给人拔牙呢吗？有些人一张嘴臭气熏天，你不是也得忍着？但我什么也没说，只是闭着眼睛。

静了一会儿，他问："那个男人……是囡囡的爸爸吗？"

我睁开眼睛："不是。"

"那他是什么人？为什么来找囡囡？"

"一个藏家，想从我手里低价买画，我说所有的画都签给了画廊，不能私下出售。他不死心，一直没走……"我闭上眼睛开始胡说八道。

"怎么这么死缠烂打？要不是看在他把你送到医院的分上，我……"

"唉！那种人，你别理他就行了。"

朱崇还在嘀咕："这才回来没几天，怎么就遇到这么多事？太不安全了！要不，要不咱们还是回加拿大吧？那儿没什么人，就咱们自己……"

我看着他，认真地说："我很喜欢我们现在的生活。这里有我的老师和朋友们，我可以做喜欢的事情养活自己和孩子，这样挺好的，我不想改变！再说了，你答应了和朋友一起创业，这才刚开始就撂挑子，怎么行？"

他低着头，好一会儿没出声。

过了一会儿，他说："那好吧。但是以后如果你要出去或者晚归，必须得和我说一声，不然我不放心。"

我又闭上眼睛，既没说好，也没说不好。

我沿着来时的路一直走回幼儿园，囡囡和秦阿姨居然还没走。她俩呆呆地望着某个方向。

我问："你们在看什么？"

"看爸爸。"囡囡说。

爸爸？我顺着她们的视线看过去，从漆黑的夜色中走出两个人，一个是朱崇，一个是吴予舟。他们走到囡囡面前，一人拉起囡囡的一只小手，朝着不同的方向准备离开。

我大叫："放手！这样不行！"

可他们谁也不理我，还是执拗地向着两个不同的方向使劲拉扯囡囡。囡囡被两只大手拽着，脚已经离开了地面，却一声不吭。

我慌了，这是怎么回事？秦阿姨，秦阿姨呢？我环顾四周，秦阿姨早已不见了踪影……

突然一阵刺痛，我睁开眼睛，又看见了那位笑颜如花的小护士。

"好点儿了吗？"她问。

似乎是好多了，头没那么疼，神志也清醒了许多。

朱崇扶我坐起来。

我说："好多了。头还有点儿晕。"

"走吧，回家好好休息几天。以后每天上午我陪你来换药。"

"不用来这儿，去家门口的小诊所就行。"

"好。"

出了诊室的门，我看见一个人正靠墙站着。不知道他已经在那里站了多久，直到我们从他身边经过，他也纹丝不动。

我说："谢谢。以后不要再见了。"

他还是不声不响地站着，像是什么都没听见。

9. 吴警官的疑惑

第二天醒来，已经上午九点多了。家里很安静。

餐桌上有张字条：朱先生送囡囡去幼儿园了，我出去买菜，锅里有早饭。

吃饭时，电话突然响起。

"隋小姐你好，下午如果有空的话，能不能找个地方坐坐？我有几个问题想问你。"吴警官说。

"可以，我家附近有个咖啡馆，就在那儿吧。"我说。

下午两点，我准时推开咖啡馆的玻璃门。

吴警官身着便装坐在窗边，显得比平时随和不少。

"你喝什么？美式还是拿铁？"他问。

"我不喝咖啡，来杯果汁吧。"

在加拿大的这几年，我时常觉得昏昏沉沉，但我并不想借助咖啡因提神，有时睡着了，反而没那么多烦恼。

"国外回来的人很少不喝咖啡。"吴警官说。

"我不赶那个时髦。"我说，"开门见山吧。"

他点点头："那天救你的是什么人？"

我抱着胳膊，犹豫着该怎么回答。

"他只是我的一个老朋友，吴警官对出现在我身边的每一个人都心存怀疑吗？"

"嘿，"他笑了一下，并不遮掩，"保持怀疑是警察的职业习惯。他是你的什么朋友？"

"严格意义上说，他不算我的朋友，而是我一个朋友的朋友，关系远得没法再远了。那天他只是恰好路过。"

"恰好路过？"吴警官斜眼看我，表情就和我听见唐启发说这话时一模一样，"那种情况，即使是我恰好路过，也不见得能察觉出有什么异常，更别提救人了，除非他在附近观察了很久。"

他很敏锐，这种小伎俩根本骗不了他。

"他并不是为了救我，主要是为了救那位楚小姐。他们是一起来的。"

"你这话就前后矛盾了。刚才你还说他是恰好路过，现在又说是和楚小姐一起的。"他露出狐狸一样的笑容，说，"看来隋小姐是有话不想跟我说呀。"

"你问他干什么？他是你们要抓的逃犯吗？"

"哟！急了。"他笑起来，"很多事情，做的人自以为做得高明，可做了就是做了，一定会留下痕迹。"

我努力按下心中的烦躁，问："吴警官，你的全名叫什么？"

他没想到我会突然这么问，愣了一下才说："吴昀辉。"

"嗯。"我点点头，继续问，"你是哪个学校毕业的？"

虽然满腹狐疑，但他还是回答："市警院。"

"你上大学的时候谈过恋爱吗？"

"你问这个干什么？"他向后一靠，摆出一副不愿配合的姿态。

"当初你和恋人分手，是她把你甩了吧？"

他的剑眉猛地向上一提，眼睛像射灯一样打在我的脸上。如果我是个男人，恐怕会被他揪着领子拎起来。

我说："哟！急了。原来你也会不高兴，是因为我说得对还是不对？"

他眯起眼睛，我知道自己已经成功地激怒了他。

"我不知道你们为什么始终觉得铃兰被打是我策划的。不瞒你说，别说是你，就连我父亲都觉得这事肯定和我有关。很明显，铃兰也是这么认为的。我没法证明自己是无辜的，就像你没有证据证明我有罪一样。现在我已经没有义务再陪着你浪费时间了，可我还坐在这里，是因为我尊重你的工作。你有你的过去，或许你不想让人知道，这无关谁对谁错。我也一样，有很多人、很多事我也不想再提起，那是我的隐私！你或许觉得我一直不配合，确实，我不知道该怎么配合一个整天想要把罪名硬扣到我头上的人！"

在听这番话的时候，吴警官一直半垂着头，盯着他面前的咖啡一动不动，像是下一秒就有什么东西要从厚厚的奶泡里冒出来。过了好一会儿，他的两只手突然在脸上用力地来回搓了几下，搓完后，便像是换了一副面孔。

他说："铃兰被一个神秘的人打了，你说你不知道有这么个人……好，我姑且相信你。对，你说的话没错，虽然没有证据证明这事是你干的，可是你也说了，大家都觉得和你有关。你难道不想知道究竟是谁干的吗？为了洗脱你的嫌疑，我得把你身边所有的人都仔仔细细地筛查一遍。这是为你好，也是我的工作。"

他终于拿出了让我觉得还算诚恳的态度。

"他是我前男友的朋友。"我说，"我和前男友分手后就出国了，上次见到他，也是这些年来的第一次。"

"你前男友是干什么的？"

"搞科研的，部队的单位。"

"这个人呢？"

"他们是同事。"

"那他以前是干什么的？"

"在地方部队当兵。"

"那就对了。"

"什么意思？"我不明白。

"那天我们赶到的时候，想着如果正门进不去，就需要有人从阳台进入。可那个时候我们就发现已经有人上去了。他的身手很好，一看就知道是练过的。后来我和他握手，发现他指腹有茧，那种位置上有茧，说明他是拿过枪的人。"

"你怀疑是他打了铃兰？他们不认识，为什么要这么做？"

他没回答我这个问题。

"他和你前男友关系很好？"

"很好。"估计亲兄弟也不见得比他们之间的感情更深厚。

"你们为什么分手？哦，"他解释说，"我无意探听你的隐私……"

我已经习惯了他这种八竿子打不着的提问方式。

"被人甩了。"我说。

"为什么？"他很惊讶。

"可能是……门不当户不对吧。"

"他们家很穷？"说完，他觉得不对，"不应该呀，那他应该更珍惜才对。"

"不是，他们家很……"我不知该怎么形容，"总之，是我高攀了。"

"不会吧？据我了解，你家庭条件不错，就算不是大富大贵，也算是殷实人家，何况你还才貌双全，对方还想怎样？"

我笑起来，权当他是在夸我："只能说明我有的人家都有，可人家想要的，我没有。"

吴警官耸耸眉毛，问："你说这个人，我记得他姓……唐？是跟着楚小姐一起的？"

"他说……他是跟着楚小姐来的。"

"跟着？他和楚小姐又是什么关系？"

"楚小姐和我前男友是表兄妹。"

"噢……"他恍然大悟，"他为什么要跟着楚小姐？他们俩同时出现在你的工作室楼下，你不觉得奇怪吗？"

这也是我想知道的问题。

吴警官看出我的困惑，说："楚小姐去找你干什么？"

"不知道，她很晚才来，说是想过来坐坐。我们还没来得及说上几句话，就出了那事。"

"看来，她是有重要的事要找你谈。"吴警官两手抱在脑后，"我越来越好奇了。"他狡黠地看着我，说，"你不好奇她找你干什么吗?"

10. 醒悟

心烦意乱，反正不能画画，我干脆找了个驾校，想着把车学会，以后就可以自己开车带着囡囡到处玩了。

临近科目三考试时，我给老童打了个电话："爸，下周您来接囡囡吧，她想和你们一起过暑假。"

"好好好!"老童很高兴。

老童接了囡囡，几乎未停留，当天下午就回去了。我望着远去的火车默默地想，有人替我回家团聚，挺好。

买车的那天，我叫上了方心和老鲁。三个人叽叽喳喳地转遍了整个汽车市场，最终选了一辆"鸡仔黄"的小POLO。

"妈呀，这颜色……太纯了!"老鲁撇着嘴说。

"你懂什么!"方心一巴掌拍在他肩上，"囡囡肯定喜欢!"

"哦哦，"老鲁如梦方醒，"你要这么说，我就没话说了。回头你在前灯上贴一对儿长睫毛，顶上粘个粉色的蝴蝶结，囡囡肯定更喜欢。"

导购不明所以，煞有介事地说："可以啊，那些配饰我们这里都有，跟内饰一起做还能打折。"

我连连摆手："不用不用，太夸张了。"

老鲁待导购去开票时对我说："要真把车弄成那样，我可不敢坐，你也别来学校找我，丢不起那人!"刚说完，他身上又挨了方心一巴掌。

我们三人合力，小心翼翼地把车开到超市，买了一大堆菜，又小心翼翼地开回住处。为了庆祝，我计划了一大桌子菜，方心给我打下手，留老鲁一个人在客厅看电视。

我向客厅瞅了一眼，说："你和老鲁……"

"唉！没可能啊！"方心赶紧截住我的话头。

"我还什么都没说呢，你就急着反驳，心里有鬼啊？"

她白我一眼，脸却微微红了。

"没可能？"我斜睨着她，"你俩分明是一个愿打，一个愿挨。"

她向客厅里望了一眼，迟疑道："我也说不好，就是觉得和他在一起特别轻松愉快，没有丝毫压力，而且……很有安全感。"

"这些在陆奕然身上体会不到吗？"我问。

她把白菜叶子一片一片地撕下来，整齐地码在一起，说："我们在一起的阻力太多了。他最早给我的就是安全感，可是后来……"她白了我一眼，"连仅剩的这一点点好也没有了。"

"怪我。"我说。

"不怪你。苍蝇不叮无缝的蛋，说白了还是不合适。"

"你说谁是苍蝇谁是蛋？"我抓起一把大葱抽她，她咯咯笑着左右躲闪。

"好了好了！说说你吧，你和朱崇怎么样？"

"我也不知道。我现在脑子很乱。最开始我是想报复的，所以把囡囡带了回来。可是和孩子相处了一段时间，我越来越觉得愧疚。我从没对她好过，之前想把她带在身边，也是为了利用她。她那么单纯，我真是糟糕透顶……现在，我只想和囡囡好好生活，给她更好的教育。如果朱崇是我能找到的对她最好的男人，嫁给他也未尝不可。"

"你不能为了孩子随便找个人嫁了！"方心的语气不容置疑，"母亲和孩子都是独立的人，你可以为了孩子付出，但要适可而止。假如囡囡长大了，发现你为她葬送了自己一生的幸福，她要背负多大的心理负担？这不像你说的话，你什么时候变得这么庸俗？"

我无言以对。

方心洗菜、切菜，翻箱倒柜地找各种盛器，看起来比我更像宴客的主妇。过了好一会儿，她说："还有，那个吴予舟，我越想越觉得不对劲。他要是想跟你玩玩，求什么婚呀？男人不可能给自己挖这种坑，更何况他这种高智商的男人。"

我把两家的渊源简单地说了一遍。

"他们一直在找当年的恩人，那年爷爷病重，我们每天都通电话，他对爷爷的病情很关心，或许那时他已经怀疑我爷爷就是他们要找的人。回京后他突然向我求婚。可是还没等我考虑好，楚湘亭却拿着他和魏筱云的订婚宴邀请函来给我看……他们那样的家世，找门当户对的家庭联姻也是正常的。现在想想，其实我早就料到可能会有这么一出，只是心存幻想罢了。我就是气他明知没有结果又何必招惹我？既然有恩，又为什么恩将仇报，把我坑得这么惨？……还有楚湘亭，哪怕不行，也没有必要羞辱我……"

方心替我擦掉委屈的眼泪。

"可你即使那么恨，关键时刻还是护住了她。"

"所以我是个傻瓜！"我把黄瓜拍得汁水四处飞溅。

方心搂着我，说："那是因为你善良，你是好姑娘。算了！如果这两个人都不行，那我们就去找第三个、第四个……找一堆！总会有一个对的人！"

我被她逗得笑起来："为什么非得有男人？"

晚饭很丰盛。

老鲁问："常恺两口子什么时候回来？"

我说："二哥还有两个展览，以前就约好的，得完成了才能回来。"

老鲁说："回来吧，都回来，聚在一起热闹。"他把剥好的虾仁推到方心面前，说，"对了，当年你出国没多久，有个男人去学校找过你。"

我和方心对视一眼。

方心问："叫什么名字？"

"不记得了。我只记得他穿着军装，手里拎着个旅行袋，风尘仆仆的，像是刚从什么地方回来。"

方心见我只顾低头吃菜，问："长得帅吗？"

我瞪她一眼，她咯咯地笑起来。

"挺帅的。"老鲁说，"他说出差执行任务去了，没接到你的电话。我告诉他你出国了，他还以为我在逗他。我逗他干什么？我又不认识他……"

原来他当时出差去了，后来还找过我……可那又能改变什么呢？倒不如像现在这样也好，长痛不如短痛。

11. 自白

精致的小勺隐没在深褐色的旋涡里，一圈又一圈，却没能搅动我心中的波澜。

对面的这个女人，每次见面给我的感受都截然不同。她已经和我第一次见到她时大不一样了。虽然那时的她也是自信的，但与如今的她相比，举手投足间少了沉稳与老练。

她拿起沙发角落里那个镶着名牌标志的小包，从里面抽出一张银行卡放在了桌上。

又是钱！我暗暗地叹了口气。

她看起来有些局促。

"我不知道该怎么说。总之，这是我的一点点心意。你知道我的意思，这不只是为前阵子那件事，还有……"

还有什么呢？为过去那些难听的实话吗？

我说："真的没这个必要。前几天吴予舟已经替你表达过谢意了。我保护你不是为了钱，只是下意识的反应，毕竟你要是有个三长两短，我搭上这条小命也赔不起。"

她连连摆手。

"你千万别这么说。我只是觉得……你一个人带着个孩子，也挺不容易的。所以……"

"所以你想帮我？那就更没必要了。我有胳膊有腿，画卖得挺好，在夏韵工作室也很受欢迎，养活自己和孩子没问题。你看，我还请了保姆。虽然我们的生活和你们没法比，但也算丰衣足食，用不着你们可怜。"

"不是可怜！我……"她斟酌了好一会儿，终于下定决心，"你老实跟我说，那个孩子是谁的？"

"我的。"

"爸爸是谁？"

"没有爸爸。"

"不可能！"

"怎么不可能？现在科技这么发达！"

"那你吃饱撑着了？一个年轻女孩不结婚，跑到国外去弄个孩子养？"

"不行吗？我们搞艺术的人的想法你们没法理解。"我又开始胡说八道。

"你别再唬我了！基因这个东西骗不了人！囡囡那双眼睛，跟我哥小时候照片上的一模一样！"

我突然一阵恐慌。

"这事都过去了，你们还想干什么？"我站起来要走，"如果你们还是觉得我碍事，那我明天就离开，再也不回来，总行了吧？"

她探出上半身攥住我，丝毫不顾及淑女形象："今天就咱俩，你跟我说实话，我也跟你说实话！"

经她一再保证不会对我和囡囡做任何不利的事情，我才又半信半疑地坐了回去。更重要的是，我想知道她口中的"实话"究竟是什么。

"你骗过我？"我单刀直入。

她像被烫了一下，但立刻恢复了正襟危坐。

"其实……"她并不看我，手里那张漂亮的印花手帕纸被她搓成卷、捋平，又搓成卷，又捋平……"其实当年给你看的那张请柬……是假的……"

"假的？"心湖里被投进了一颗大石头，溅起巨大的浪花。

"那不是我的主意！"她辩解道，"起初，我对你挺有好感的，真的。可是你知道，小云姐是我的好朋友，我一早就知道她的心思，她喜欢我表哥不是一天两天了，所以我才会暗示你不要和我表哥走得太近。可是后来你们好像真的开始谈起恋爱来了，我就觉得事情不妙。小云姐一直在想各种办法讨吴家老人的欢心，老人们似乎都很喜欢她，两家人也极力撮合。我表哥一直是吴家老辈人眼里最得宠的孩子，特别是他爷爷，对他很看重，他的婚事肯定不能有半点马虎。那次他带你去安徽，其实我是知道的，但他不许我说出去。他说有自己的安排，让我只管装聋作哑。所以任凭小云姐在我面前如何软磨硬泡，我也没敢透露半个字……"

说到这儿，她看了我一眼，又迅速垂下目光。

"一边要帮表哥死守秘密，一边还要装模作样地帮小云姐打探消息，我实在受不了了，只得隔三差五地跑到国外躲清静。再后来，你们在'Feeling'发生争执，小云姐气得要命，回来的路上一直说要找机会整你。我怕闹出大事，就自告奋勇地说帮她查查你的底细。其实做这件事，我也有我的私心。我就是想看看，到底是什么样的女人能让我表哥这么神魂颠倒，放着条件这么好的追求者都不要。没想到这么一查，就查出了问题……"

她抬起头，目光中露出了不怒自威的神色。她说："你在学校里的风评并不好。有人说，大学的时候就有男生为你争风吃醋，还搞得一个女生退学了。"

我并不辩解，安静地等着她继续说。

"曾经，你和一个业界有名的画家同居，住在他的东郊别墅长达两个月。后来那人出国了，你仍旧住在他的房子里。还有，你和你们系的年轻老师关系也很不一般，他对你各种照顾，还帮你争取到了保研名额。对于这些事，你有什么话说吗？"

"还有别的吗？"我说，"跟你说这些话的人是不是叫铃兰？"

"怎么？她说得不对？"

"她说得对不对不重要，重要的是，她给的就是你想要的答案。否则你会向更多的人求证，如果你能问到第三个人，不，哪怕只问到第二个人，或许就会得到不一样的结果。可是你不敢问，万一别人说得不一样，你又会陷入原先的尴尬境地。你想赶紧解脱，顺便也能卖给你的好朋友一个人情。"

楚湘亭的脸色不太好看。那张纸巾被她紧紧地攥在手里，几乎要滴出水来。

我继续说："所以你立刻兴高采烈地回去，和魏筱云密谋策划了一场骗局。在你的心里早就盘算好了，整件事只需要牺牲我一个人而已，其他人没有任何损失。至于吴予舟，他不过是失去一个对他来说并不值得交往的对象，过几年也就忘了。对不对？这就是你的小算盘！"

她彻底放弃了抵抗。

她说："我今天来并不奢望能得到你的原谅。我没想到事情会发展到今天这个局面。见到囡囡的那一刻，我就知道事情恐怕瞒不住了。事到如今只求你告诉我一句实话，囡囡究竟是不是我表哥的孩子？"

"事情瞒不住了才来找我坦白？你是害怕没法为自己做过的事埋单吧？如果我说，囡囡不是吴予舟的孩子，你是不是要去庆祝一下？证明当年的事你没做错。即使你哥知道了也无所谓，你会说：'看吧，这个女人和我当初说的一样，生活作风很有问题，根本就配不上你。'可是如果我说是，你又会怎么做？趁机做一个好人，让我对你不计前嫌，说不定你还能得到不少好处？"

她的表情完全凝固了，刚见面时的生动半分也没留下。

"我就不告诉你！"我起身离开。走了几步，我又折回来，说："谢谢你告诉我这么多，让我知道吴予舟是个多么好的男人。是，我不配做他的爱人，可你也不配当他的表妹！"

12. 雨夜

八月中旬的一天，小康说有个画家挺喜欢我的作品，正好他今天也在画廊，问我有没有空过去聊聊。我便开着小车欣然前往。

没想到那位画家比我大不了几岁，还和二哥读的是同一所学校。顾冬青？我似乎在哪本艺术杂志上见过他的名字，如今能得到这样的同行的认可，我不禁暗自窃喜。

"你知道常恺吗？他比你高几届。"我说。

"知道啊！"他眼睛一亮，"他可是我的学长，我们学院的名人！他现在的画售价很高了！那绝对是我的偶像！"他见我点头微笑，问，"怎么，你认识他？"

我十分得意，说："他是我二哥。"

"哟！那我今天真是来着了！幸会幸会！"他再次向我伸出手，"这样吧，咱们一起吃午饭，下午去我画室看看，给我指点指点。"

"不敢不敢，向您学习。"如今我已熟稔这种客套的礼仪。

到他位于艺术区的画室时，已经是下午四点了。这里离市区有一段不短的路程，我开着小 POLO 跟在他的"宝马"车后面，绕来绕去几乎迷路，只记得经过一个公交车站，站牌上写着"901"。越往艺术区的中心地带走，房屋结构越奇特——原本杂乱无章的红砖楼和破院子改头换面，造型独特又时尚，已经完全看不出过去的影子。这里俨然是一个让艺术家放飞想象力的"乌托邦"。

车驶到一条不那么宽敞的小路上后，顾冬青从车窗伸出手，示意我把车停在路边。

一枝桂花不甘寂寞，探出青灰色的院墙。金灿灿的花瓣被风吹落一地，铺成了散发着醉人香气的地毯。顾冬青推开黑色的大门，引我沿着青砖和鹅卵石铺就的甬道向里走去。

"真有情调啊！这是你自己设计的?"我驻足观赏小池塘里一片片可爱的莲叶，问道。

"对！全是我自己设计的。我把正屋朝南的一整面墙都换成了玻璃，顶上又开了几扇天窗，做成了天光画室。阳光照进来的时候特别舒服。"他看了看天，"可惜今天没有太阳。"

院子里有个葡萄架，结出了一串串绿色的小葡萄，亚光的，看上去像是模具里刚倒出来的半成品。

"真可爱！"我伸手摸了摸那些刚长成的小葡萄。

"坐！喝点儿茶！"他说。

葡萄叶随风翻飞，抚摸着怀里的小葡萄们。

我喝了口醇香的茶，指着另一边用青砖砌成的屋子，问："那里是卧室吗？"

"对。那边是仓库和客房。我经常有朋友过来，兴起时聊到半夜，朋友就在这里留宿一晚。"

"真好。"我由衷地赞叹。

顾冬青的画室和二哥的画室风格截然不同。如果说二哥的画室是诗人构建的天堂，那么这里则是将设计与居住完美结合的所在。

"喜欢吗？"他笑着问。

我点点头。

天色以不同寻常的速度阴沉下来，风也越来越大。他带我躲进画室，打开所有的日光灯。画室里立刻亮如白昼，像是阳光重新照进来。

"我这里的灯都是标准的自然光色温，即使夜间也和白天一样，通宵工作都没问题。"他说。

正说着，远处传来阵阵闷响，开始有雨点落在窗户上。很快，雨点连成了线，线又连成片。

"不行，我得走了，像是要下大雨。"我抓起包想要冲出去。

"没事儿，北京的雨一会儿就停，别看这会儿天黑，下不了几分钟就亮回来了。再坐会儿吧！"

听他这么说，想着这会儿开车出去也不安全，我只好又坐回去。很快，开天辟地般的几道闪电之后，窗户彻底模糊了，仿佛是瀑布从天上落下来。

我十分不安，却听顾冬青问："哎？常恺姓常，你姓隋，你们是表兄妹？"

"哦，"我回过神来，"不是。其实我们没有血缘关系，只不过他以前和我父亲学画，很照顾我。"

"这样啊……"他一副恍然大悟的样子，"听说你……是一个人带着孩子？"

我没心思再聊下去，抓起包，说："我先走了，这雨有点儿吓人。"

"没事没事，再坐会儿嘛！"他也站起身，想要拉住我的衣袖。

我下意识地一躲，他的手尴尬地悬在了半空："这么着急干什么，这雨一会儿就停……大不了，就在这儿住一晚……"

逃跑似的冲进大雨，像是一头扎进了海里。我一口气冲上车，锁上车门，发动车子，小心翼翼又义无反顾地钻进了无边的混沌。

天黑得吓人，小POLO射出的微弱光柱在两三米开外便消失了。雨刮器的速度已是最快仍然刮不开眼前的虚无。我停下车，在原地等了一会儿，忽然一个巨大的黑影经过，溅起的巨浪几乎瞬间就要把我淹没。

是901路公交车！它的另一端正连接着繁华的市中心！

我赶紧挂挡，小心地跟在它后面。它庞大的身躯在前面开路，高大的尾灯为我照亮了眼前的路况。积水越来越深，901路公交车忽然停了下来。片刻之后，它又启动了！原来，司机是在目测水的深度。随后，车便开足马力，乘风破浪而去。

望着雨幕中依稀可辨的水面，教练的话在我脑海中响起：涉水时要一鼓作气地开过去，一旦熄火车便不能再打火，不然发动机就完了。我犹豫了一会儿，望着窗外浓得化不开的墨色，哆哆嗦嗦地挂上D挡，握紧方向盘，对小车，也对自己说："加油啊！"

油门上的脚控制不住地颤抖。我拼命地告诫自己，冲过去！别害怕！不能停！……终于，在脚趾快要彻底麻木的关头，我开车冲上了一个地势较高的小广场。等了一会儿，雨势似乎小了一些，我隐约看到远处有座立交桥，桥上的路灯反射出一片柔和的黄色光晕。那光晕时大时小，上下起伏，那里竟已是一片汪洋！

突然，从左侧车窗上传来咚咚的敲击声。我摇下车窗玻璃，一阵风裹着雨水挤进来，冻得我一阵寒战。

　　身穿保安制服的男人说："这里不让停车。"

　　"这是哪儿啊？"我问。

　　"这里是××博物馆，门口不让停车。"他说。

　　"我也不想停在这儿，可雨下成这样，到处都是水，还能去哪儿啊？"

　　"那没办法，领导规定这里不让停车，我也没办法。"雨水打在他的脸上，他执拗地说着。

　　"那你报警吧，让他们把我和车一起拖走！"说完，我摇上车窗玻璃不再理他，在微博上吐槽我现在的遭遇。

　　微博消息刚发出没多久，电话便响起来。

　　朱崇的语气很焦急："你在哪儿呢？一个人开车出去的？你怎么不跟我说一声？"

　　"没事，我现在很安全，在××博物馆这儿呢。"

　　"我去接你吧。"我听见了拉链滑动的声音。

　　"你别来！"我赶忙阻止他，"你也来不了，到处都是水，根本打不到车。再说这边水太深了，车也开不进来。你放心吧，我不出去，就在车里待着，等天亮了、安全了我再走。"

　　窸窸窣窣的声音慢下来。他说："那，那你注意安全，保持手机畅通。有事一定要马上给我打电话！"

　　朱崇的电话刚挂断，方心的电话又打进来了。

　　"都什么情况了还刷微博？赶紧给手机省点儿电吧！广播里说这雨几十年不遇！你现在待的地方安全吗？"

　　我看了眼黑暗处依稀可辨的博物馆大楼，盘算着要是这片广场也保不住了，我就冲进大楼里去，管他们领导同不同意！我说："幸亏刚加了油，现在我把车停在了安全的地方，放心吧。"

"那行，你就在那儿待着吧，你那二把刀的开车技术千万别冒险再开了，不行就在车里凑合一夜，明天再说。这雨太大了，北京什么时候下过这么大的雨呀……"

听着她唠唠叨叨，恐惧和不安立刻消失了大半。突然，听筒里响起嘀嘀的提示音。我看了一眼，是个陌生的座机号码。

"喂？"低沉的嗓音传过来。

那年我以为只要切断联系就可以了结一段无望的纠葛，然而就是这个声音，让我放弃了所有的抵抗。

风声、雨声、发动机声……全都消失了，只有重锤敲击胸膛的声音，又快又响，毫无章法。

"你待的地方地势够高吗？"他问。

"嗯。"我努力地从嗓子眼里挤出这个声音。

"待在原地别动。"他说。

"嗯。"

电话断了。我呆呆地望着车窗玻璃上无穷无尽的水流，就像从我的眼睛里流出来，又流进了心里。

朦胧间，我又回到了那个雨打芭蕉的徽州小镇，走在凹凸不平的石板路上，却感觉不到一点点湿意。远处有个院子，似乎有人在向我招手。我走过去，院门口的人却不见了……

嗵嗵嗵！

意识瞬间被拉回到现实。

一张模糊的脸出现在车窗外。

"快开门！"他说。

他像是刚游完泳，浑身上下没有一处干的地方。

见我呆呆地望着他，他说："新车？不好意思，给你弄脏了。"

我连忙摇头："没事。你……怎么过来的？"

"我把车放在901路公交车总站，从旁边的小路穿过来的。雨太大了，附近能走车的路都被淹了。"说着，他笑起来，"我还游了一段。"

可我一点也笑不出来。我伸手把空调的温度又调高了一些。温暖的风呼呼叫着扑面而来，掩盖了此时的尴尬。

"我没想到你会来……"

"孩子呢……"

我俩同时出声。

"我不放心……"

"回安徽了……"

我们都笑起来。笑完，又只剩下风声。

我说："谢谢你，这么晚，麻烦你了。"

他看了我一眼，说："就当是报恩吧。当年在查济，你不也是冒着大雨把我找回来的吗？"

如果时间能一直停在那个时候该多好啊！

我说："其实不用，无论是爷爷还是我，做那些事情都是心甘情愿的，不用回报。无论是恩还是怨，压在心头太久了就会成为负担，容易让人看不清自己的真心，日子也不知道该怎么过了。"

吴予舟静静地望着我："你全都知道了？"

"知道了。"我从包里掏出一张银行卡递给他，"我不知道这笔钱到底是谁给我的，但我想来想去，觉得应该和你有关系。你帮我查查是谁的，就还给谁吧。"

他没有接，疑惑地问："什么钱？"

"每年五万加币，四年一共二十万，转账的是一个陌生人。"

他皱眉仔细琢磨了一会儿，说："我会帮你查的，卡你先收好。"

他不接，我只得又把卡收回去。

"奶奶说，爷爷走的时候你们家有人去了，还给了很厚重的帛金。谢谢。"

他望着我，眼睛里全是无法言喻的无奈。

"为什么要走？即使不愿意结婚，也不用逃走，直接拒绝就行，我也不会怎样。"

"我要出国留学啊，计划内的，你突然求婚，打乱了我的计划。"

他讥讽道："得了吧，结了婚就不能去上学了？这个理由编得不好。"

我想了想，说："我是个艺术家，怎么能被婚姻和家庭束缚？难道我没告诉过你吗？我向往自由，无论是哪个方面。"

他抱着胳膊，面带讥诮地说："我记得有人说过，'愿得一心人，白首不相离'。说着玩儿的？"

"好吧，"我一副破罐子破摔的表情，"我说实话，那都是我演的，你们都被我骗了。我生活作风不好，脚踏好几条船，弄得男生们为我吃醋打架，又逼得女生退学。我还和老师关系暧昧，以此获得保研资格，还有……"我想了想，说，"对了，为了成名，我还和成功艺术家保持不正当的男女关系。城东别墅里住的不是我的亲戚，就是个和我没有任何血缘关系的男人。后来我玩砸了，被同学追着骂，学历资格考试也一直通不过，只好跑路了。"

他盯着我。那目光中有一种炙热的烧灼感，让我渐渐地败下阵来。我很不自在，以前也是这样，但凡听到什么莫名其妙的古怪言论，他就是这样的表情。

"那为什么要留下我们的孩子？"

"你不要搞错了！"我嚷起来，"谁说那是你的孩子……"

话音未落，他整个人向我压过来，健壮的身躯将我盘根错节地牢牢箍住，一张大嘴把我剩下的话全部堵了回去。他浑身冰凉，嘴里却像有一团火。他的放肆烫到了我。这不是我记忆中的那个人，陌生的感觉令我浑身战栗。愣怔了片刻，我很快反应过来，疯狂地抵抗。

然而徒劳。

我想咬他，却被他机敏地躲过去。他死死地箍住我，抽出一只手捏住我的下巴，让我失去了最后一个反抗的武器。突然间我迷惑了，究竟是我看错了他，还是他看错了我？他究竟是什么样的人？恐惧像海浪一样向我袭来，随之而来的，还有深深的失望……我放弃了抵抗。渐渐的，施加在我身上的力道减轻了，一种熟悉的感觉又回来了。难道这一切仍旧是梦？

很久很久以后，一个声音说："下意识的反应不会骗人。"

13. 梦境还是现实

雨停了。

吴予舟说："我来开车，试试看能不能出去。"

我乖乖地和他换了位置。在梦里始终是这样，他说什么就是什么。

他驾驶着"挪亚方舟"带着我乘风破浪、跋山涉水，就在广播播报深夜一点整时，我们离开了小路，驶上了主路。奔驰、宝马、奥迪……都被丢弃在了主路上，横七竖八，停得毫无章法。

"那个朱崇……是你现在的男朋友？"他突然问。

"不是。"我说。

"他或许不那么认为。"

我愣愣地看着只有在美国大片里才能看见的惊心动魄的场景，感觉整个脑袋都是木的。

正在这时，朱崇的电话来了。

"你怎么样？"

"没事。"我看了眼驾驶座上的人，说，"我要睡了。手机快没电了，等明天充上电我再再和你联系。"说完，我关闭了手机。

他看了我一眼，没再说话。

突然他一个急刹，把车停在了路边。这时我才发现立交桥下正站着三男一女，看样子不像是一起的。其中两男一女身边都靠着箱子，还有一个则一副大学生的模样，只背了一个背包。

吴予舟跳下车，不知对他们说了些什么，其中一男一女频频点头，女人更是露出了欣喜的表情。他随即掏出手机打了个电话，另外两个人也兴奋起来，背包的男孩还向他鞠了一躬。一男一女跟着他走到车边，把行李塞进了后备厢。

女人上车看见我，立刻感激地说："太感谢你们了，要不是遇到你们，我不知道什么时候才能回家。"

男人也双手合十道："谢谢，谢谢！"

吴予舟系上安全带，说："这种情况确实出乎意料，谁看见都会帮忙的，不用客气。"

女人说："我们几个从机场大巴上下来，在这等了一个多小时也没打到出租车。"

吴予舟说："今天雨太大，很多路都被淹了，出租车过不来。"

"原来是这样。"男人说，"多少年都没见过这样大的雨，真是吓人。我们走时机场里也困了好多人，恐怕他们都要在机场过夜了。"

吴予舟又掏出手机，不知拨给谁。他说："机场被困了很多人，你找几辆能涉水的车过去接一下。我的车在901路桥头公交总站，你去开吧。"

我又想起那个雨夜里拉我进家门，给了我一碗热水的老石头，还有被老石头攥得热乎乎的几百块钱。这些事在他身上都发生得极其自然。我看了眼后座瑟瑟发抖的女人，开大了车里的暖风。

到家已经深夜两点多。我说："你把车开走吧，有空再送回来，没空的话……我自己去取。"

"不必麻烦了，"他闭上眼把头靠在车座上，显得十分疲惫，"我在车里睡一会儿，天亮了就走。"

等我再睁开眼，看见阳光几乎刺穿了窗帘，才意识到自己终于醒了。窗外人来人往，大爷依旧在小花园里撞树，大妈照常拎着大袋子，时不时把蹿出来的大葱往里塞一塞。我的小车也依然停在原来的地方。我长长地舒了口气。

走到小车旁，我伸手一拉，门开了。难道昨晚忘了锁车？我赶忙坐进去，却发现了副驾驶座上放着一张叠得整整齐齐的薄毯。我愣住了，昨晚的一切难道不是梦？我抓起薄毯闻了闻，啪嗒一声，一个东西掉在了腿上，是车钥匙，被藏在了毯子里。

直到方心进了门，我还是恍恍惚惚的。

"你说昨晚是吴予舟带你回来的？"鞋还没换好，她就迫不及待地问。

"我真的搞不清楚，最近我越来越分不清梦境和现实了。"

"没发烧。"她摸摸我的头说，"你一定是被幸福冲昏了头脑。昨晚你打电话告诉我你在外面，肯定不会错。现在你在家，要不是吴予舟，谁能把你带回来？难道是你自己开车回来的？那不可能！"

是的，那不可能，我没那个本事。

"真像一个梦啊……"我叹道。

"那你们和好了？"方心充满期盼地问。

我不知该如何回答这个问题。

"方心,"我说,"你说得对,我不能因为囡囡而勉强和谁在一起。"

"那你是准备 pass 掉朱崇了?"

"别说得那么难听。我是说,我和吴予舟都分开那么多年了,要是人家结婚了呢?有孩子了呢?不能因为孩子给人家添麻烦。"

方心咬着嘴唇想了半天,说:"你还喜欢他吗?"

"喜欢。"我说,"现在更喜欢了。"虽然很不好意思,但扭扭捏捏不是我的个性。

"那就去问问吧!"方心说。

直到下午我才给朱崇打电话。我想了很久,决定对他说实话。他是个好人,无论出于什么理由,我都不能对不起他。

我说:"朱崇,我是昨天夜里两点多到家的,不是我自己开车回来,是囡囡的爸爸把我带回来的。"

电话那头的人没说话。过了好久,他说:"我知道了。"

14. 大爷爷

还没等我想好该怎样跟吴予舟开口,唐启发突然出现了。

车开了很长时间,离开市区后盘上了山间的小路。我们在一所疗养院里转了一会儿,车停在了一座灰色的小楼前。

楼前站着一位中年妇女对唐启发喊:"在后面呢!"

唐启发点点头,引着我往楼后的山坡上走。

坡上开了几块菜地,绿叶菜长得郁郁葱葱。

一个老头坐在轮椅上,举着根拐棍指指点点:"那个……那个……还有那个……"

我在他身后站了一会儿，他毫无察觉，仍旧专心地指点着菜园子里的"江山"。

唐启发弯下腰，在他耳边说了句话。他猛地回过头，混浊却锐利的目光穿过层层皱纹在我脸上停留了好一会儿，然后他说："回屋！"

他指使其他人弄了好多吃的东西。

我说："别忙了，吃不了。"

他说："吃！吃！都是自己种的，好吃！"说完，递给我一根翠绿的黄瓜。

他指着我对唐启发说："你看看，我就说小舟子怎么能看上吴非的孙女？那个家伙又黑又壮的，生个孙女还不得像个女张飞！哦……搞了半天是这样的。好！好！恐怕你是像你奶奶！"

唐启发在一旁笑着说："瞧您这话说得……"

吴老爷子并不理会，又说："吃啊，好吃！"

我只得举着那根黄瓜佯装要啃。

他问："家里人都还好吧？"

"好，都很好。"

"唔……那就好……那就好……"他双手挂在拐棍上，微垂着头，似乎陷入了沉思。

过了好一会儿，我几乎听见了他微微的鼾声。唐启发咧嘴冲我笑，上前轻轻唤他："老爷子……"

"哦！"他醒转过来，问，"我睡着了？"

"没有没有，"唐启发指指我，"人还坐着呢！"

"唔！我知道！"他又望向我，目光却不似刚才那般温和，掺杂了一丝不易察觉的严厉。他说："小舟子和你的事，我都知道了。你受委屈了。不过你走得好！你走了，就替我解了围。你和我那个弟弟一样，不爱给人添麻烦。"

我从包里取出那张银行卡，推到他面前，说："大爷爷，这钱……是您让人给我转的吧？"

他眯着眼睛看了眼，问唐启发："一共转了多少钱？"

唐启发竖起两根手指："一共二十万。"

吴老爷子看着我，语气不容置喙："那就对了。长辈给的钱，必须得拿着！收起来！"

我还想拒绝，唐启发说："给你的，你就收着吧！"说完，还冲我眨眨眼。

之后，他又絮絮叨叨地给我讲了很多过去的事。他说我爷爷确实有过一个小妹妹，当年在南京没跑出来，那结果，自然不必说了。他还说了一些我爷爷年轻时候的事，那时候我爷爷还没遇上我奶奶。我爷爷救下他之后，带着他一路颠簸。后来他们几经周折，辗转投奔了新四军。再后来，他们一个北上去了前线，一个南下进入了敌后。解放后，吴老爷子一心想把我爷爷弄到北京来，只不过那时，我爷爷遇到了我奶奶……

临走时，他说："我孙子年纪不小了，你要是不嫌弃，就跟着他吧。过阵子把孩子带来让我看看……"然后，他就靠在椅背上，望着窗外的夕阳，挥了挥手。

回去的路上，我问唐启发："吴予舟一直没结婚？"

唐启发说："你走了没多久，予舟就申请去西部援建了，一去就是三年，比你早一年回来。"

"为什么大爷爷说我给他解了围？"

"那时候魏筱云追得紧，魏家又很积极地要促成这门婚事。予舟跟老爷子提了你们的事，老爷子呢，确实有些为难。如果跟魏家说，予舟已经有了心上人，魏家恐怕会很没面子，你可能也会面临很多压力。所以你走了，两家人就不至于闹得不可开交。予舟把去西部的申请一交，立刻就被批准了。他这一走，魏家就傻了眼，谁家敢让女儿傻傻地等一个工作狂这么多年？万一他回来，还是不愿意可怎么办？所以没过两年，魏筱云就嫁给了别人。"

"以魏筱云那个性，难道她没闹？"

"怎么没闹？可是有什么办法，军令如山。"说完，他又冲我眨了眨眼。

我说："铃兰那事……是你做的吗？"

他并没有正面回答我："你的展览开幕那天，我去了。人很多，挺热闹的。你忙着招呼客人，没看见我。"顿了顿，他又说，"有很多事，老爷子知道，但予舟不知道，所以你别怪他。"

"你和大爷爷什么都知道？"

"也有不知道的。比如你会不会回来，我们就不知道。"

唐启发把我送到家，正要走，我问："予舟在哪儿呢？"

他笑着说了个地址："他最近在主持一个项目，已经一个多星期没回家了，住在单位宿舍里。"

拂面的晚风，已经微微有了秋日的凉意，吹走了长久以来萦绕在我周围的燥热气息。我望着天边绚烂的晚霞，心中充满了对新生活的渴望。这是我很久都没有体会到的感觉了，令我浑身上下热血沸腾。

我开上我的小车，一路风驰电掣，满心想的都是，我要把车停在他们单位门口！他要是不出来，我就一直等，吃饭睡觉也不下车，一直等到他出来为止！

尾声

可是我没见到予舟。

那天是怎么回事来着？好像有辆车一直跟着我，我想甩掉它。会是谁呢？为什么要跟着我？

正百思不得其解，一个声音响起来："妈妈，妈妈！别睡了，快起来吧！"

是囡囡的声音！"你在哪儿呢，囡囡？"我走来走去，想看看到底是从哪里发出的声音。

"妈妈怎么不起来呢？"我听见她问。

"妈妈累了，等她睡好了，自然就醒啦！"是老童的声音。

"爸!"我叫，"怎么回事？我已经醒了，可是怎么看不见你们呢？"我着急起来。

"囡囡乖，跟姥爷出去玩，让妈妈继续睡吧。"

"别走啊!"我叫道，可是他们显然没听见。

我的周围安静下来。

突然，我听见抽鼻子的声音。这声音我再熟悉不过了，我妈有鼻炎，每天早上都要抽抽搭搭很长一段时间，就像感冒了一样。

我说："妈妈，我终于把事情都解决了，这个结果你们应该会满意的。"

我妈没有回应我。她的鼻音越来越重，还夹杂着拼命想要抑制的抽泣声。她哭了？

从第一道抽泣声发出后，她似乎不打算再压抑情绪，呜呜呜地哭开了。

"妈，别哭了……"我战战兢兢地说。打小就是这样，我最怕她抹眼泪。要是犯了错，她打我骂我都行，千万别哭。她一哭，我就觉得自己罪大恶极。我之前犯了那么大的错，她在加拿大对我横眉冷对了那么久都没哭，如今却哭成这样，看来事情真的很严重了。

周围渐渐安静下来，光线也没有以前那么亮了。我正想睡，突然听见门响，又有人来了。

"牧童。"

"哎！"我又精神起来。是方心来了！

还有另一个人，窸窸窣窣地走到我旁边，好像在我耳边放了什么东西。

"平时给她放点儿音乐，会刺激她的大脑。"

是老鲁的声音。

"你想得还挺周到。"方心说。

"我家里以前也有过这样的病人。"老鲁说。

"哦？后来醒了吗？"方心急切地问。

过了一会儿，老鲁的声音才再次响起："试试吧，总没坏处。"

我明白了，他的那个家人最终没能醒来。什么意思？我一直在睡着？可我明明是醒着的呀！

"牧童，你听得见我说话吗？"方心的声音离我很近，"如果能听见，你就转转眼珠子。"

我拼命转动眼球："看见了吗？看见了吗？"

"唉！"她叹了口气。

老鲁抽了张纸递给方心。他们聊了一会各自学校里的事，挺有意思，让我想起了我的大学时光。要是方心没退学就好了，我们的大学生活会是什么样呢？可是如果她不退学，又怎么可能和老鲁坐在一起聊这些？或许等我退出，她就和陆奕然在一起了吧？缘分，真是奇妙的东西。

方心和老鲁走后，四周彻底安静下来，我只能听到输液管里滴答滴答的声音。

不知过了多久……

"牧童……牧童……"

是予舟！我很激动。

"你来找我，怎么不跟我说呢？"他说。

"我想给你个惊喜！"我说。

他轻轻地抚摩我的手，把它举起来贴在了自己的脸上。真好，这正是我想做的动作。

"快醒来吧，"他说，"等你醒了，我们就结婚。"

"好！"我迫不及待地说。

"前几年你不在，我回了西北。去了我小时候生活过的地方，很多人我还能隐约记得，就是不太能认出来，也叫不出名字了。但他们居然还记得我……这几天，方心也跟我说了很多你们以前的事，咳……"他笑起来，"真傻！"

听着听着，我就睡着了……

凤仙花又开了，红花绿叶把老房子点缀得特别喜庆。

我冲着门口喊："老头，你又瞪着我的指甲花？"

老头说："我把它们都摘下来给你染指甲吧？"

我狐疑地向他走去，问："今天怎么这么好？"

可走了好半天，他还坐在那个离我不远不近的地方，并不回头看我一眼。

"老头！爷爷！"我叫他。

"回家吧！"他说，"以后别来了！"

我慢慢地学会了分辨白天与黑夜。爸妈每天一早就过来，偶尔会带着囡囡。他们说囡囡越来越懂事了。

有一天，囡囡伏在我耳边说："妈妈，吴叔叔说他就是我爸爸。他是不是骗人的呀？他让我叫他爸爸，你同意吗？你同意我才叫，我挺喜欢他的……"

我说："喜欢就叫吧，他本来就是你爸爸呀！"

有天下雨，只有老童在。

他在我床头上找着老花镜，嘴里念念叨叨："我让你妈在家做点儿好吃的，让予舟晚上送过来。你要是真喜欢人家，就别折腾了，赶紧起来吧！"

我也是这么想的，得赶紧起来了。

"朱崇，回加拿大了。"

"怎么这么突然？"我问。

"确实有些突然。我原以为他对你应该是很用心的，没想到一出事……走了也好，你们确实不合适。朱大夫给你联系了专家，还在加拿大帮你找了最好的医生咨询。他们都说，像你这种情况，醒来的机会还是很大的。你要有信心，自己也努努力!"

快过年了，很多人来看望我，有的声音我能听出是谁，有的却听不出来。医生和护士都很敬业，每天给我做各种检查。我每天听着窗外的鸟叫声醒来，听他们给我读书、讲笑话。除了我说的话他们听不见，其他的和以前并没什么差别。

这天晚上，予舟拿出个东西在我耳边摇晃，叮叮当当的。

"猜猜这是什么?"他把那个东西塞进我手里，握紧我的拳头。

"钥匙?"我问。

"爷爷说，这是他给你准备的嫁妆。"他说。

"那叫聘礼!"

"至于聘礼嘛……我爸妈会准备的。"他说，"但前提是，你得在除夕前起床，不然……"后面的话，他没说。

腊月二十八那天，老童给我办出院手续，予舟去和主任沟通后期的护理事宜。房间里没人，我安静地等着他们回来。

忽然，门开了。

来人的脚步很轻，像是一阵风恰好经过。

她站在我的床头，和我面对面。

"我不欠你什么。"她说。

"这么说，你是心虚咯?"我说。

"走到今天，都是你咎由自取。"

"那你为什么要来? 良心不安吗?"

"对你的评价，我说的句句都是实话。在我眼里，你不过是个家境优越的大小姐，什么都不懂，满脑子都是情情爱爱。像你这样的人，凭什么能得到老师的青睐，凭什么能获得更好的资源? 你能体会像我这样没钱没背景的人，一边打工一边上学的艰辛吗? 你根本体会不了! 你只会每天像个花痴一样做公主和王子的白日梦！你张口一个真爱，闭口一个真心，可就算你对别人给予你的感情不屑一顾，也没必要把它踩在脚下！"

她说的应该是高建峰吧？我隐隐觉得，或许她与高建峰之间，不只是普通同学那么简单。

"我没想到你回国后的第一个展览会邀请我，不过我倒是想看看，就凭你那一点点天赋能画成什么样子。听说还没展览，画就全都卖光了？真是让我刮目相看！我真不懂，难道老天要一直垂青你这么一个不知所谓的糊涂蛋吗？哼！"她冷笑道，"那天被打，不用猜我也知道是你干的，就算不是你，也肯定和你有关！咱俩扯平了，从此以后互不相欠！"

我听见了开门的声音，铃兰的声音顺着风飘过来："你要是不服气就起来，咱俩接着斗！"

铃兰走后不久，爸和予舟回来了。他们小心翼翼地把我弄到了车上。

一路上都有医生和护士向我们打招呼："过年好！"他们说。原来我已经在医院里度过了整个冬天。再过两天，就是立春了。虽然我被包裹得严严实实，却依然有湿冷的空气从脖颈溜下了我的脊背，让我打了个小小的寒战。

"下雪了。"予舟说。

果然，马上就有一片雪花落在了我的脸上。

路上的车很多，我们走走停停。

老童说："过完春节就是新的一年了。"

"是啊！"予舟回答。

"牧童遇到你……"老童没再往下说。他或许在想，究竟是幸运还是不幸呢？过了一会儿，他说，"如果她想一直睡着，你还是要开始新生活。"

又过了好一会儿，只听予舟说："您放心吧。"

放心什么呢？是放心我一定能醒过来，还是放心他一定会开始新生活？

半梦半醒着，经过一段很长的路后，车停下了。

我听见车窗玻璃被摇下来的声音，予舟冲着窗外说："7号楼，1606。"

—完—